Hanna Blixt ist eine schwedische Autorin. Nach mehreren Kinder- und Jugendbüchern ist »Zimtschnecken und Schneegestöber« ihr erster Roman für Erwachsene. Er war ein großer Erfolg in Schweden und wurde in mehrere Länder verkauft. Hanna Blixt lebt in dem idyllischen Ort Leksand in der schwedischen Provinz Dalarna, der auch der Schauplatz ihres winterlichen Wohlfühlromans ist.

HANNA BLIXT

Zimtschnecken und Schneegestöber

Roman

Aus dem Schwedischen von
Marie-Sophie Kasten

PENGUIN VERLAG

Die Originalausgabe erschien 2021 unter dem Titel
Glasveranda med sjöutsikt bei Historiska Media, Lund.

FSC
www.fsc.org
MIX
Papier | Fördert gute Waldnutzung
FSC® C014496

Penguin Random House Verlagsgruppe FSC® N001967

2. Auflage

Neumarkter Straße 28, 81673 München
Redaktion: Lisa Wolf
Umschlaggestaltung und -abbildung: www.buerosued.de
Gesamtherstellung: GGP Media GmbH, Pößneck
Printed in Germany
ISBN 978-3-328-10875-7
www.penguin-verlag.de

Kapitel 1

Nora strich mit den Fingerspitzen über die fein säuberlich aufgehängte Reihe an Jacketts und Hemden. Ein ihr wohlbekannter Rasierwasserduft ging von den Kleidungsstücken aus, die sie noch nicht in die Reinigung gebracht hatte. Es war der Geruch von Jonas. Der Geruch des Mannes, den sie einmal heftig geliebt und der ein Feuer in ihr entfacht hatte. Heute konnte sie ihn kaum noch ertragen. Nora griff nach einer Schere und setzte sie an einem Jackenärmel an. Sie dachte daran, die Spitze in den Stoff zu bohren, um sich dann zum nächsten Ärmel vorzuarbeiten, aber dann überlegte sie es sich anders und schüttelte bestimmt den Kopf. Was tat sie da? So etwas passte überhaupt nicht zu ihr. Und sie wusste auch nicht, wie er reagieren würde, wenn sie seine teuren Klamotten zerstörte. Nora hatte selbst erlebt, wie sich sein Blick von einer Sekunde zur anderen verdunkeln konnte. Manchmal reichte es schon aus, dass sie das Essen für seinen Geschmack zu wenig gesalzen hatte. In solch einem Moment erwartete sie beinahe, dass er zuschlug. Was würde er erst tun, wenn er richtig wütend würde?

Nora drehte sich um, und als ihr Blick auf eine Fotografie fiel, die auf dem Nachttisch stand, spürte sie einen heftigen

Stich im Magen. Auf dem Bild war sie selbst in einem waldgrünen Sommerkleid zu sehen, das ihre rotblonden Haare leuchten ließ. Jonas' dunkle Haare waren zurückgekämmt, und er trug, im Gegensatz zu seinem üblichen Outfit, bestehend aus Anzug und ordentlich geputzten Schuhen, Shorts und T-Shirt, wodurch er richtig lässig wirkte. Das Bild war entstanden, kurz nachdem sie sich kennengelernt hatten. Das Feuer, das damals in ihren Augen gebrannt hatte, war mittlerweile erloschen. Er konnte sich vielleicht ihre Wohnung unter den Nagel reißen, aber sie würde er auf keinen Fall mehr bekommen. Trotz dieser Gewissheit fühlte es sich an, als würde ihr jemand ein Messer ins Herz bohren.

Nora holte tief Luft und sah auf die Uhr. Dann ging sie in die Küche, wo sie die Schere zurück in die Schublade legte. Anschließend trat sie vor ihren Kleiderschrank und warf ein paar ihrer Lieblingsklamotten in die bereitstehende Reisetasche. Die Sachen, die nicht mehr hineinpassten, verstaute sie in Kartons, die sie an der Wand stapelte.

Eine halbe Stunde später war sie fertig und griff nach so vielen Kartons, wie sie tragen konnte. Vor der Gittertür zum Dachboden hantierte sie eine Weile mit dem Schlüssel, bis es ihr gelang, das Schloss zu öffnen. Hier wären die Kartons sicher. Sie würde sie später abholen lassen, wenn sie wusste, an welche Adresse sie gehen sollten. Im Moment hatte sie noch keine Ahnung.

Nora lief wieder in die Wohnung hinunter, erstarrte aber, als sie Schritte im Treppenhaus hörte. Als die Person an ihr vorbei in den nächsten Stock ging, atmete sie erleichtert aus. Mit einem festen Griff um ihre Tasche sah sie sich ein letztes Mal um, löschte das Licht und schloss die Tür hinter sich.

Kapitel 2

»Wir haben es hier mit einem zukünftigen Klassiker zu tun! Wie dem Laserschwert von Darth Vader oder der verlorenen Nase der Sphinx …«

Eine schlanke Frau mit rot geschminkten Lippen und lila Lidschatten eilte an Claes vorbei, dem spärlich behaarten Mann, der in der kleinen Buchhandlung neben einem Tisch stand und gerade sein neuestes Werk, *Die unentdeckten Welten des Universums*, emporhielt. Die Frau bemühte sich, ihren Blick auf einen Punkt weiter hinten in der Buchhandlung zu richten, und verschwand dann auf klappernden Absätzen hinter einem Bücherregal. Sie war die bereits Dritte, die an ihm vorbeigeeilt war, ohne ihn auch nur eines Blickes zu würdigen.

Er sank auf einen Stuhl, der sich unter seinem Gewicht bog. Vor ihm standen Reihen von Büchern sowie ein Schild mit der Aufschrift »Claes Svensson signiert«, auf das er nun frustriert einschlug. Hatten die Leute heutzutage denn gar keine Manieren mehr? Sie behandelten ihn, als wäre er ein lästiger Vertreter.

Wenn sie nur wüssten, wie gut seine Bücher waren. Der große Durchbruch ließ zwar noch auf sich warten, aber letztlich war das nur eine Frage der Zeit. Reine Formsache. Immerhin war er Mitglied im Autorenverband. Um das zu erreichen, musste man mindestens zwei Werke »von besonderer Qualität« veröffentlicht haben. Zwei Werke, ha! Er hatte schon acht verfasst, und alle waren in einem traditionellen Verlag erschienen. Er war keiner von den Leuten, die ihren Mist selbst herausbringen mussten. In Wahrheit war es zwar so, dass einige der größeren Autoren im Eigenverlag angefangen und Claes inzwischen bei den Verkaufszahlen überholt hatten, aber das war nichts, was er sich eingestehen wollte, weder sich selbst noch anderen gegenüber.

Mit überheblicher Miene bohrte er sich im Ohr.

Vor ihm müsste sich eigentlich eine ähnlich lange Schlange bilden wie bei der Veröffentlichung seines vierten Buches. Das war allerdings schon Jahre her. Sein fünftes Buch war weniger erfolgreich gewesen. Und Buch Nummer sechs hatte eine Zeitungsrezensentin in einer vernichtenden Kritik förmlich in Fetzen gerissen. Was hatte sie noch gleich geschrieben? Irgendetwas von unzusammenhängendem Blödsinn und dass sie sich im Nachhinein ärgerte, nicht auf Seite zwanzig mit der Lektüre aufgehört zu haben. An eine ihrer Formulierungen erinnerte Claes sich besonders: »Die ganze Geschichte ist wie ein Wagen, der auf der Autobahn nur dreißig Stundenkilometer fährt und von einer Seite zur anderen schlingert.« Aus Rache hatte Claes die Kulturrezensentin in seinem siebten Roman als pathetische, unglückliche Figur porträtiert. Er hatte ihr an einigen ungünstigen Stellen ein paar Kilo mehr angedichtet und sie zu einem hässlichen Troll gemacht. Aber insgeheim musste er zugeben, dass sie recht hatte. Sein sechstes Buch war nicht gut. Aus irgendeinem Grund war es ihm nicht gelungen, die Worte so aufs Papier zu bringen, wie er sich das vorgestellt hatte. Er hatte das richtige Gefühl verloren, und es fiel ihm schwer, zum Kern der Geschichte vorzudringen, den roten Faden zu finden, etwas, das Tiefe besaß und berührte. Er wusste, dass man mit Leidenschaft schreiben musste, sonst war das Projekt zum Scheitern verurteilt. Aber wie fand man die?

Aus reiner Verzweiflung hatte er angefangen, stattdessen Science-Fiction zu schreiben, ein Genre, das eigentlich seinen Verstand überstieg und bisher in Schweden auch noch nicht sehr erfolgreich war. Er hatte von *Star Wars* mit dem zotteligen Chewbacca, der herumschrie, als sei er im Stimmbruch, und Darth Vader in seiner schwarzen Plastikmaske nie viel gehalten. Warum bekamen sie so viel Aufmerksamkeit? Das würde er nie verstehen. Auch wenn diese Leia wirklich heiß war.

Vielleicht sollte er diese ganze Schreiberei einfach sein lassen. Eine kluge Person hatte mal gesagt, dass man nie besser war als der letzte Roman, den man verfasst hatte, und für ihn zeigte die Kurve nicht gerade nach oben, im Gegenteil. Er seufzte laut. Aber konnte er überhaupt aufhören zu schreiben, selbst wenn er es wollte?

Die Türglocke läutete, und eine Gruppe Jugendlicher in löchrigen schwarzen Jeans betrat die Buchhandlung. Auch sie schienen keinerlei Notiz von dem zunehmend missmutigen Autor zu nehmen, der sich umdrehte und mit einer schneidigen Handbewegung sein Roll-up-Banner zusammenschob. Jetzt reichte es. Claes würde sich ins Auto setzen und nach Stockholm zurückfahren. Die dreistündige Fahrt weg von diesem Kaff würde ihm guttun. Dabei hatte er es so eilig gehabt herzukommen, dass er auf einem Zebrastreifen vor dem Stockholmer Bahnhof beinahe eine Frau in einem dunkelgrünen Mantel angefahren hatte. Nur um Haaresbreite hatte er sie verfehlt. Jetzt würde er nur noch schnell einen oder zwei Hamburger verdrücken, falls es hier so etwas überhaupt gab. Sein Magen begann schon bei dem Gedanken an Essen laut zu knurren. Und danach würde es direkt nach Hause gehen.

»Ich möchte Ihr Buch kaufen.«

Claes fuhr herum. Vor ihm stand ein Mann, der um die neunzig sein musste. Auf seinem weißen Haar saß eine Kappe, und über einem zerknitterten Hemd trug er eine dunkle Weste. Claes betrachtete eingehend seinen für heute ersten und sicher auch letzten Kunden. Sein Gesicht war zerfurcht und von jahrelanger Sonne und Wind mit Pigmentflecken übersät. Aber was Claes am meisten auffiel, war der Blick des Mannes: Obwohl er ganz klar war, lagen Trauer und Schmerz darin.

»Sie möchten mein Buch kaufen?«, fragte Claes ungläubig und nahm schnell eines vom Stapel, bevor es sich der Mann anders überlegen konnte.

Dann zog er die Kappe von seinem Stift und drückte sie mit einem knackenden Laut auf dessen Rückseite.

»Für?« Claes sah den Mann auffordernd an.

»Was?«

»Wem soll ich das Buch widmen?«

»Ach so, ja, da können Sie schreiben … für Alva.«

Für Alva … schrieb Claes und endete mit schludrigen Strichen, die eher wie eine EKG-Kurve als eine Unterschrift aussahen.

»So, bitte, Sie können drüben an der Kasse bezahlen«, sagte Claes und reichte dem Mann das Buch, der es mit zitternden Händen entgegennahm.

»Ohne mich gäbe es diese Buchhandlung vielleicht gar nicht mehr«, sagte der Alte. »Ich komme oft hierher, um der Einsamkeit zu entfliehen.«

Claes wurde verlegen. Er war Schriftsteller, kein Therapeut. Früher hatte er einmal davon geträumt, Lehrer zu werden, aber sein Vater war der Meinung gewesen, er sei kein geeigneter Pädagoge. Wahrscheinlich hatte er damit recht gehabt. Also sagte Claes lieber nichts, bemühte sich aber zumindest, eine Grimasse zu ziehen, die so etwas wie Bedauern zum Ausdruck bringen sollte.

»Ich hoffe, das Buch gefällt Ihnen.«

Claes drehte sich weg und begann, seine Sachen zusammenzupacken. Aber der alte Mann blieb stehen. Er war noch nicht fertig. Noch lange nicht. Es war, als hätte jemand eine Nadel in einen Ballon gesteckt, einen Ballon voller Leben, das in Worte gekleidet werden musste. Und jetzt wollten die Worte herausströmen.

Kapitel 3

»Es war im April 1920. Die Kälte lockerte langsam ihren eisigen Griff, nicht nur um die Erde, wo die ersten Frühlingsblumen bald aus dem Boden sprießen sollten, sondern auch um die Welt. Der Erste Weltkrieg war zwei Jahre zuvor zu Ende gegangen, die Menschen atmeten auf. Es war, als würden alle aufleben, und dadurch tat sich auch etwas in den Schlafzimmern. Schließlich wollte niemand mitten in Kriegszeiten ein Kind mit ungewisser Zukunft in die Welt setzen, aber nach Kriegsende kam auch in das Bett meiner Eltern Bewegung.«

Der Mann räusperte sich, bevor er fortfuhr. Claes war sich nicht sicher, ob der Alte zu ihm sprach oder einfach nur vor sich hin redete. Aber der alte Herr hatte etwas, das Claes aufhorchen ließ.

»Tja, ich war eines von vielen Nachkriegskindern. Meine Mutter wollte mich unbedingt Torsten nennen, also wurde ich ein Torsten. Hätte ich selbst wählen können, würde ich wahrscheinlich Karl oder vielleicht auch Gustav heißen. Meine Eltern besaßen nicht weit von hier einen Bauernhof, wo wir Pferde, Schweine und Kühe hielten. Ab dem Moment, wo ich laufen konnte, musste ich mithelfen. Das war harte Arbeit und hieß, dass man früh aufstehen musste. Kühe wollten gemolken, schwere Wassereimer geschleppt, und es musste Holz gehackt werden. Natürlich hatten wir Knechte und Mägde, aber alle mussten mit anpacken. Ich eignete mich nie besonders als Bauer, das lag mir einfach nicht.«

Torsten deutete mit einem Nicken auf seine dünnen Arme.

»Aber ich gab mein Bestes. Als ich fünf war, bekam meine Mutter ein Mädchen. Sie erhielt den Namen Rut und wurde schrecklich verwöhnt. Alle behandelten sie wie eine Prinzessin. Sie war klein und süß, sah aus wie ein Püppchen mit ihren hellen lockigen Haaren und dem blau-weiß gestreiften Kleidchen. Und da ich bei den schweren Arbeiten ohnehin noch nicht helfen konnte, wurde es meine Aufgabe, auf sie aufzupassen.«

Torsten verstummte. Der traurige Blick war wieder da, und er sah aus, als wäre er gedanklich an einem völlig anderen Ort.

»Was passierte dann?«, ermunterte ihn Claes, der ganz vergessen hatte, weiter seine Visitenkarten und Stifte zusammenzupacken und unwillkürlich in die Geschichte des Mannes hineingezogen worden war.

Er hörte auch nicht mehr das laute Knurren seines Magens und dachte gar nicht mehr daran, dass er vor wenigen Minuten beschlossen hatte aufzubrechen, dabei war er gerade schon in Gedanken auf dem Weg nach Stockholm gewesen. Aber vielleicht hatte er es doch nicht so eilig.

Erst jetzt bemerkte Claes, dass sie nicht mehr allein waren. Auch das Personal der Buchhandlung sowie drei Damen unterschiedlichen Alters, darunter die Frau mit dem Lippenstift und dem lila Augen-Make-up, hatten sich um den alten Mann versammelt, um ihm zuzuhören.

»Was mache ich hier?«, fragte Torsten plötzlich und schüttelte verwirrt den Kopf.

Er blinzelte mit seinen wässrigen blauen Augen und rückte seine Mütze zurecht. Seinem Gesichtsausdruck nach zu urteilen erkannte er die Menschen vor sich nicht wieder. Er schaute nach links, als würde er nachdenken.

Claes runzelte die Brauen: Meinte der Alte das ernst?

»Sie sind in der Buchhandlung in Leksand und wollten gerade zur Kasse gehen, um mein Buch zu bezahlen«, erklärte er dann.

Torsten begegnete seinem Blick. »Dann gehe ich wohl mal.«

Ohne noch etwas zu sagen, drehte er sich um und lief hinaus auf die Straße.

»Warten Sie, Sie haben vergessen zu zahlen!«, rief Claes und eilte ihm hinterher.

Aber im Grund genommen interessierte ihn das Geld überhaupt nicht. Da war etwas an Torstens Geschichte, das ihn berührt hatte. Der alte Mann hatte eine besondere Art zu erzählen. Offenbar besaß Torsten die Zauberkraft, sein Publikum zu fesseln, etwas, das ihm selbst fehlte und wovon er nur träumen konnte.

»Wissen Sie was?«, sagte Claes, nachdem er dem Personal in der Buchhandlung gedankt, seine Sache zusammengepackt und Torsten eingeholt hatte. »Ich schenke Ihnen das Buch, wenn ich Sie dafür interviewen darf.«

»Mich interviewen? Worüber denn?«

»Über Ihr Leben.«

»Wozu sollte das gut sein?«

Torsten blieb stehen und blickte auf ein Schaufester mit Schmuckstücken, die in Vitrinen auf schwarzen Samtkissen platziert waren. Blaue Perlen leuchteten mit grünen um die Wette, und daneben lagen Gold- und Silberketten.

»Blau wie das Meer. Genau wie der Schmuck, den sie von mir bekommen hat«, murmelte Torsten kaum hörbar.

»Ich glaube, dass Sie eine Geschichte in sich tragen, die raus will.«

»Das stimmt absolut nicht«, erwiderte Torsten und ging mit für sein Alter ungewöhnlich schnellen Schritten weiter. »Mein Leben ist keine Geschichte.«

Torstens Unwille steigerte Claes' Interesse nur noch. Aber womit lockte man einen Neunzigjährigen? Wahrscheinlich war er ein Typ der alten Schule, der sich nicht mit Geld kaufen ließ.

»Ich kann Sie auf eine Tasse heiße Schokolade, Tee, Kaffee oder was auch immer einladen«, versuchte er es.

Torsten wurde langsamer und drehte sich zu Claes' Erleichterung um.

»Kein Kuchen?«

Claes ließ die Schultern sinken und lächelte. »Doch, natürlich. Sie bekommen auch Kuchen.«

Wahrscheinlich war die Idee völlig verrückt, dachte Claes. Offenbar ließ die Erinnerung den Alten manchmal im Stich, auch wenn er jetzt gerade vollkommen klar wirkte, aber irgendetwas sagte ihm, dass es trotzdem einen Versuch wert war. Vielleicht trug der Mann eine Geschichte mit sich herum, die er aufschreiben konnte? Die möglicherweise sogar zum Bestseller taugte? Seinem Bestseller! Der größte Traum eines jeden Schriftstellers.

Siljans Konditorei lag ganz in der Nähe, nur einen Steinwurf entfernt. Der Hamburger musste warten.

Kapitel 4

Nora zog sich die Schuhe aus, unter deren Sohlen der Schnee geschmolzen war und zwei große Pfützen gebildet hatte. Dann schlang sie die Arme um die Knie und vergrub das Gesicht zwischen ihren langen rotblonden Haarsträhnen. Sie wollte nicht, dass jemand im Waggon ihre Tränen sah, deshalb drehte sie das Gesicht zum Fenster.

Wie konnte sich etwas, das sich so richtig angefühlt hatte, als so vollkommen falsch herausstellen? Wie konnte sich Jonas, der am Anfang so charmant gewesen war, in die Person verwandeln, die er jetzt war? Und wie hatte sie nur danebenstehen und es einfach geschehen lassen können? Zu Beginn war er so aufmerksam gewesen, sie hatte das Gefühl gehabt, gesehen und geschätzt zu werden. Jonas schien immer für sie da zu sein. Außerdem war da etwas mit seinen blauen Augen gewesen, sie hatten eine fast magische Anziehungskraft auf sie ausgeübt.

Aber nach und nach hatte sich Jonas verändert. Er war immer stiller und aggressiver geworden, seine harten abschätzigen Worte hatten sie zunehmend verunsichert, nichts, was sie tat, war mehr gut genug gewesen. Und dann war es noch schlimmer geworden.

Nora schaute auf die Bäume, die vorbeirauschten, wobei sich ihre Augen wie Scheibenwischer in hoher Geschwindigkeit hin und her bewegten: rechts, links, rechts, links. Genauso schwirrten die Gedanken durch ihren Kopf, aber das Einzige, was sie fühlte, war Leere. Obwohl sie lautlos weinte und verstohlen den Rotz mit dem Ärmel wegwischte, spürte sie nach einer Weile die Blicke der Mitreisenden auf sich gerichtet. Die Spiegelung im Fenster hatte sie verraten.

Nora war die Strecke zwischen Stockholm und Leksand zwar schon oft gefahren, aber das letzte Mal lag mehrere Jahre zurück, und diesmal war es irgendwie anders. So endgültig. Sie hatte keine Rückfahrkarte gekauft, bevor sie in den Zug gestiegen war, sie wusste weder wann noch ob sie nach Stockholm zurückkehren würde. Ihr Vater Peter wohnte natürlich noch in der Stadt, aber er konnte sie genauso gut besuchen kommen wie sie ihn. Vielleicht konnte er den Umzugsleuten sogar den Speicher ihrer Wohnung öffnen? Denn im Moment ertrug sie noch nicht einmal den Gedanken daran, jemals wieder einen Fuß in diese Stadt zu setzen. Am liebsten würde sie ganz vom Erdboden verschwinden. Aber zunächst würde sie erst einmal nach Dalarna fahren.

Während ein Bahnhof nach dem anderen vorüberzog und der Zug sachte hin- und herschaukelte, beruhigte sich Nora langsam und schlief sogar kurz ein. Als sie wieder aufwachte, hatte sich der Wald draußen verdichtet. Nora hatte fast vergessen, wie viel Wald es in Dalarna gab, doch allmählich vermischte er sich mit schneebedeckten Feldern und Äckern. Sie fuhren an einem zugefrorenen See vorbei, dann kam wieder

Wald. Nora zog sich die Schuhe an und griff nach ihrem grünen Mantel.

Zehn Minuten später verkündete der Lautsprecher: »Nächster Halt, Leksand.« Nora stand auf, kontrollierte, dass sie nichts auf der Gepäckablage oder dem Sitz vergessen hatte, bevor sie sich die Handtasche umhängte und nach ihrem roten Rollkoffer griff. Die wenigen persönlichen Dinge, die sie hatte mitnehmen können, wollte sie nicht im Zug liegen lassen.

Nora trat auf den Bahnsteig, wo sie als Kind immer von ihren eifrig winkenden Großeltern in Empfang genommen worden war, aber das Einzige, was sie jetzt erwartete, war eisige Kälte. Sie schlug ihr mit solcher Wucht entgegen, dass ihr kurz der Atem stockte. Es war lange her, dass sie so eine Kälte gespürt hatte. Schnell schlug sie den Kragen ihres Mantels hoch, um das Gesicht zu schützen. Als sie durch den Stoff atmete, ging es gleich besser.

Auf dem Parkplatz standen vereinzelte Fahrzeuge, und der Bahnhof sah noch genauso aus, wie Nora ihn in Erinnerung gehabt hatte: ein hellgelbes Holzhaus mit weißen Ecken. Allerdings umgaben das Gebäude höhere Schneehaufen als beim letzten Mal. Dafür, dass es erst November war, lag sogar sehr viel Schnee. Meistens war sie ohnehin im Sommer hier gewesen, zusammen mit ihren Eltern.

Bei dem Gedanken begannen ihre Augen wieder zu brennen, und Nora musste sich selbst daran erinnern, dass sie eine unverbesserliche Optimistin war. Zumindest war sie es einmal gewesen, also zwang sie sich, an etwas Positives zu denken – zum Beispiel daran, dass der Zug pünktlich gewesen war. Es hatte keine einzige Verspätung gegeben, obwohl sie zwischendurch umgestiegen war. Kein defektes Gleis, kein falsches Signal und auch keine herabgestürzte elektrische Leitung. Es war vielleicht das erste Mal, dass sie planmäßig angekommen war, dabei spielte es gerade heute überhaupt keine Rolle. Sie hatte keinen Termin. Sie wurde nicht erwartet. Niemand, den sie kannte, wusste, dass sie kam. Nicht einmal ihre Jugendfreundin Vega.

Nora hatte es so eilig gehabt wegzukommen, dass sie zur Not auch das erstbeste Flugzeug zum Nordpol genommen hätte. Aber in Anbetracht ihres Budgets und da Leksand der einzige Ort neben Stockholm war, an dem sie sich jemals zu Hause gefühlt hatte, war ihr die Wahl leichtgefallen.

Und jetzt stand sie hier mit ihrem Trolley und hatte im Prinzip keinen Plan. Wenn Vega nun gar nicht da war? Sie hatte schon seit ein paar Monaten nichts von ihr gehört. Vega war in den letzten Jahren öfter zu ihr nach Stockholm gekommen als umgekehrt, aber das hatte auch seine Gründe gehabt.

Mit zitternden Fingern zog Nora den Reißverschluss ihrer Handtasche auf und holte ihr Handy heraus. Als sie auf das Display drückte, reagierte es wegen ihrer kalten Finger nicht. Was mache ich denn jetzt, fuhr es ihr durch den Kopf, bevor ihr einfiel, dass sie Siri benutzen konnte.

»Ruf Vega an!«, sagte Nora laut und deutlich ins Handy, wobei sie nach rechts und links schaute und hoffte, dass niemand sie bemerkte. Der Bahnhof lag verlassen da, abgesehen von einem Mann im Pelzmantel, der mit einem großen Schäferhund Gassi ging. Instinktiv duckte sich Nora hinter einen

Schneehaufen, damit der Hund sie nicht entdeckte. Erst als sie sah, dass die beiden in eine andere Richtung gingen, richtete sie sich wieder auf.

»Möchtest du nach Las Vegas?«, fragte Siri.

»Nein!«, rief Nora. »Ich will Vega anrufen!«

»Rufe Willis Bodega.«

Nora musste sich zusammenreißen, um nicht wieder loszuheulen, am liebsten hätte sie das Handy auf den Boden geworfen und wäre darauf herumgetrampelt. Doch stattdessen holte sie tief Luft, versuchte es noch einmal, und jetzt verstand Siri offenbar endlich, was sie wollte. Nervös wickelte sich Nora eine Haarsträhne um den Finger, während es am anderen Ende der Leitung klingelte. Einmal, zweimal, dreimal. Nora schluckte. Aber dann war endlich Musik zu hören.

»Hallo!«

»Hej, hier ist … Nora.«

»Warte, ich muss kurz …«

Ein Rauschen war zu hören, dann verstummte der Bass im Hintergrund abrupt.

»Nora?«, sagte Vega erstaunt. »Lange nichts gehört! Können wir gleich nach meinem Training telefonieren? Ich bin gerade beim Spinning.«

Nora musste lächeln, obwohl sie sofort ein schlechtes Gewissen bekam. Sie hatte Vega dieses Jahr nicht besonders oft angerufen, sie hatte es einfach nicht über sich gebracht. Nicht einmal auf Vegas Nachrichten hatte sie reagiert.

»Ja klar, kein Problem. Ich bin in Leksand.«

»Was? Du bist hier?«

»Hm.« Nora schob das Handy ans andere Ohr.

»Wo denn?«

»Am Bahnhof.«

Einen Moment lang wurde es still. »Wenn das so ist, bin ich gleich da.«

Nora legte den Hörer auf und atmete tief aus. Vega hatte immer zu ihren besten Freundinnen gehört, und auch wenn sie sich manchmal lange nicht gesehen hatten, war es ihr immer so vorgekommen, als würden sie einfach da weitermachen, wo sie zuletzt aufgehört hatten. Als würde die Freundschaft nur kurz pausieren, ohne dass man sie anschließend abstauben musste. Zumindest war es bisher so gewesen, und Nora hoffte inständig, dass es sich dieses Mal genauso anfühlen würde.

Kapitel 5

Claes bezahlte an der Kasse und balancierte ein volles Tablett mit zwei Tassen Kaffee – einem einfachen für sich und einem Milchkaffee für Torsten. Auf den mit typischen Dalarna-Mustern bemalten Tellern drängten sich außerdem Plundergebäck, Haferbällchen, Schokoladenbiskuit und Käsebrötchen. Damit setzte Claes sich zu Torsten, der bereits in einer der Nischen Platz genommen hatte, wo Ledersofas im Halbkreis beieinanderstanden. Er ließ den Blick über die Wandverkleidung im Landhausstil und die rustikalen Tische im Lokal schweifen, während er sich mühsam aus seiner Jacke schälte. Dann nickte er zufrieden: Das hier war ein klassisches Café mit modernem Touch.

Da Torsten sich nicht richtig entscheiden konnte, was er haben wollte, hatte Claes beschlossen, kein Risiko einzugehen. Er wäre bereit gewesen, den alten Mann mit weit mehr als nur Gebäck zu bestechen, um ihn dazu zu bringen, aus seinem Leben zu erzählen. Claes glaubte zu wissen, wann er mit seinem Schriftstellerradar etwas Interessantes aufgefangen hatte, auch wenn er nicht wirklich erklären konnte, wie das funktionierte. Er hatte einfach ein starkes Gefühl, gepaart mit einer festen Überzeugung, ähnlich wie damals, als das

Pferd, auf das er gesetzt hatte, auf den letzten Metern führte. Er hatte einfach einen Riecher für eine gute Story. Jetzt musste er nur zusehen, den alten Kerl wieder zum Reden zu bringen.

Claes reichte Torsten Kaffee und Käsebrötchen, und während dieser ins weiche Brot biss, griff er selbst nach Papier und Stift. Dann blendete er das Geklapper von Porzellan und das Gemurmel der anderen Gäste aus und konzentrierte sich ganz auf den Mann mit dem gefurchten Gesicht, der ihm gegenübersaß.

»Sie haben von Ihrer Schwester erzählt«, begann Claes aufmunternd. »Was ist dann passiert?«

Torsten schaute aus dem Fenster, und Claes drückte seine Fingernägel in die Handflächen, während die Sekunden verstrichen. Gerade als er glaubte, das Schweigen würde nie enden, drehte Torsten den Kopf und sah ihn mit festem Blick an.

»Rut. Sie hieß Rut«, sagte er leise.

Für einen kurzen Moment glitzerte es in den Augen des alten Mannes, dann räusperte er sich und fuhr sich mit der Hand durch das spärliche Haar.

»Zuerst war ich ziemlich eifersüchtig auf sie. Wir hatten es gut zusammen, meine Eltern und ich. Aber nachdem sie geboren worden war … Meine Mutter bekam immer so einen besonderen Blick, wenn sie Rut sah. Sie leuchtete regelrecht auf. Natürlich lächelte mich meine Mutter auch an, aber es war, als würde mir etwas fehlen, was Rut besaß. Ich mache meiner Mutter deswegen keine Vorwürfe. Rut war einfach etwas Besonderes. Ein richtiger Sonnenschein. Sogar ich war gern um sie herum, ihr gurgelndes Lachen war einfach ansteckend. Auf ihren kurzen O-Beinchen war sie ganz schön schnell, und Rut liebte es, wenn wir Verstecken spielten, sie dachte immer, dass keiner sie sah, wenn sie in die Hocke ging und die Hände vor die Augen hielt. Abends erzählte ich ihr oft Märchen oder las Geschichten vor. Dann schlang sie die Arme um mich und wollte gar nicht mehr loslassen. »Lies weiter, noch weiter«, sagte sie immer.

Torsten schwieg und musste schlucken.

»Das hätte nie passieren dürfen!«, murmelte er nach einer Weile.

Claes wartete geduldig, aber Torsten sagte nichts mehr. Schließlich wurde die Stille unerträglich.

»Was denn? Was hätte nicht passieren dürfen?«, flüsterte Claes, den Stift in der Hand und den Block auf den Knien.

Torsten sah wieder aus dem Fenster, aber sein Mund begann sich zu bewegen, und mit brüchiger Stimme fuhr er fort: »Es war ein Sommertag im Juli. Ich war gerade acht geworden, Rut war drei. Ich erinnere mich an jedes Detail von diesem Tag. Die Sonne brannte vom Himmel, auf dem Schotterweg wirbelte bei jeder Bewegung Staub auf. Das Hemd klebte am Rücken, und es lag schwerer Stallgeruch in der Luft, nach Heu, Kühen und Mist. Am Wegesrand blühten gelbe Butterblumen und Storchschnabel. Ich hatte versprochen, an diesem Nachmittag mit Rut im See baden zu gehen. Selbstverständlich würde ich sie nicht eine Sekunde aus den Augen lassen, und natürlich würden wir nicht ins tiefe Wasser gehen. Ich war ein verantwortungsbewusster Bruder. Ich würde niemals zulassen, dass meiner kleinen Schwester etwas passierte.«

Claes nickte ihm aufmunternd zu, viel zu gefesselt, um zu bemerken, dass der Kaffee kalt wurde.

»Rut war bester Laune. Sie hielt mich an der Hand, und mit dem anderen Arm drückte sie ihre Puppe an sich, die sie immer mit sich herumtrug. Bevor wir zur Badestelle gingen, sollten wir meinem Vater, der im Stall war, eine Flasche Saft bringen. Wir waren beinahe da, als ich plötzlich etwas bemerkte: die Kühe! Sie waren dabei, durch ein großes Loch im Gatter auszubüxen. Rosa und Klöver hatten die Koppel schon verlassen und waren auf dem Weg zur Nachbarweide. Ich ließ alles los, was ich in der Hand hatte, und erinnere mich, dass ich ein Klirren hörte, als die Saftflasche auf den Boden schlug, aber ich dachte nur an den Zaun und die Kühe. Der Stacheldraht hatte sich gelöst, und ich tat mein Bestes, ihn wieder zu schließen, damit nicht noch mehr Kühe hinausliefen. Ich riss mir beide Arme und Beine auf und rief dabei nach meinem Vater und Albert, unserem Knecht. Obwohl ich wie am Spieß brüllte, dauerte es eine Weile, bis sie mich hörten. Zum Glück kamen sie schließlich angerannt, denn weitere Kühe brachen an anderer Stelle aus. Gemeinsam schafften wir es, sie wieder einzufangen und den Zaun zu reparieren. Mein Vater klopfte mir auf die Schulter und sagte, ich sei so tüchtig, bis er plötzlich mitten in der Bewegung innehielt. Seine Finger auf meiner Schulter wurden steif, und er fragte mich, wo Rut sei.«

Claes bemerkte, dass Torsten schluckte und weiter stur aus dem Fenster starrte.

»Sie war gerade noch bei uns gewesen. Vielleicht war sie in den Stall gegangen? Sie war zwar schnell für ihr Alter, aber sehr weit konnte sie nicht gekommen sein. Ich suchte nach ihr. Mein Vater suchte. Albert suchte. Meine Mutter suchte verzweifelt. Wenn sie nun von jemandem entführt worden war? Sogar die Nachbarn halfen bei der Suche. Schließlich war es meine Mutter, die ihre Puppe fand. Sie lag im Gras neben einem tiefen Brunnen.«

Kapitel 6

Es dauerte kaum eine Viertelstunde, bis Nora eine Frau mit blondem Pagenkopf und roten Lippen zwischen den Menschen auftauchen sah, die gerade aus dem Zug von Mora nach Borlänge gestiegen waren. Vega! Nora verließ das Bahnhofsgebäude, unsicher darüber, ob die Freundin sie zur Begrüßung umarmen würde. Vega trug eine rote Strickmütze, einen beigefarbenen Schafsledermantel und dazu passende hohe Stiefel. Die Pagenfrisur umrahmte ihr herzförmiges Gesicht perfekt. Sie sah aus wie ein Filmstar, obwohl ihr Gesicht nach dem Training noch hochrot war. Bei ihrem letzten Treffen hatte Vega noch deutlich längere Haare gehabt, was ihr genauso gut gestanden hatte.

Manche haben einfach Glück mit den Genen, dachte Nora und fragte sich insgeheim, wie Vega sie wohl wahrnahm. Untrainiert? Missglückt? Heruntergekommen? Sie war fast dreißig und weder verheiratet noch Mutter, noch Hausbesitzerin.

Vega winkte würdevoll. »Nora, Darling! Dein Taxi ist da!«, rief sie.

Nora musste lachen, und ihr wurde warm ums Herz. Sie lief die letzten Schritte auf Vega zu und begrüßte sie mit einer innigen Umarmung, bei der ihr Maiglöckchenduft in die Nase stieg. Obwohl Nora mit ihren ein Meter dreiundsiebzig relativ groß war, fühlte sie sich im Vergleich zu Vega klein, besonders wenn diese hochhackige Schuhe trug. Vegas frisch gewaschene Haare waren in der Kälte schon fast zu steifen Eiszapfen gefroren.

»Ich habe dich vermisst«, sagte Nora und spürte im selben Moment, wie sehr sie es tatsächlich meinte.

»Kommst du allein?«, wollte Vega wissen und blickte sie prüfend an. »Ich dachte, du hättest Jonas mitgebracht. Er lässt dich doch sonst *nie* aus den Augen.«

Nora bemerkte die Betonung von *nie* und schaute zu Boden.

»Also, kein Jonas?«

Nora spürte einen wachsenden Kloß im Hals und schüttelte den Kopf.

»Nora, was machst du eigentlich hier?« Vega sah sie mit ernstem Blick an. Ihre Stimme klang besorgt.

Nora zuckte mit den Schultern.

»Ich weiß es selbst nicht so genau.«

Vielleicht war alles nur ein großer Fehler. Was hatte sie erwartet? Da tauchte sie einfach hier bei ihrer Freundin auf, die sie seit Monaten nicht gesprochen hatte, und konnte nicht einmal so etwas wie einen Plan vorweisen. Nora hatte ihre letzte Energie darauf verwendet wegzukommen. Zu ihrer Erleichterung spürte sie einen tröstenden Arm um ihre Schultern.

Vega führte sie zum Auto, das noch mit laufendem Motor dastand.

»Komm! Jetzt fahren wir erst mal zu mir. Dann musst du erzählen! Ich will ALLES wissen!«

Kapitel 7

Torsten saß immer noch still auf dem Ledersofa von Siljas Konditorei. Er hatte die Ellenbogen auf den Tisch gestützt und das Gesicht in die Hände gelegt. Claes wollte den alten Mann nicht in seinen Gedanken stören, hoffte aber, er würde bald weitererzählen. Er fand, dass Torsten langsam müde aussah, aber die Geschichte hatte einen entscheidenden Punkt erreicht. Er musste wissen, was dann passiert war, es wäre dumm, jetzt abzubrechen. Die Puppe wurde also neben einem tiefen Brunnenloch gefunden …

Claes reichte Torsten die Haferbällchen, um sein Blutzuckerdepot wieder zu füllen, aber Torsten hielt abwehrend die Hand hoch. Er war nicht mehr hier, er war auf der Kuhweide.

»Als man feststellte, dass sie in den Brunnen gefallen war, war es zu spät. Ruts Leben war nicht zu retten. Man konnte nur noch ihren toten Körper bergen. Wenn die Kühe nicht gewesen wären und ich sie nicht aus den Augen verloren hätte … Ich begreife nicht, wie ich so dumm sein konnte. Manchmal habe ich mir gewünscht, mein Leben noch einmal leben zu dürfen, die Chance zu haben, es besser zu machen. Manchmal bekommt man die Gelegenheit, für seine Fehler um Verzeihung zu bitten, man bekommt eine zweite Chance. Aber manchmal sind die Vergehen so groß, dass es das nicht geben kann. Auch wenn man es versucht, sie lassen sich nicht wiedergutmachen.«

Claes versuchte, sich Torstens Worte zu merken, und kritzelte schnell einige Sätze auf das Papier in dem Bewusstsein, dass dies perfekte Zitate oder Schlüsselszenen in seinem zukünftigen Werk werden würden. Dabei schaute er Torsten, dessen Unterlippe angefangen hatte zu zittern, mitleidig an. Was für ein Schock das für ihn gewesen sein musste, als ihm klar wurde, was passiert war. Auch wenn es ein Unfall war, der jedem hätte zustoßen können, konnte er die Schuld, die Torsten verspürte, sehr gut nachvollziehen. Claes wünschte sich erneut, er wäre Pädagoge, oder noch besser Therapeut. Irgendetwas musste er jetzt auf jeden Fall sagen, das wusste er. Aber was?

»Shit happens! Das kann den Besten passieren«, meinte er schließlich.

Torsten schaute auf ein paar Kokosflocken hinunter, die auf seinem Teller lagen. Claes' Worte hatten ihn offensichtlich überhaupt nicht aufgemuntert.

Claes kniff sich selbst ins Bein. Irgendetwas Intelligenteres hätte ihm schon einfallen können!

»Sie waren schließlich erst acht und haben versucht, die Kühe einzufangen. Welcher geistesgegenwärtige Junge hätte das nicht gemacht? Das beweist doch Entschlossenheit! Was passiert ist, war wohl kaum Ihre Schuld.«

Claes nickte mit Nachdruck und war gleich ein bisschen zufriedener mit sich. Torsten zuckte mit den Schultern.

»Das haben meine Eltern damals auch gesagt, dass es nicht meine Schuld sei. Aber nach dem Unfall lebten wir wie in einem Vakuum, während sich die Welt draußen weiterdrehte, als wäre nichts geschehen. Vor allem meine Mutter erholte sich nie richtig. Ich glaube, sie machte sich selbst Vorwürfe, weil sie uns gebeten hatte, mit der Saftflasche zu Vater zu gehen. Aber ich verspürte sicherlich die größte Schuld. Auch wenn weder meine Mutter noch mein Vater mich in irgendeiner Weise beschuldigten, wusste ich doch, dass das Leben auf einem Hof gefährlich war und dass ich Rut niemals hätte aus den Augen lassen dürfen. Aber ich hatte es getan. Ein einziges Mal. Und das reichte. Während meiner gesamten Jugend versuchte ich, extra hart auf dem Hof zu arbeiten, um meinen Fehler wiedergutzumachen, aber egal wie sehr ich schuftete und wie tadellos ich mich benahm, wir bekamen Rut nicht zurück.«

Torsten seufzte und sank in sich zusammen, während Claes sich vorbeugte und sich das schnappte, was noch unberührt auf dem Teller lag. Er ahnte, dass sich das Gespräch dem Ende näherte, zumindest für heute. Aber da fuhr Torsten fort:

»Und dann begann der Zweite Weltkrieg, und ich wurde eingezogen.«

Claes schluckte eilig das Haferbällchen hinunter und griff wieder nach seinem Notizblock.

Kapitel 8

Als sie in die Wohnung kamen, forderte Vega Nora mit einer Handbewegung auf, auf dem Ledersofa Platz zu nehmen, das im Wohnzimmer vor einer schwarz-weiß gestreiften Tapete stand. Die Kissen auf dem Sofa waren im Kontrast zu den Wänden farbenfroh, geradezu grell, und passten irgendwie gut zu Vegas Persönlichkeit. Wenn Kissen eine eigene Meinung haben könnten, hätten sie sich wahrscheinlich keinen Deut darum geschert, ob sie sich gut in den Raum einfügten oder nicht, sie machten einfach ihr eigenes Ding, genau wie Vega. Nora musste bei der Vorstellung lächeln. Vega war so wunderbar unbekümmert.

»Neues Sofa? Schön!«

Nora verzog das Gesicht, um ihre Wangen aufzutauen, die sich beim Sprechen immer noch steif anfühlten, während Vega zum Herd ging, um Teewasser aufzusetzen.

»Du trinkst doch noch Tee, oder?«, fragte sie.

»Ja, gern«, erwiderte Nora und wollte aufstehen, um ein paar saubere Tassen aus der Spülmaschine zu holen.

»Nein, jetzt wirst du erst mal umsorgt. Du bleibst sitzen«, sagte Vega bestimmt.

Während das Wasser anfing zu kochen, sah Nora sich

neugierig in der modernen Zweizimmerwohnung mit offener Küche um. Seit sie das letzte Mal hier gewesen war, hatte sich viel verändert. Der Grundton der Einrichtung war weiß: weiße Küchenschränke, weiße Wände – abgesehen von der gestreiften Tapete hinter dem Sofa – und Fenster mit weißen Spitzenvorhängen. Der Küchenboden war grau gefliest und die Arbeitsplatte aus Marmor. Außerdem gab es größere und kleinere Bilder in verschiedenen Farben sowie andere Einrichtungsgegenstände, die sorgfältig ausgewählt waren. Vega hatte sich dabei nicht so um den Gesamteindruck gekümmert, sondern eher jede Sache einzeln betrachtet und für die Dinge Platz geschaffen, die sie mochte.

Die Wohnung selbst war ziemlich unordentlich. Auf dem Couchtisch stapelten sich neben einer Christrose Einrichtungsmagazine und Sportzeitschriften nachlässig übereinander. Überall lag schmutzige Wäsche herum, und mehrere ungebügelte Hemden und Blusen hingen über dem aufgestellten Bügelbrett neben dem Küchentisch. Aber Nora hatte nichts gegen die Unordnung, sie machte die Wohnung nur gemütlich.

Kurz darauf saßen die beiden Freundinnen einander gegenüber. Nora genoss, wie sich die Wärme des Tees in ihr ausbreitete und in die Finger strömte, die die heiße Tasse umklammert hielten. Das gesamte Wohnzimmer roch nach Vanille und Zimt.

»Ehrlich gesagt, siehst du ganz schön fertig aus, meine Liebe. Was ist denn passiert?«

Vega legte den Kopf schief, und Nora machte sich innerlich bereit, indem sie tief Luft holte, bevor sie damit begann zu erzählen, wie sich die Beziehung zu Jonas entwickelt hatte. Dass er berufliche Probleme bekommen und dass das seine Laune beeinflusst hatte.

»Zumindest dachte ich das am Anfang. Die IT-Branche lief nicht mehr so gut, niemand hatte mehr einen sicheren Posten. Natürlich tat er mir leid. Aber seine Laune wurde immer schlimmer. Manchmal wurde er so wütend, dass schon irgendeine Kleinigkeit genügte, um ihn zum Explodieren zu bringen.« Nora nahm einen Schluck Tee, bevor sie fortfuhr: »Mit der Zeit bekam ich regelrecht Angst vor ihm. Es wurde nahezu unmöglich, ihm zu widersprechen. Meistens ging es gut, solange ich ihm seinen Willen ließ, und ich fing an, auf Zehenspitzen um ihn herumzuschleichen. Am Anfang funktionierte das.«

Nora hasste Konflikte, und wenn sie sich mal verstanden, hatten sie eine richtig gute Zeit gehabt. Zumindest hatte Nora sich das eingeredet.

Vega hörte ihr zu, ohne sie zu unterbrechen. Zwischendurch brummte sie nur mal, aber der Griff um ihre Tasse war fester geworden.

»Wie du weißt, lief es in dem Kommunikationsbüro, in dem ich arbeite, ziemlich gut. Und als dann von diesem Chefposten die Rede war, wurde es zwischen mir und Jonas richtig schwierig.«

»Stimmt, deine neue Stelle«, nickte Vega. »Ich erinnere mich. Kurz nachdem du davon erfahren hast, haben wir telefoniert. Du hast es nur kurz erzählt, du hattest damals keine

Zeit für ein längeres Gespräch. Du wolltest dich wieder melden.«

Nora biss sich schuldbewusst auf die Unterlippe. »Ja, das wollte ich eigentlich. Tut mir leid!«

»Erzähl weiter«, ermahnte Vega sie und hob abwehrend die Hand.

»Es war so gedacht, dass ich in der Abteilung fünf Leute unter mir haben sollte, also nichts wirklich Besonderes. Aber ich war trotzdem stolz und sagte zu. Ich weiß noch, dass ich an dem Abend nach Hause ging, um Jonas mit einem richtigen Festessen zu überraschen. Ich konnte es kaum erwarten, ihm die Neuigkeit zu berichten, ich dachte, er würde sich auch freuen, aber da irrte ich mich gewaltig. ›Du? Chefin? Soll das ein Witz sein?‹ Er hat mich sogar ausgelacht.«

»Im Ernst?«, brach es aus Vega hervor. Demonstrativ verschränkte sie die Arme. »Und wie ging es dann weiter?«

»Ich erzählte ihm, dass mein Chef an mich glaubte und auch meine Kollegen und dass mir schon ein paar Leute gratuliert hätten. ›Ja, aber die kennen dich nicht so wie ich‹, sagte Jonas. ›Das ist nichts für dich, du wirst dich bloß lächerlich machen. Und wenn du Chefin bist, wer wird dann überhaupt abends kochen? Das bringt nur einen Haufen Überstunden mit sich und wird unsere Beziehung kaputt machen.‹«

Vega schüttelte den Kopf.

»Sein war Blick war wieder ganz düster«, fuhr Nora fort. »Und dann beugte er sich vor und küsste mich auf die Wange. Aber der Kuss fühlte sich an wie eine Ohrfeige. Ich hatte ja seine Worte noch im Ohr und war ganz benommen.

Was, wenn er recht hatte? Wenn ich mir nur einbildete, gut genug für den Job zu sein. Ich hatte mich nie als Vorgesetzte gesehen, damit lag er schon richtig. Und wollte ich wirklich für die Karriere meine Beziehung aufs Spiel setzen? Ich hatte eigentlich angenommen, dass beides miteinander funktionieren würde.«

Vega hielt ihre Teetasse inzwischen so fest, dass ihre Knöchel weiß hervortraten. Man sah, dass sie sich zwingen musste, sich zusammenzureißen.

»Am Tag danach ging ich zu meinem Chef ins Büro und erzählte ihm, dass ich es mir anders überlegt hätte und ihm leider absagen müsste.«

Vega griff nach einem Kissen und warf es an die Wand. »Dass Jonas nicht richtig tickt, war mir schon klar, als ich ihn zum ersten Mal gesehen habe, und ehrlich gesagt habe ich ihn nie besonders gemocht. Aber dass er dich manipuliert, indem er dich lächerlich macht, dir Schuldgefühle einredet und dich auslacht … Was für ein Mistkerl!«

Nora zog die Augenbrauen hoch. »Du hast recht. So habe ich das noch gar nicht gesehen! Aber ich bin noch nicht fertig. Zwei Tage nachdem ich den Chefposten abgesagt hatte, beschloss ich, früher Schluss zu machen. Ich wollte sein Lieblingsessen kochen, um mich mit ihm zu versöhnen. Also ging ich schnell in den Supermarkt, und auf dem Heimweg kam ich an dem Restaurant vorbei, das dort an der Ecke liegt.«

Nora schluckte.

»Und?«, drängte Vega und wedelte ungeduldig mit der Hand.

»Da habe ich die beiden gesehen. Jonas mit einer anderen Frau. Sie waren wohl gerade mit einem späten Mittagessen fertig, und ich habe gesehen, wie er seine Hände um ihre Hüften legte.«

Nora hatte bei dem Anblick einen Kloß im Hals gespürt, der so groß gewesen war, dass sie kaum Luft bekommen hatte, als Jonas sich vorgebeugt und die Frau geküsst hatte.

»Ich war so überrumpelt von dem Kuss und habe plötzlich eine solche Wut verspürt, dass sie die Angst vor ihm weggefegt hat. Ich habe die Tüten einfach auf der Straße stehen lassen und bin direkt ins Restaurant gegangen.«

Vega hatte sich das Kissen wieder geholt, das sie vorhin weggeschleudert hatte, und hielt es fest umklammert. Nora sah ihren fragenden Blick.

»Zuerst beteuerte er, es sei nicht das, wonach es aussehe. Aber dann änderte er seine Taktik auf einmal und behauptete, es sei meine Schuld. ›Wenn du nicht so auf deine Karriere fixiert wärst, sondern an uns gedacht hättest …‹ Ich habe natürlich widersprochen und erklärt, dass ich den Job seinetwegen gerade abgesagt hätte, aber er hat einfach weitergeredet. ›Nichts von all dem wäre passiert, wenn du nicht so verdammt langweilig wärst und auch noch so zugenommen hättest …«

»Was?«, fauchte Vega und schlug mit der Faust auf den Tisch, wodurch der Stapel mit den Einrichtungsmagazinen ins Wanken geriet.

Nora musterte Vega, die mindestens fünfmal in der Woche ins Fitnessstudio ging und streng Diät hielt. Vielleicht wünschte sich Jonas, dass sie einen Körper wie Vega hatte?

»Du bist eine schöne kurvige Frau, der offenbar nicht klar ist, wie hübsch sie ist. Dass er dir seine Untreue in die Schuhe schiebt! Das ist echt ein starkes Stück!«

Nora legte den Kopf in die Hände.

»Also, diesen Jonas«, fuhr Vega fort. »Den würde ich gerne mal alleine nachts im Dunkeln treffen ... Beim ersten Mal wirkte er auf mich übrigens wie ein verzogener Pitbull, weißt du, so ein aggressiver Typ, der sein Revier markieren muss. Er war irgendwie so kontrolliert, und obwohl er uns allein gelassen hat, als ich das letzte Mal bei euch war, habe ich mich trotzdem ständig beobachtet gefühlt.«

Nora richtete sich überrascht auf. »Wirklich?«

»Ja. Und was dein Aussehen betrifft: Ich hätte gerne deine rotblonden Haare, dein hübsches Gesicht und deine hellblauen Augen. Du erinnerst mich an ein Reh oder eine Meerjungfrau oder eine Sphinx ... Vielleicht Kleopatra? Aber nein, Kleopatra hatte wohl kaum rote Haare?«

Nora brach in Gelächter aus und bekam kaum noch mit, was ihre Freundin sagte. Sie hörte nur noch etwas davon, dass sie absolut keinen Pitbull-Typen als Mann bräuchte, sondern eher einen Bernhardiner, so einen zuverlässigen wie Bootsmann aus *Ferien auf Saltkrokan* zum Beispiel.

»Tja, also«, begann Nora, aber Vega war offensichtlich noch nicht fertig, denn sie fing noch einmal an.

»Und jetzt hat also dieser Mistkerl von Jonas dir dein Herz rausgerissen, es in Stücke zerschlagen, die Scherben in winzig kleine Partikel pulverisiert und füttert jetzt die Vögel damit ...«

»Danke, das reicht«, sagte Nora scharf, wodurch Vega

tatsächlich verstummte. »Ich verstehe, worauf du hinauswillst.«

Normalerweise hätte sie über Vegas spottende Art gelacht, aber wenn es ihr eigenes Innerstes war, das so schonungslos seziert wurde, fand sie es gar nicht lustig. Ihre Freundin hatte mit ihrer Beschreibung ziemlich ins Schwarze getroffen.

»Ich brauche also erst einmal einen Platz zum Schlafen, und dann werde ich versuchen, mein Leben in Ordnung zu bringen«, sagte Nora seufzend und gab sich der Leere hin, die sie jetzt fühlte, nachdem sie alles herausgelassen hatte.

Vega drückte Noras Hand und sah sie an. »Ich verstehe hundertzehnprozentig, dass du da raus musstest, und glaube nicht, dass ich dich in dem Zustand allein lasse. Nora, Schatz, selbstverständlich darfst du auf meinem Sofa schlafen, wenn dich die Wäschehaufen und die Wollmäuse nicht stören.« Vega lächelte. »Ich muss sowieso bald mal putzen, aber das kann bis morgen warten.«

Vega stand auf, um zu signalisieren, dass die Sache abgemacht war, und versuchte dann, einen Plastikkorb mit buntem Geschenkpapier in einen der Schränke zu quetschen, um auf dem Boden für zumindest ein bisschen mehr Platz zu sorgen.

»Das wäre total nett«, sagte Nora und spürte, wie sich ihre Schultern entspannten. »Aber ich will dir nicht zur Last fallen. Gleich morgen früh versuche ich, eine eigene Wohnung zu finden. Denn wie es aussieht, bleibe ich wohl für eine Weile, ich muss einfach Abstand von allem gewinnen.«

Vega lächelte breit. »Ich habe dich vermisst, weißt du, und ich habe absolut nichts gegen ein bisschen nette Gesellschaft. Ich bin wieder Single.«

»Was ist mit Svante?«, fragte Nora überrascht und strich sich eine Locke hinters Ohr. Sie erinnerte sich an den Mann, der sich vor allem für den Aktienmarkt interessiert hatte. Er hatte immer gebügelte Hemden getragen und eine glänzende Aktentasche dabeigehabt. Er war Jonas nicht ganz unähnlich gewesen. Vega hatte Fotos von ihm gezeigt und Details erzählt, bei denen Nora vom bloßen Zuhören heiße Wangen bekommen hatte.

»Svante!«, lachte Vega. »Der ist schon wieder drei Lover her. Viel zu glatt für meinen Geschmack. Nein, ich warte immer noch auf den Richtigen, der mich im Sturm erobert. Er muss eine Herausforderung für mich sein. Ein Mann mit Humor!«

Nora lachte. Vega war also immer noch ganz die Alte.

»Mein Chaos ist dein Chaos!«, rief ihre Freundin mit einer einladenden Handbewegung.

»Danke, ich bleibe nicht lange. Das verspreche ich.«

»Du kannst bleiben, solange du willst«, sagte Vega mit Nachdruck.

Am Abend fiel es Nora schwer, zur Ruhe zu kommen, und als sie endlich in einen Halbschlaf versank, schlief sie schlecht. Im Traum sah sie Jonas, seine schmalen Augen, seine ebenmäßigen Gesichtszüge und das Kinn mit dem Grübchen. Sie träumte davon, wie seine Hand auf dem Rücken der anderen Frau hinunterwanderte und auf der Hüfte liegen blieb, bevor sie sich einen Weg in ihre Bluse suchte. Nora erwachte in die Decke verwickelt und schweißgebadet. Draußen war es noch dunkel, aber dann fiel ihr ein, dass es um diese Jahreszeit sowieso kaum hell wurde. Da die Straßenbeleuchtung auf dem Schneehaufen glitzerte, konnte sie trotzdem die Zeit auf ihrer Armbanduhr erkennen. Es war kurz vor vier. Sie legte sich wieder hin und versuchte, noch einmal einzuschlafen, aber nachdem sie sich eine Stunde lang herumgewälzt hatte, gab sie auf. Stattdessen streckte sich Nora nach dem Lokalmagazin, das sie zwischen den Trainings- und Einrichtungszeitschriften auf dem Couchtisch gefunden hatte, und blätterte darin herum.

Es gab Anzeigen für Weihnachtsbäume, Holz, Adventskonzerte und häusliche Pflege, aber zu Wohnungen oder Jobangeboten fand sie nichts. Denn ihr war klar geworden, dass sie nicht nur das Wohnproblem zu lösen hatte, sie musste auch eine Möglichkeit finden, Geld zu verdienen. Der letzte Blick auf ihr Konto war nicht gerade ermutigend gewesen. Als Projektleiterin hatte sie zwar gut verdient, aber Jonas hatte darauf bestanden, einen gewissen Lebensstil zu pflegen, zu dem seiner Meinung nach exklusive Restaurantbesuche, teure Kleidung und viele kostspielige Unternehmungen gehört hatten. Noras Wunsch nach einem gemütlichen Abend zu Hause auf dem Sofa war selten in Erfüllung gegangen. Sie verstand immer noch nicht, warum er ihrem neuen Job samt Lohnerhöhung gegenüber so negativ eingestellt gewesen war. Er hätte doch auch davon profitiert. Lag es wirklich daran, dass er glaubte, sie wäre den Aufgaben nicht gewachsen? Oder hatte er ein ganz anderes Problem? Erst jetzt kam ihr in den Sinn, dass sie auf der neuen Stelle mehr verdient hätte als er. Das konnte doch wohl nicht …?

Es hatte gutgetan, Vega alles zu erzählen, dadurch sah sie die Dinge in einem neuen Licht. Nora wusste, dass es dauern würde, bis die Wunden heilten, aber sie würde auch ohne Jonas gut zurechtkommen. Der Gedanke war tröstlich und beruhigte sie so weit, dass sie schließlich doch noch einmal einschlief.

Zwei Stunden später wachte Nora von dem gellen Piepen eines rückwärtsfahrenden Lastwagens auf, gefolgt vom Gekläff des Nachbarhunds im Treppenhaus. Stöhnend drückte sie sich das Kissen auf das Gesicht. Von dem Hundegebell bekam sie eine Gänsehaut.

Kapitel 9

Claes schüttelte über sich selbst den Kopf. Obwohl er eigentlich schon fast auf dem Weg zurück nach Stockholm gewesen war, blieb er nun freiwillig länger in diesem Kaff. Er hatte sogar in ein Hotel einchecken müssen, weil er sich gezwungen sah, das Interview abzubrechen. Zwar wäre Claes gerne die ganze Nacht aufgeblieben, um Torstens faszinierende Lebensgeschichte zu hören. Aber dieser hatte irgendwann einen leeren Blick bekommen und so müde ausgesehen, dass Claes Angst bekommen hatte, er könnte im Sitzen einschlafen. Außerdem schloss das Café. Ein dünner Kerl in weißer mehlbefleckter Schürze klapperte bereits laut mit dem zurückgelassenen Geschirr und wischte demonstrativ ein paar Tische um sie herum ab. Da stand Claes auf.

»Wenn Sie möchten, kann ich Sie nach Hause fahren«, bot er an, worauf Torsten zur Antwort bloß nickte.

Claes klemmte sich hinter das Steuer seines Wagens, der für einen Mann seiner Statur viel zu klein war, und Torsten nahm auf dem Beifahrersitz Platz.

»Also, wo wohnen Sie?«

Torsten saß eine Weile still da, bevor er antwortete. »Ich wohne auf Gotland.«

»Gotland!«

Claes war so überrascht, dass er vor Schreck den Fuß von der Kupplung nahm. Der Wagen machte einen Satz nach vorne, der Motor hustete und ging schließlich aus. Der Alte konnte doch wohl nicht auf Gotland wohnen?

»Ja, ich glaube zumindest … Aber ich weiß es nicht mehr.«

Na, das läuft ja großartig, dachte Claes.

Er versuchte, Torsten durch Nachfragen zu helfen, aber ohne Erfolg. Schließlich bat er darum, Torstens Geldbeutel zu sehen, den der alte Mann ihm widerwillig überreichte. Dort fand er, was er suchte. Auf einem zerknitterten Zettel stand die Adresse eines Altersheims in Leksand.

»Seniorenheim Blåbärsstigen, ja, der Name kommt mir bekannt vor«, meinte Torsten, als Claes ihm den Zettel vorlas.

Kurz darauf setzte Claes Torsten vor dem Heim ab. Der Alte wurde von einer Pflegerin in Empfang genommen, die ihn hineinführte und dabei mit ihm schimpfte.

»Du wolltest doch nur einen kurzen Ausflug zur Buchhandlung machen. Stattdessen warst du stundenlang weg! Wir haben uns solche Sorgen gemacht!«

Als Claes ihn durch die Glastür verschwinden sah, bekam er ein schlechtes Gewissen. Aber dennoch war er noch nicht bereit, die Geschichte aufzugeben. Sie hatte schließlich gerade erst begonnen, dessen war er sich sicher.

Seitdem hatte Claes tagelang versucht, Torsten wiederzusehen. Aber man ließ ihn nicht ins Seniorenheim. Das Personal teilte mit, dass Torsten keinen Besuch empfing, er sei zu müde. Claes sah seine hart erworbenen Ersparnisse im

Zuge der wachsenden Hotelrechnung schrumpfen, aber er konnte sich immerhin damit trösten, dass er auch hier an seinem Laptop arbeiten konnte. Heute hatte er endlich mehr Glück. Torsten ging es besser, und er erinnerte sich an Claes.

Selbstverständlich brachte Claes wieder Kuchen mit, den er auf Torstens Nachttisch ausbreitete. Schokoladenbiskuit hatte er diesmal weggelassen, nachdem es das letzte Mal unberührt in der Konditorei liegen geblieben war, aber dafür hatte er ein zusätzliches Haferbällchen dabei.

»Wo sind wir in der Erzählung stehen geblieben?«, fragte Torsten, den der Besuch zu beleben schien.

Mit einiger Mühe setzte er sich im Bett auf, und Claes schob ihm als Stütze ein paar Kissen in den Rücken.

Torsten nahm einen großen Bissen von einem Haferbällchen und schmatzte zufrieden.

»Sie wurden zum Bereitschaftsdienst einberufen«, erinnerte ihn Claes aufmunternd und lehnte sich mit Papier und Stift im Besucherstuhl zurück.

»Ja, richtig.«

Torsten stopfte sich den letzten Rest des Bällchens in den Mund, bevor er weitersprach.

»Wir lebten damals unter schwierigen Verhältnissen, alles war knapp. Ich weiß noch, dass wir Wurst aus Hähnchenfleisch aßen und die Makronentörtchen mit Sägespänen gestreckt wurden. Das war nicht gerade ein Gourmetessen. Aber solange wir etwas auf dem Tisch hatten, konnten wir nicht klagen. Manche hatten noch nicht einmal das. Ich war auf Gotland stationiert und noch nie so weit von zu Hause weg gewesen.«

»Aha«, dachte Claes und zog die Augenbrauen hoch. Das erklärte Torstens Verwirrung neulich. Er war in einer Erinnerung hängen geblieben.

»Wenn man nie dort war, kann man sich nicht vorstellen, wie karg die Insel ist«, fuhr Torsten fort. »Und dann der Wind. Der geht einem durch Mark und Bein. Am schlimmsten war es natürlich im Winter, der Sommer war erträglicher, sogar auf seine Art ganz schön. Aber ich sehnte mich die ganze Zeit über nach Hause nach Dalarna. Wie schon gesagt, es gab wenig zu essen, sowohl da, wo wir waren, als auch in den Städten, aber zu Hause auf dem Hof musste niemand hungrig zu Bett gehen. Bevor ich nach Gotland fuhr, umarmte mich meine Mutter so fest, dass ich dachte, sie würde mich nie mehr loslassen. Sie sagte mir, dass mir nichts Böses geschehen dürfe und dass ich doch einmal den Hof übernehmen sollte. Ich musste ihr versprechen, auf mich aufzupassen. Während meiner Wachtdienste dachte ich daher häufig über meine Zukunft nach, über das Versprechen, wohlbehalten nach Hause zu kommen, das ich meiner Mutter gegeben hatte. Und nicht zuletzt dachte ich darüber nach, wie es sein würde, die ganze Verantwortung für einen so großen Hof zu haben.«

Claes musste daran denken, wie er selbst sich um den Militärdienst gemogelt und Rückenbeschwerden vorgetäuscht hatte, nur um stattdessen direkt mit dem Journalismusstudium anfangen zu können. Ohne Schwielen an den Händen und ohne eine schwere Verantwortung schultern zu müssen.

»Zugleich wünschte sich ein Teil von mir eine Invasion und dass der Krieg mich holen würde«, gestand Torsten. »Ich meldete mich freiwillig zu mehreren gefährlichen Einsätzen, trotz des Versprechens, das ich meiner Mutter gegeben hatte. Oft ging es darum, Minen zu räumen, die an den Stränden angespült worden waren und die Fischer in ihren Netzen gefangen hatten. Das Leben kam mir ungerecht vor. Warum sollte ich weiterleben, wenn meine Schwester Rut es nicht mehr tat? Die Schuldgefühle nagten an mir, hingen mir wie ein Mühlstein um den Hals. Aber um Weihnachten herum passierte etwas. Eine Begegnung, die alles veränderte. Ich hatte Urlaub und war zu Hause in Leksand. Und da sah ich sie. Alva. Sie überquerte direkt vor mir die Straße. Ihre hellen lockigen Haare gingen ihr bis zu den Schultern, und sie drehte ihr Gesicht zu mir. Als sich unsere Blicke kreuzten, fühlte es sich an, als ob ich keine Luft mehr bekäme. In meinem ganzen Leben hatte ich noch kein schöneres Wesen gesehen. Sie lächelte mit Lippen, die rot waren wie eine frisch erblühte Rose, und nickte mir unter dem ebenso roten Hut zu. Ihre Augen leuchteten, bevor sie weiter die Straße entlangging. Ich weiß noch, wie ich mich umgedreht und ihr nachgestarrt habe und dass sie sich auch nach mir umschaute.«

Claes' Blick fiel auf eine Fotografie, die auf dem Schreibtisch stand. Auf dem Foto sah er eine Frau, die ein kleines Mädchen in die Luft hob. War das die Frau, von der Torsten gerade sprach? Er wollte ihn gerade danach fragen, als der Alte fortfuhr:

»Erst stand ich wie angewurzelt auf der Straße. Wer war sie? Wenn wir uns nun nie wiedersehen würden? Mir wurde klar, dass ich die Chance ergreifen musste, wenn ich Antworten auf diese Fragen wollte. Denn das Einzige, was ich sicher wusste, war, dass sie im nächsten Moment aus meinem Leben verschwinden würde, und zwar genauso schnell, wie sie aufgetaucht war. Sie bog gerade um die Ecke, als ich meine Beine endlich wieder unter Kontrolle bekam. So schnell ich konnte, rannte ich los und erreichte sie gerade, als sie in einen dunkelgrünen Käfer stieg. ›Ich muss wissen, wie du heißt‹, rief ich ihr hinterher. Die Frau sah mich prüfend an. ›Alva‹, sagte sie dann mit geradem Rücken und einem Gesicht, das unter dem roten Hut zu glühen schien. Bevor ich wusste, wie mir geschah, drückte sie mir einen Zettel in die Hand, und als der Wagen wegfuhr, faltete ich ihn auseinander. Es war eine Adresse. Ihre Adresse. Noch dazu diejenige von unserem Nachbarhof. Ich musste schon am nächsten Tag nach Gotland zurück, aber jetzt hatte ich etwas, besser gesagt *jemanden*, für den es sich zu leben lohnte.«

»Dann ist das Alva, dort auf dem Foto?«, fragte Claes.

Während Torsten versonnen nickte, nahm Claes unbemerkt sein Handy und fotografierte das Bild ab.

Kapitel 10

Nora wurde jeden Tag rastloser. Vega beschwerte sich nicht darüber, dass sie auf ihrem Sofa schlief, sie schien im Gegenteil die gemeinsamen Teestunden und die Gespräche über das Leben zu genießen. Aber Vega war tagsüber vollauf mit ihrer Arbeit als medizinischer Kosmetikerin beschäftigt, und wenn sie keine Behandlungen durchführte, jobbte sie zusätzlich als Personal Trainerin, und das oft abends.

Für Nora dagegen schleppten sich die Tage so dahin. Das Problem hinsichtlich Arbeit und Wohnung hatte sie noch nicht gelöst, und sie wusste nicht, was sie gemacht hätte, wenn Vega nicht wäre. Also konzentrierte sie sich darauf, Vega auf jede erdenkliche Art zu unterstützen, und ließ ihre Freundin nicht einmal mehr in die Nähe des Herds. Obwohl Nora noch nie in ihrem Leben von der Diät gehört hatte, die Vega gerade machte, fing sie an zu lernen, wie man Essen ohne Kohlehydrate zubereitete. Sie servierte also nicht einfach nur Fleisch mit Sauce béarnaise, sondern farbenfrohe Salate und leckere Soßen zu Halloumi. Außerdem putzte Nora die gesamte Wohnung. Sie begann mit den Fenstern – zumindest von innen – sortierte die Bücher im Regal, räumte die saubere Wäsche in den Schrank, hängte Hemden und

Blusen fein säuberlich auf, aber natürlich erst, nachdem sie sie gebügelt hatte.

»Wow! Wir wohnen ja in einem Museum! Oder eher einer Militäranstalt!«, rief Vega aus und ließ mit großen Augen ihre Sporttasche fallen, als sie an dem Abend nach Hause kam.

Nora lachte. In dieser Hinsicht hatten sie offenbar unterschiedliche Vorstellungen. Sie selbst würde das hier nicht als militärische Ordnung bezeichnen, aber jedes Ding lag an seinem Platz, und man konnte sich zumindest wieder bewegen, ohne über Stapel an Klamotten und anderem Kram steigen zu müssen.

»Du weißt, dass du das nicht machen musst, ja?«, bemerkte Vega. »Ich meine, kochen, putzen, aufräumen. Es ist völlig in Ordnung, dass du hier wohnst. Ich könnte mich sogar daran gewöhnen«, fügte sie hinzu und warf ein Kissen nach Nora.

»Ich weiß, aber ich will einfach etwas zurückgeben«, sagte Nora und legte das Kissen geduldig wieder an seinen richtigen Platz auf dem Sofa.

Und das wollte sie wirklich. Außerdem war es schön, Essen für jemanden zu kochen, der es schätzte und nicht an jeder Kleinigkeit herummäkelte wie Jonas. Immer hatte ihm etwas nicht gepasst. Zu wenig Soße, zu viel Pfeffer, das Brot war zu trocken oder der Tisch zu langweilig gedeckt. Nora hatte sich bemüht, es ihm recht zu machen, aber es war nie gut genug. Schließlich hatte sie angefangen, ihm zu glauben. Vielleicht war sie tatsächlich so wertlos, wie er behauptete? Wenn sie ihn nicht mit einer anderen Frau gesehen hätte, wäre sie wahrscheinlich immer noch bei ihm. Dann wäre sie nach und nach eingegangen. Aber damit hatte er eindeutig eine Grenze überschritten. Nora sah zu Boden.

»Morgen Abend koche ich mal für dich«, bestimmte Vega. »Wie läuft es eigentlich mit der Jobsuche? Hat sich irgendetwas aufgetan?«

Nora schüttelte den Kopf. »Noch nicht, aber ich habe eine Idee.«

Da es nicht so einfach war, eine Arbeit zu finden, wie Nora gehofft hatte, hatte sie entschieden, zum Arbeitsamt zu gehen. Bisher hatte sie deren Hilfe noch nie in Anspruch nehmen müssen, aber jetzt wusste sie nicht mehr weiter. Allerdings hatte man ihr klargemacht, dass der Termin quasi ein Gnadenakt war, denn heutzutage kam es äußerst selten vor, dass man sich zu einem persönlichen Gespräch zusammensetzte. Um die meisten Gesuche musste man sich selbst kümmern, weil alles digitalisiert war. Das hatte ihr zumindest der Mann vom Arbeitsamt erklärt.

Nora saß mit einer Frauenzeitschrift auf dem Schoß im Wartezimmer. Sie wusste nicht genau, warum, aber sie war nervös und konnte sich kaum auf die Texte konzentrieren. Stattdessen schaute sie sich die schönen Kleider und Luxusreisen der Königsfamilien an. Schließlich war sie an der Reihe. So aufrecht und würdevoll, wie sie nur konnte, betrat sie das Zimmer des Arbeitsvermittlers und setzte sich auf den harten, unbequemen Besucherstuhl. Der Mann mittleren Alters, bei dem sie den Termin vereinbart hatte, hörte sofort auf, mit seinem Stuhl zu kippeln, und rückte die Brille auf seiner spitzen Nase zurecht. Er hatte ungewöhnlich buschige

Augenbrauen, hängende Schultern und war gut gekleidet, bemerkte Nora.

Sie hatte im Vorfeld einige Stellengesuche ausgefüllt, die sie ihm präsentieren wollte, und ihren Lebenslauf auf den neuesten Stand gebracht. Nora reichte dem Mann die Unterlagen. Der nickte zufrieden über ihre Hochschulausbildung und die Kompetenzen, die sie aufgeführt hatte, wirkte aber dennoch bekümmert.

»Ich drücke Ihnen die Daumen«, sagte er. »Sie sind wirklich qualifiziert. Das Problem ist nur, dass Sie in einigen Fällen als *zu* qualifiziert gelten könnten, und das wirkt möglicherweise abschreckend.«

Nora sah den Mann verständnislos an, während dieser noch einmal seine Brille zurechtrückte und sich räusperte.

»Wenn man so hoch qualifiziert ist wie Sie, kann es im schlimmsten Fall dazu führen, dass sich derjenige, der Ihr Gesuch auf den Tisch bekommt, fragt, wie lange Sie wohl bleiben, bevor Sie zu einer neuen, besser bezahlten Herausforderung weiterziehen.«

»Wie bitte?«

Nora zwinkerte ein paarmal überrascht, während der Mann fortfuhr:

»Hier steht, dass Sie Projektleiterin waren und Ihnen dann eine leitende Position angeboten wurde. Sie müssen bedenken, dass es hier auf dem Land ungewöhnlich ist, dass man Personalverantwortung bekommt, bevor man vierzig ist. Vermutlich ist es in Stockholm anders, da ist man dann schon fast zu alt dafür. Wir müssen also daran denken, welche Signale Sie hiermit aussenden.«

Nora konnte nicht glauben, was sie hörte.

»Tja, wir können nur hoffen, dass es in Ihrem Fall anders läuft. Ich wollte Sie nur darüber informieren, was passieren könnte.«

»Wir können den Teil mit dem Chefposten einfach streichen«, entschied Nora. »Es wurde ja ohnehin nichts daraus.«

»Vielleicht können wir auch streichen, dass Sie aus Stockholm kommen? Man weiß nicht, was die Leute für Assoziationen haben. Ich denke außerdem, dass wir Ihre Schwächen ein bisschen mehr betonen sollten, dann wirken Sie menschlicher.«

Nora konnte nur mit dem Kopf schütteln, als sie das Arbeitsamt verließ. Auf Anraten des Vermittlers hatte sie ihren Lebenslauf umgeschrieben, sodass praktisch kaum noch etwas übrig geblieben war. Es stand nichts mehr davon da, dass sie gut darin war, Probleme zu lösen, oder dass sie viele Bälle gleichzeitig in der Luft halten konnte. Auch nicht, dass die Kollegen sie geschätzt hatten und ihr eine Führungsrolle zugetraut wurde. Stattdessen war zu lesen, dass sie als Person ein wenig zu nett und unentschlossen sein konnte. Das war ungefähr so, als ob in einer Wohnungsanzeige stehen würde: »Haus auf dem Land – etwas für Bastler« oder in einem Inserat für Pferde: »Pferd – leicht zu beschlagen und zu belasten« – Worte, die man verwendete, wenn es absolut keine anderen Qualitäten gab, die man hervorheben konnte. Da erwartete einen nur eine einfache Fahrt zum Schlachthof.

Nora stöhnte. Was habe ich nur getan? Wer wird mich jetzt noch einstellen wollen?

Kapitel 11

Nora machte einen Spaziergang, um ihre Gedanken zu ordnen, und beschloss, eine neue Taktik anzuwenden. Jede Arbeit war ihr recht, wenn sie nur nicht zurück nach Stockholm gehen musste. So war es einfach, und sie brauchte dringend Geld.

Nora hatte sich von der Arbeit beurlauben können, indem sie behauptet hatte, aus persönlichen Gründen verreisen zu müssen, und da ihr Chef sie sehr schätzte, hatte sie nicht einmal anzugeben brauchen, wann sie zurückkommen würde. Sie sollte sich einfach melden, hatte er gesagt.

Nora wusste, dass sie nicht berechtigt war, irgendeine Unterstützung zu beantragen. Dafür musste sie arbeitslos sein, und genau genommen war sie das nicht, da sie sich nur freigenommen hatte.

Sie blieb stehen und schaute in das Schaufenster eines Spielzeugladens, das mit eingewickelten Paketen, Lichterketten und künstlichem Schnee weihnachtlich dekoriert war. Mit den Augen folgte sie der elektrischen Eisenbahn, die darin ihre Runden drehte. Ein neuer Job würde nicht einfach so angeflogen kommen, schon gar nicht nach dem höchst zweifelhaften Lebenslauf, den sie vorhin eingereicht hatte. Nora richtete sich auf. Sie würde sich selbst darum kümmern müssen. Vielleicht konnte sie einfach in ein paar Geschäfte gehen und zu anderen möglichen Arbeitsplätzen und sich vorstellen? Sie würde es auf jeden Fall versuchen, und wenn sie nichts fand, konnte sie noch in die größeren, umliegenden Städte fahren.

Nora fröstelte und zog ihren Schal enger um das Gesicht. Ihr Spiegelbild im Schaufenster verriet, dass sie eine rote Nase hatte, aber im Inneren verspürte sie ein leichtes Prickeln, das sich wie ein Fünkchen Hoffnung anfühlte. Sie war zufrieden mit ihrem Plan und fing direkt im Spielzeugladen an. Leider hatten sie keinen Job für sie, aber der freundliche Eigentümer spendierte ihr immerhin einen Pfefferkuchen.

Nora ging weiter in das kleine, charmante Zentrum von Leksand, wo sie sämtliche Supermärkte, Banken und Restaurants abklapperte. Aber dort gab es auch keine freien Stellen, genauso wenig wie bei den Reinigungsfirmen und nicht einmal bei der häuslichen Pflege, wo man dem Verantwortlichen nach sonst immer helfende Hände gebrauchen konnte. Überall gab es genug Beschäftigte.

Nora seufzte laut, aber dann fiel ihr ein, dass es den Hügel hinunter beim Bahnhof eine Tankstelle gab. Vielleicht hatte sie dort Glück? Die Besitzerin war sehr freundlich und versüßte ihr die Absage wenigstens mit einem Schokoriegel. Und sie sagte etwas, das Nora wieder hoffen ließ.

»Warum versuchen sie es nicht in Insjön? Das ist nur sieben Kilometer von hier entfernt, und es gibt dort auch ein kleines Zentrum mit Geschäften. Neulich habe ich gehört, dass es eine Stelle in einer Kleiderboutique frei werden soll.« Die Tankstellenbesitzerin lächelte sie aufmunternd an.

»Vielen Dank, sowohl für den Tipp als auch für die Schokolade«, sagte Nora, während sie ihre Handschuhe wieder anzog.

Sie traute sich nicht richtig, wieder Hoffnung zu schöpfen, aber beschloss, dass es zumindest einen Versuch wert war.

Zurück in der Wohnung, schaute Nora nach den örtlichen Busverbindungen, aber nachdem sie den Fahrplan studiert hatte, der nicht wirklich mit dem in Stockholm zu vergleichen war, wo alle fünf Minuten ein Bus oder eine Bahn fuhr, entschied sie, lieber ein Fahrrad aufzutreiben. Das würde ihr mehr Freiheit verschaffen, und sie müsste nicht an irgendeiner zugigen Bushaltestelle stehen und frieren.

In der Diele traf Nora auf Vega, die gerade nach Hause gekommen war.

»Hallo, wie gut, dass du da bist, ich muss dich etwas fragen«, sagte Nora, als Vega die Einkaufstüten, die sie mit sich trug, abstellte und die Freundin umarmte.

Nora drückte sie und schüttelte den Kopf darüber, dass Vega ihren Protest offenbar ignoriert hatte und darauf bestand, heute Abend zu kochen. Vega ging zum Küchenschrank und holte den Toaster heraus, der ganz hinten verstaut gewesen war. Danach packte sie die Lebensmittel aus der Tüte und zog zu Noras Verwunderung auch eine Brottüte heraus. Es war ein großer Laib, der vor Kohlehydraten nur so strotzte. Vega schnitt ihn an und schob zwei Scheiben in den Toaster.

»Das Essen wird noch eine Weile brauchen, und für dich mache ich heute eine Ausnahme. Denn ich vermute mal, dass du so etwas hier vermisst hast«, sagte sie und schaute auf ihre Armbanduhr.

Nora nickte grinsend. Frisch getoastetes Brot mit geschmolzener Butter, Käse und Marmelade – ja, das hatte sie tatsächlich vermisst. Sie holte tief Luft und konnte sich den Duft schon vorstellen. Diese Diät war schon hart, auch wenn sie zugeben musste, dass ihr Appetit auf Süßes deutlich abgenommen hatte, seit sie bei ihrer Freundin wohnte.

»Was wolltest du mich eigentlich fragen?«, hakte Vega nach.

»Ah, ja. Weißt du, wo man hier ein Fahrrad bekommen kann? Möglichst billig!«

»Jetzt im November ist nicht gerade Hauptsaison für Fahrräder«, entgegnete Vega und hob verwundert die Augenbrauen. »Eher für Schneeskooter und so was, aber ich habe ein Fahrrad im Abstellraum stehen. Eigentlich hatte ich daran gedacht, es zu verkaufen, aber du kannst es dir gerne ausleihen.«

Nora folgte Vega in den kalten Abstellraum, der klein und vollgestopft war. Und da stand es. Ein altes rotes Damenrad mit gefedertem Sattel und hohem Lenker. Es hatte sogar einen Korb. Nora bemerkte, dass ein Reifen platt war, aber das zu reparieren dürfte nicht allzu schwierig sein.

»Das ist perfekt! Was möchtest du dafür haben?«

Vega hob die Hände in einer Geste hoch, die klarmachte, dass sie ihr das Fahrrad gerne auslieh, aber Nora bestand darauf. Sie wollte nicht riskieren, irgendetwas kaputt zu machen, das ihr nicht gehörte. Danach folgte ein Verhandeln mit verkehrten Vorzeichen, denn Vega schlug dreihundert Kronen vor, aber Nora widersprach:

»Nicht unter fünfhundert Kronen. Das ist mein letztes Angebot.«

»Versprich mir, dass du vorsichtig fährst. Es ist glatt. Warum kaufst du dir nicht stattdessen ein Auto?«

Nora hatte bisher noch nie einen Wagen gebraucht und besaß nicht einmal einen Führerschein. In der Großstadt reichten die öffentlichen Verkehrsmittel vollkommen aus. Hier herrschten aber offensichtlich andere Bedingungen.

»In dem Fall müsste ich erst einmal einen Führerschein machen.«

»Stimmt, ja! Daran hatte ich gar nicht gedacht«, lachte Vega.

Dass sie sich weder ein Auto noch einen Führerschein leisten konnte, erwähnte Nora nicht.

Während Vega in der Küche beschäftigt war, zog sich Nora einen Blaumann über, den sie ganz oben in einem Regal gefunden hatte. So einen ähnlichen Overall hatte sie auch in ihrer Studentenverbindung damals getragen. Das schien eine Ewigkeit her zu sein. Auf YouTube suchte sie nach einem Video, in dem Schritt für Schritt erklärt wurde, wie man einen Platten reparierte. Mit dem Lehrvideo, einer Werkzeugkiste und einer großen Portion Geduld machte sie sich in dem kalten Verschlag an die Arbeit. Nora platzierte ihr Handy auf einer Bank und startete das Video.

Ein junges Mädchen in Trainingskleidung begann ihren Vortrag mit dem Hinweis auf Pannenspray. Ungeduldig trommelte Nora mit den Fingern auf ihren Oberschenkel und streckte sich nach dem Handy, um ein Stück vorzuspulen. In dem Moment begann das Telefon zu vibrieren. Auf dem Display erschien eine Nachricht von Jonas: »Wo bist du? Ruf an!«

Nora spürte einen Schauer den Rücken hinunterlaufen und sank auf den Boden. Sie musste mehrmals tief durchatmen, und es dauerte eine Weile, bis sie wieder auf die Beine kam. Dann drückte sie die Nachricht weg und ließ den Film weiterlaufen. Es fiel ihr schwer, sich zu konzentrieren, sie war erschüttert, weil sie so stark auf Jonas' Namen reagiert hatte.

Als das Fahrradmädchen zeigte, wie man den Schlauch herausnahm, zwang sich Nora, die Gedanken an Jonas zurückzudrängen, und holte einen Eimer. Während sie die Hände in das warme Wasser gleiten ließ, um nach den kleinen Luftblasen zu suchen, die ihr zeigen würden, wo das Loch war, konnte sie sich endlich wieder entspannen. Die Stille im Abstellraum, der Dampf, der aus dem Eimer aufstieg, und die Freude darüber, Luftbläschen wie einen kleinen Vulkan nach oben steigen zu sehen, ließen sie Jonas vergessen. Sie hatte noch nie im Leben einen platten Reifen repariert, und als sie fertig war, war sie zum ersten Mal seit Langem mit sich selbst zufrieden. Anschließend wusch sie sich die Hände, und dann hörte sie, wie Vega sie zum Essen rief.

Kapitel 12

Am nächsten Morgen machte sich Nora mit dem Fahrrad auf den Weg, was nicht so angenehm war, wie sie gedacht hatte. Die Straße war glatt, und ein beißender Wind blies ihr ins Gesicht, sodass ihre Augen tränten. Wenn das so weiterging, würde sie kein bisschen Mascara mehr um die Augen haben, wenn sie ankäme. Um in dieser Gegend Rad zu fahren, brauchte man unbedingt wasserfestes Make-up. Um das zu retten, was übrig war, beugte sie den Kopf, während sie stur weiterstrampelte.

Nachdem sie ihr Fahrrad auf dem Marktplatz von Insjön abgestellt hatte, setzte Nora ihr charmantestes Lächeln auf, was eine gewisse Herausforderung darstellte, da ihre Wangen noch steif gefroren waren.

Die Geschäfte lagen hier in einer Reihe nebeneinander, und jenseits des Parkplatzes stand ein großes Wasserrad. Eine junge Frau, die mit ihrem Hund spazieren ging, kam näher, und Nora drehte sich abrupt um, um ihr nicht begegnen zu müssen. Da sie nicht genau wusste, welches Geschäft eine Aushilfe suchte, beschloss sie, eins nach dem anderen abzuklappern. Alle Angestellten, die sie traf, waren freundlich, aber schüttelten bedauernd den Kopf.

»Leider haben wir keine freie Stelle, jedenfalls nicht im Moment.«

In einem Laden sagte der Chef: »Ach, was für ein Pech. Wir hatten gerade noch einen Job, aber der wurde gestern vergeben. Wenn Sie möchten, setze ich Sie auf die Warteliste. Vielleicht ist in zwei, drei Monaten wieder etwas frei?«

Nora hielt die Luft an. Zwei, drei Monate? Das würde bedeuten, dass sie in jedem Fall nach Stockholm zurückkehren müsste. Aber wo sollte sie dann wohnen? In ihrem Apartment war schließlich Jonas.

Nora spürte, wie sich ihr Hals zusammenschnürte. Sie bekam kaum noch Luft, die Handflächen wurden feucht, während ihre Hände gleichzeitig zu zittern anfingen. Kurz bevor die Panik sie ernsthaft überfiel, klopfte ihr ein Mann auf die Schulter.

»Mein Name ist Rikard, und ich betreibe auch einen Laden hier in Insjön, ein kleines Lebensmittelgeschäft, nicht weit von hier.«

Nora musste sich zusammenreißen, um den Mann anzuschauen, der jetzt vor ihr stand. Sie holte tief Luft, versuchte zu schlucken und hoffte zumindest, einigermaßen beherrscht auszusehen.

»Ich habe vor Kurzem erfahren, dass einer meiner Angestellten in Elternzeit will«, fuhr der Mann fort. »Wenn Sie also einen Job suchen, sind Sie bei uns willkommen. Er ist allerdings nur halbtags.«

Nora musste sich zügeln, um dem Fremden nicht um den Hals zu fallen.

»Das klingt perfekt!«, sagte sie. »Wann kann ich anfangen?«

Beschwingt radelte Nora nach Hause. Obwohl die ganze Strecke mehr oder weniger eben war, kam ihr der Weg zurück so leicht vor, als würde es bergab gehen. Sie hatten einen Job und konnte schon nächsten Montag anfangen.

Zurück bei Vega, erzählte die Freundin ihr von einem Kollegen, dem ein kleines Ferienhäuschen in Heden gehört, das direkt am Wasser lag und zu mieten war.

Nora bekam wieder Hoffnung. Vielleicht würde sich jetzt doch alles zum Guten wenden.

Vega hatte schon die Nummer des Hausbesitzers gewählt.

»Ich nehme es! Ungesehen!«, rief Nora im Hintergrund, als nach einigen Klingeltönen jemand am anderen Ende der Leitung zu hören war.

Kapitel 13

Vega parkte den Wagen an der Hauptstraße und nickte Nora zu, die bereits den Gurt löste und ausstieg.

»Auf dem letzten Stück ist der Schnee nicht geräumt, und ich möchte nicht riskieren stecken zu bleiben«, erklärte Vega.

Nora sah auf die verschneite Straße vor sich. Den restlichen Weg würden sie durch hohen Schnee stapfen müssen, da kamen ihr die Winterstiefel zugute, die Vega ihr ausgeliehen hatte. Langsam verstand Nora, warum ihre Freundin fand, dass sie viel zu dünne Schuhe trug. Vega selbst zog um diese Jahreszeit oft dicke Bikerstiefel an. »Warm, schön und rutschfest«, erklärte sie.

Schon von Weitem sah Nora das kleine Holzhäuschen, das nur etwa einen Steinwurf entfernt von einem zugefrorenen See lag. Links vom Häuschen befand sich ein Nadelwald, rechts standen einige andere Häuser, allerdings mehrere Hundert Meter entfernt. Das Holzhaus besaß wahrscheinlich ein naturbelassenes Grundstück, was aber schwer zu erkennen war, da alles unter einer dicken Schneedecke verborgen lag. Nora spürte sofort, wie es in ihrem Körper zu kribbeln begann. Das hier war es – ihr kleines Häuschen.

Nora und Vega stapften mühsam bis zum Gebäude und sahen es sich erst einmal von außen an. Das Holz war im klassischen Dalarna-Stil rot gestrichen, und das Dach, an dessen Unterseite man erkennen konnte, dass es aus orangefarbenen Ziegeln bestand, war schneebedeckt. Der Schornstein darauf ließ vermuten, dass das Haus einen offenen Kamin besaß. Als Nora feststellte, dass es an der Vorderseite außerdem eine Glasveranda gab, musste sie lächeln. Das Häuschen sah aus wie auf einem Postkarten-Idyll! Vega musterte allerdings skeptisch die niedrige Eingangstür.

»Wie schade, dass ein Fenster kaputt ist«, sagte sie und zeigte auf einen Sprung an der Unterkante einer der vielen Glasscheiben in der Veranda, die wie eine Patchworkdecke von weißen Sprossen eingerahmt waren.

Nora zuckte mit den Schultern.

»Das lässt sich sicher reparieren. Ich finde die Veranda fantastisch!«

Der Vermieter wollte sechstausend Kronen Kaltmiete im Monat haben. »Es ist immerhin ein hübsches kleines Holzhaus, das mitten in einer schönen Winteridylle liegt«, hatte der Besitzer gesagt. Dagegen ließ sich schwer argumentieren, und momentan gab es nicht gerade freie Immobilien im Überfluss. Nora hatte dem Vermieter schon zugesagt und konnte nur hoffen, nicht enttäuscht zu werden.

Der Schlüssel war unter einem Blumentopf neben der Tür versteckt.

»Wie originell«, kommentierte Vega und verdrehte die Augen. Als würden Einbrecher das nicht in ungefähr anderthalb Sekunden herausfinden.

»Ja, es gibt bestimmt bessere Ort, um einen Schlüssel zu verstecken«, stimmte Nora ihr zu.

Aber jetzt im Moment waren Einbrecher das Letzte, woran sie denken mochte. Stattdessen nahm sie den Schlüssel, steckte ihn ins Schloss und drehte ihn um. Da Nora und Vega beide etwas größer waren, mussten sie sich bücken, um durch den niedrigen Türrahmen ins Haus zu gelangen. Vega betätigte sofort den Lichtschalter, und Nora stellte zu ihrer Erleichterung fest, dass zumindest einmal der Strom funktionierte.

Das Häuschen besaß eine kleine Küche, die sich im selben Raum befand wie das Wohnzimmer – beziehungsweise das »große Zimmer«, wie es hier oft genannt wurde. In der einen Ecke entdeckte Nora einen offenen Kamin, der nicht so aussah, als sei er nach der letzten Benutzung gereinigt worden. Das halb angebrannte Feuerholz darin war mit Asche und Staub bedeckt.

Das Badezimmer war winzig, in Prinzip so, dass man es rückwärts betreten und sich dann seitlich hineinklemmen musste, wenn man sich auf die Toilette setzen wollte, weil die Dusche mit der Faltwand den meisten Platz im Raum einnahm. Daneben gab es noch ein Waschbecken mit Kalkablagerungen auf den braunen Fliesen. Immerhin besser als ein Plumpsklo draußen, redete sich Nora ein.

Eine Treppe aus Kiefernholz, die zu den Holzwänden passte, führte in das offene Schlafzimmer hinauf, wo eine Matratze auf dem Boden lag. Hier im Obergeschoss konnte man nicht aufrecht stehen, aber schließlich war ein Schlafzimmer auch zum Schlafen da.

Ansonsten war die Hütte spartanisch eingerichtet. Es gab einen Tisch, ebenfalls aus Kiefernholz, ein paar Küchenstühle mit Sitzkissen, die ein furchtbares Muster hatten, das an einen Wohnwagen aus den Neunzigerjahren erinnerte, und ein zweisitziges Sofa. Das Problem war, dass es im Haus so kalt war, dass man beim Ausatmen Dampfwolken ausstieß.

»Okay, das ist es also«, konstatierte Vega und schlug die Hände zusammen, nachdem sie das Häuschen gemeinsam inspiziert hatten.

»Hm, hübsch.«

Nora wusste nicht so recht, was sie davon halten sollte.

Das hier war sicher nicht ihr Traumhaus und mit ihrer Stockholmer Wohnung kaum zu vergleichen. Aber hatte sie denn eine Wahl? Das Ferienhäuschen war ihre beste Alternative. Sie wollte Vega nicht länger zur Last fallen, und andere Wohnmöglichkeiten glänzten nur mit Abwesenheit. Nora schloss die Tür hinter sich, drehte den Schlüssel wieder um und wollte ihn gerade in sein Versteck zurücklegen, als Vega sagte: »Ernsthaft, Nora. Du kannst nicht einmal daran denken, hier einzuziehen! Es tut mir furchtbar leid, wenn ich dir falsche Hoffnungen gemacht habe, aber ich hätte nicht gedacht, dass es hier so kalt und … verlassen sein würde. Ich frage mich, ob das Haus überhaupt ausreichend gedämmt ist. Wie kann es denn sonst *so* kalt sein? Wir müssen dem Vermieter erklären, dass das hier ein bisschen zu schnell ging. Als Sommerhaus – klar! Aber hier im Winter zu wohnen, halte ich für äußerst bedenklich!«

»Ja, aber …«, begann Nora.

»Wir können das sicher rückgängig machen, schließlich möchte ich nicht, dass du hier erfrierst oder eine Lungenentzündung bekommst«, fuhr Vega fort.

Nora bekam einen Kloß im Hals, weil ihre Freundin so mitfühlend war, aber sie tat ihr Bestes, um sich nichts anmerken zu lassen. Teilweise gab sie Vega allerdings recht.

»Ich trage gern Wollsocken«, sagte sie stattdessen und lächelte tapfer. »Es wird bestimmt gehen, wenn ich die Heizung angemacht habe.«

Vega schüttelte den Kopf. »Dich hier zu lassen, fühlt sich an, als würde ich dich in der Wildnis aussetzen.«

Nora hatte heute vor ihrer Besichtigung den Vermieter getroffen, Åke Lindblad. Er war ein Mann mit Helly-Hansen-Pullover, dicken Winterstiefeln und einem stattlichen Bürsten-Schnurrbart, der an einen Straßenbesen erinnerte. Was die Einrichtung des Ferienhauses anging, ließ er ihr weitgehend freie Hand. Sie durfte die Zimmer sogar umstreichen, sofern sie es ordentlich machte. Erst als sie den Vertrag sehen wollte, wich er ihrem Blick aus. Er erklärte, dass er es nicht so mit der Bürokratie und dem Papierkram hatte und dass er es vorzog, die Monatsmiete bar zu erhalten. »Elektronische Überweisungen sind nichts für mich. Das sind nur Zahlen, die zwischen den Konten hin- und hergeschoben werden. Nein, es muss schon richtiges Geld sein.«

Aus irgendeinem Grund, den Nora nicht ganz nachvollziehen konnte, bestand der Vermieter darauf, das Ferienhaus nur monatlich zu vermieten. Wenn sie auf ihre innere Stimme gehört hätte, hätte Nora vielleicht die Warnglocken läuten hören. Aber sie hatte kaum eine andere Wahl, also akzeptierte sie alle seine Bedingungen. Sie gaben sich die Hand, und mit einem Handschlag, der so fest gewesen war, dass es wehtat, besiegelten sie die Vereinbarung.

Sie hatte ihre Sachen aus Vegas Wohnung geholt und der Freundin für ihre Hilfe gedankt. Und jetzt stand sie hier, in ihrer ersten eigenen Bleibe in Leksand. Nora streckte sich. Immerhin hatte sie schon etwas zuwege gebracht, einen Schritt in die richtige Richtung gemacht. Falls sie es doch nicht schaffen sollte, die Miete für das Häuschen zusammenzubringen, konnte sie immer noch zurück zu Vega ziehen. Auch wenn sie inständig hoffte, dass es nicht so weit kommen würde, denn Vega hatte schon mehr als genug für sie getan. Aber wieder nach Stockholm zu ziehen, war keine Option. Ihre gesamten finanziellen Mittel steckten in der Wohnung, die Jonas noch besetzte, und seine hohen Erwartungen, was ihren Lebensstil anging, hatten es unmöglich gemacht, etwas beiseitezulegen. Sie war im Grund genommen pleite.

Allein bei dem Gedanken an Jonas zog sich ihr Magen schmerzhaft zusammen. Nora wollte ihn niemals wiedersehen, und schon gar nicht mit ihm streiten, auch wenn die Wohnung eigentlich ihr gehörte. Dafür war sie einfach noch nicht bereit. Die Wohnung war wirklich schön, ein großes Zweizimmerapartment am Rande der Altstadt. Eigentlich hätte sie lieber zur Miete gewohnt, aber es hatte sich gezeigt, dass es noch schwieriger war, eine Mietwohnung zu finden, als eine zu kaufen. Nora war zu mehreren Besichtigungen gegangen, die alle gleich geendet hatten: mit absurden Geboten in astronomischen Höhen, und jedes Mal hatte sie mit ansehen müssen, wie sich ihr Traum in Luft auflöste. Aber einmal hatte sie dann doch Glück gehabt.

Der Makler, der die Wohnung gezeigt hatte, hatte Migräne bekommen und wollte zu einem schnellen Abschluss kommen, damit er nach Hause gehen und sich in Ruhe auskurieren konnte. Da Nora als Erste ein Gebot abgegeben hatte, hatte sie die Wohnung sofort bekommen. Allerdings war anfangs viel zu renovieren gewesen, weil vor ihr ein Raucher in der Wohnung gewohnt hatte, der dem Geruch und der Farbe der Tapeten nach im Haus gequalmt hatte, anstatt den französischen Balkon dafür zu nutzen. Aber das hatte Nora nicht abgeschreckt. Sie hatte nichts dagegen zu renovieren, im Gegenteil. Mit Feuereifer hatte sie sich in der Wohnung an die Arbeit gemacht, gelüftet, geputzt und gestrichen. In null Komma nichts hatte sie so die Zimmer von einem Aschenbecher in etwas verwandelt, das mit seinen weißen Wänden fast wie eine Galerie wirkte. Die Bilder an den Wänden waren teils klassisch, teils modern und farbenfroh, sie hatte sie in verschiedenen Secondhandläden gefunden. Einen Rahmen hatte sie für ein Bild aufbewahrt, das sie selbst eines Tages malen wollte, aber dazu war es nie gekommen. Die Wohnung war gerade fertig geworden, als Jonas einzog.

Um sich die Anzahlung leisten zu können, hatte Nora die Unterstützung ihres Vaters in Anspruch nehmen müssen, auch wenn ihr vor allem das Erbe ihrer Mutter den Kauf ermöglicht hatte. Würde sie es über sich bringen, ihren Vater noch einmal nach einem Beitrag zur Miete zu bitten? Nur so lange, bis sie auf eigenen Füßen stehen konnte? Nein, das wollte sie nicht. Er hatte ihr schon so oft geholfen, und er verdiente gerade genug, um selbst gut zurechtzukommen. Nora schüttelte demonstrativ den Kopf. Schließlich war sie erwachsen und konnte sich um sich selbst kümmern. Sie würde einfach sparen müssen. Das Wichtigste war, dass sie sich nie wieder von einem Mann etwas sagen ließ. Dabei fiel ihr ein, dass sie ihren Vater anrufen und ihm erzählen sollte, was passiert war. Außerdem wollte sie ihn bitten, die Umzugsfirma in die Wohnung zu lassen, mit der Nora heute Morgen vereinbart hatte, dass sie ihre Sachen aus dem Abstellraum in Stockholm holen würden.

Die Zeiten von teuren Restaurantbesuchen und schicken Kleidern waren jetzt erst einmal vorbei, aber sie würde das alles nicht sonderlich vermissen, dachte Nora. Vielleicht den kleinen Delikatessenladen an der Ecke mit den handgefertigten weißen Schokoladenpralinen und Joffis Café genau gegenüber, wo es selbst gebackene Scones und Lakritztee gab. Scones würde sie auch selbst backen können, redete sie sich ein. Früher hatte Nora auch nicht viel Geld gehabt, also würde sie auch jetzt wieder mit wenig zurechtkommen. Sie wusste, dass sie ein bisschen was brauchte, um es sich im Ferienhaus hübsch einzurichten, dafür hatte sie auch schon einige Ideen. Die Kosten für Lebensmittel konnte sie möglicherweise niedrig halten, wenn sie vor allem die Dinge kaufte, die gerade im Angebot waren, nur noch eine kurze Haltbarkeit hatten oder saisonal waren. Das, was sie für das Häuschen benötigte, wollte sie hauptsächlich in Secondhandläden finden.

Nora griff nach Papier und Stift und kritzelte schnell eine Liste zusammen, bevor sie zufrieden nickte. Als sie jünger gewesen war, hatte sie über alles Mögliche Listen geführt: die blödesten Jungs, die Jungs, in die sie verliebt war, die Pferde, die sie im Stall am liebsten mochte. Die Pferde auf dem Hof … Nora schob den Gedanken an sie schnell beiseite. Er tat zu weh, denn diese Erinnerung war fest mit ihren Großeltern verknüpft. Aber das war vor dem Unfall gewesen.

Nora ließ den Blick durch das Fenster nach draußen wandern, betrachtete die Berge auf der gegenüberliegenden Seite des Sees, bevor sie wieder auf ihre Liste sah. In einer Lokalzeitschrift hatte sie gelesen, dass der örtliche Secondhandladen heute geöffnet hatte, also zog sie ihre Winterjacke an, schwang sich auf das Fahrrad und strampelte auf der glatten winterlichen Straße die fünf Kilometer zum Geschäft.

Dort war deutlich mehr los, als Nora erwartet hatte. Sie stellte das Rad vor dem großen fabrikartigen Gebäude ab und trat ins Warme. Ein Regal reihte sich dort ans andere. Es gab Porzellankatzen, Weihnachtsdekoration, alte Ballkleider, die auf Bügeln hingen, und Puppen in großen Plastikwannen. Nora zog ihre Liste aus der Handtasche.

1. ein oder zwei Flickenteppiche für den kalten Boden
2. Teelichthalter
3. Blumentöpfe
4. eine Teekanne
5. Winterstiefel
6. ein Fahrradmuff

Nora rechnete nicht wirklich damit, einen fertig genähten Muff zu finden. Gab es die überhaupt? Aber irgendetwas wollte sie haben, damit die Hände am Lenker nicht so kalt wurden. Auch mit Handschuhen und Plastikgriffen drang die Kälte von dem kalten Stahl zu ihren Fingern hindurch.

Sie blieb an einem Regal mit Tellern stehen, einer Mischung aus IKEA, Iittala und Gröna Anna, und warf sehsüchtige Blicke darauf. Geschirr und Besteck gab es in der Hütte schon, nur eine Teekanne fehlte, die wollte sie sich heute gönnen. Heißes Wasser würde ihr außerdem helfen, warm zu bleiben, denn sie hatte es noch nicht geschafft, die Heizung in Gang zu setzen.

Als Nora eine Porzellankanne mit weißem Grund und rosa Blumenmuster entdeckte, stieß sie einen kleinen Freudenschrei aus. Dazu gab es außerdem vier Teetassen. Sie waren zwar unterschiedlich groß, und auch die Blumen waren nicht ganz gleich, aber trotzdem passten sie irgendwie zusammen und sahen charmant aus. Sie fand sogar ein Paar warme Winterstiefel in der richtigen Größe. Nora wunderte sich darüber, dass sie kaum benutzt aussahen. Dann machte sie noch zwei fröhlich gemusterte Flickenteppiche in Grün und Lila ausfindig sowie einige weiße Laternen für Teelichter. Ein graues Stofftier in Form eines Kaninchens mit aufgeplatzten Nähten würde sie zu einem Fahrradmuff umarbeiten können, und Blumentöpfe gab es sogar umsonst. Nora suchte sich vier Stück aus. Sie hatte vor, sie weiß anzumalen und mit der Decoupage-Technik zu verzieren. Jetzt am Anfang würde sie sich mit Plastikpflanzen in ein paar Krügen zufriedengeben. Nora fand auch gleich ein paar grüne Zweige für zwei Kronen das Stück. Die mussten erst einmal reichen.

Schließlich bewegte sich Nora in Richtung der Kassen und stellte sich in die Schlange. Während sie auf ihren Korb hinunterschaute, hörte sie die Kassiererin fröhlich mit jemandem plaudern, der vor ihr in der Schlange stand:

»Ja, genau, der Überschuss geht an Bedürftige, und es tut auch den Leuten hier im Ort gut, auf die Art gibt man ihnen das Gefühl, großzügig zu sein. Und ihre alten Sachen werden wieder benutzt, anstatt dass sie den Müllberg weiter vergrößern.«

Nora musste lächeln. Dass sie im Moment keine andere Wahl hatte, als hier einzukaufen, verdrängte sie. Sie teilte die Meinung der Kassiererin, und während ihres Einkaufs hier war ihr ganz warm ums Herz geworden, ohne dass sie bisher hatte herausfinden können, woran das lag. Ihre Schritte fühlten sich leicht an, obwohl man das Angebot natürlich nicht mit dem in einem Antiquitätengeschäft oder einer Boutique in den angesagten Vierteln der Hauptstadt vergleichen konnte.

Nora legte ihre Waren auf das Band an der Kasse. Es würde eng im Fahrradkorb werden, den Rest würde sie auf den Gepäckträger klemmen oder in Tüten am Lenker transportieren müssen.

»Brauchen Sie sonst noch etwas?«, fragte die Dame mit der grauen Dauerwelle und lächelte sie durch ihre runden Brillengläser freundlich an.

Neben den Sachen auf ihrer Liste hatte Nora noch ein lila Tuch gefunden, das sie zögernd in der Hand hielt. Es würde perfekt zum Couchtisch passen und die Farben des Teppichs und eines der zerschlissenen Sofakissen aufnehmen. Eigentlich war es völlig unnötig, aber die Farbe hatte es ihr angetan. Nora musste nur einen Moment nachdenken, bevor sie es zu den anderen Sachen legte. Es kostete schließlich nur zwanzig Kronen.

»Das hier nehme ich auch noch, bitte.«

Kapitel 14

Claes räusperte sich. Als er Torsten das letzte Mal in seinem Zimmer besucht hatte, war der alte Mann so müde gewesen, dass er im Bett geblieben war. Jetzt wirkte Torsten deutlich munterer. Er hatte eingewilligt, dass sie sich wieder in einem Café trafen, da er selbst fand, es sei schön, mal rauszukommen, und Claes hatte ihm angeboten, ihn abzuholen. Diesmal wählten sie das Gårdscafé, das in einer Fußgängerzone unweit des Flusses Dalälven lag. Sie fanden einen Parkplatz in der Nähe des Cafés, gingen hinein und setzten sich in eine Ecke, in der sie ungestört reden konnten.

Claes imponierte es, wie fit Torsten noch war, wohingegen er selbst bei der kleinsten Anstrengung keuchte. Er sollte wirklich anfangen, Sport zu treiben, aber das musste er auf später verschieben.

Gedankenverloren strich sich Claes über das Kinn und sah Torsten an. »Sie haben das letzte Mal von Ihrer ersten Begegnung mit Alva erzählt. Wie ging es dann weiter?«

Während Torsten nachzudenken schien, ließ Claes den Blick über die langen Tische, die gemütliche Beleuchtung und die Tapeten, die aussahen wie Bücherregale, wandern. Dabei sog er den Duft nach frisch aufgebrühtem Kaffee,

Glögg und Safrangebäck ein. Das muss einer der größten Vorteile meines Berufs sein, dachte er zufrieden. Die Möglichkeit zu haben, von einem Café aus zu arbeiten. Das und einen Bestseller zu schreiben! Claes wandte seine Aufmerksamkeit wieder Torsten zu.

Der alte Herr hatte keine Eile. Er nahm erst einmal einen Bissen von seiner Prinzessinnentorte und schleckte die Sahne und den Puderzucker von den Fingern, bevor er antwortete: »Ich war also wieder zurück auf Gotland. Aber jetzt hatte ich Alvas Adresse. Ich schrieb ihr, und zu meiner großen Begeisterung schrieb sie zurück. Wir wurden also zu so etwas wie Brieffreunden, und wissen Sie, manchmal ist die Welt klein. Ich erfuhr, dass Alva der Familie Nilsson helfen sollte, die in meinem Heimatort den Nachbarhof besaß. Deshalb war sie dort hingezogen. Nilsson selbst war wie die meisten anderen Männer zum Militär einberufen worden und konnte den Hof daher nicht mehr führen. Alva war freiwilliges Mitglied im Svenska Lottakåren, einem Frauenkorps, und wurde bei Nilssons eingesetzt, um bei der Ernte zu helfen und sich um das Vieh zu kümmern. Eigentlich studierte sie in Stockholm auf Lehramt, aber der Krieg war dazwischengekommen. Das ließ mich zweifeln. Was sollte sie mit so einem Bauerntölpel wie mir anfangen, wo sie doch gebildet war und aus guter Familie stammte. Aber sie war nicht der Mensch, der die anderen nach ihrer sozialen Herkunft beurteilte. Sie war offen und neugierig auf das Leben. Sie erzählte, wie ungewohnt für sie das Leben auf dem Hof war im Vergleich zur Stadt. Einerseits war es friedlich, so im Einklang mit der Natur, aber andererseits auch anstrengender.«

Claes nahm einen Schluck Kaffee, während Torsten weitersprach.

»Alva erzählte mir auch, dass sie sich bei einer Gelegenheit die Freiheit genommen hatte, das Zimmer von Nils, dem Knecht, aufzuräumen. Der war daraufhin furchtbar böse auf sie geworden, weil er meinte, sie habe sein Bett zerstört. ›Rühr mein Zimmer nicht an!‹, hat er ihr hinterhergerufen, mit der Faust gedroht und seinen Kautabak ausgespuckt. Der Knecht hatte wohl seine Strohmatratze auf ganz besondere Art hergerichtet, und zwar so, dass sie eine Schlafgrube hatte, und deshalb durfte man sie unter keinen Umständen anrühren, nicht einmal, um darum herum sauber zu machen. Alva hat sich daraufhin entschuldigt und ihn zu frisch gebackenen Zimtschnecken und selbst gemachtem Fliedersaft eingeladen. Damit konnte sie den Knecht besänftigen.«

Claes lachte auf und bedeutete Torsten mit der Hand weiterzuerzählen. Und das tat er.

»Ich meinerseits schrieb ihr von meinem Leben auf Gotland. Von der kargen Heidelandschaft, von den abgeschiedenen, aber zauberhaften Kalksteinsäulen, den mit blauen Leberblümchen übersäten Hügeln auf dem Weg nach Hejnum. Oder von den mittelalterlichen Höfen und den weiß gekalkten Häusern. Und natürlich von der Einsamkeit auf meinem Wachtposten, wo die Minuten sich manchmal unendlich langsam voranschleppten, vor allem seitdem ich angefangen hatte, die Tage zu zählen, bis ich Alva wiedersehen würde. Dabei war mir klar, dass ich so schnell keinen Urlaub bekäme, der war nämlich sehr selten, und man wusste nie im Voraus, wann es wieder so weit war. Ich erzählte ihr so wenig wie möglich von den Einsätzen, zu denen ich geschickt wurde, teils wegen der Geheimhaltungspflicht, aber auch weil ich sie nicht unnötig beunruhigen wollte. Ich meldete mich jedenfalls nicht mehr freiwillig zu den riskantesten Manövern, wie ich es vorher getan hatte.«

Claes musste wieder daran denken, wie er sich vor dem Militärdienst gedrückt hatte. Zum ersten Mal schämte er sich ein wenig dafür.

»Stattdessen schrieb ich ihr von meinen Träumen über ein Leben ohne Kriegsgetöse«, fuhr Torsten fort. »Ein einfaches Leben. Ich weiß noch, dass ich manchmal schlecht schlief und kaum etwas essen konnte, weil ich mich so nach dem nächsten Heimaturlaub sehnte. Weil ich es kaum mehr erwarten konnte, sie zu treffen, Alvas funkelnde Augen zu sehen. Mir wurde bei dem Gedanken an sie oft ganz flau im Magen, aber das traute ich mich nicht, ihr zu schreiben – noch nicht.«

Claes machte sich Notizen, und als Torsten eine kurze Pause einlegte, trank er schnell einen Schluck Kaffee, der allerdings bereits kalt geworden war.

Torstens Augen begannen zu leuchten. »Alva antwortete mir, und sie versprach mir, ab und zu bei meinen Eltern vorbeizuschauen und ihnen zu sagen, dass es mir gut ging. Schon in ihrem dritten Brief erzählte sie, dass meine Eltern ein paar finnische Kriegskinder aufgenommen hätten und dass die Kinder auf dem Hof ihnen gutzutun schienen. Sogar mein Vater wirkte munterer, was in einem Brief bestätigt wurde, den ich kurz darauf von meiner Mutter erhielt. Zum Glück dauerte der Krieg nicht bis in alle Ewigkeit.«

Claes knetete seine Hände, zufrieden darüber, dass die Geschichte, die er gewittert hatte, tatsächlich existierte und Stück für Stück zum Vorschein kam. Er hatte recht behalten.

Kapitel 15

Die Arbeit im Lebensmittelgeschäft war ungefähr so, wie Nora erwartet hatte, eher ein bisschen besser. Der Job stand vielleicht nicht ganz oben auf ihrer Top-Ten-Liste der Traumberufe, aber die anderen Angestellten waren nett, genauso wie die meisten Kunden, mit denen sie zu tun hatte. Sie musste lernen, wie man eine Inventur machte, die Preise manuell eingab, wenn es keinen Strichcode gab, und wie man die Obst- und Gemüsetheke so füllte und anrichtete, dass sie einladend aussah.

Nora fiel der Unterschied zur Großstadt auf, wo alle darauf achteten, möglichst in die Ferne zu schauen und nicht einander in die Augen zu sehen. Niemals würde man auf die Idee kommen, Leute zu grüßen, die man nicht kannte, hier hingegen wurde das von einem erwartet, und zwar fast immer.

Nachdem sich ein junges Mädchen in leicht arrogantem Ton darüber beschwert hatte, dass Nora sie nicht grüßte, begann Nora, allen Hallo zu sagen, die den Laden betraten. Und zur Sicherheit begrüßte sie zudem noch alle, die ihr auf der Straße begegneten.

Nora hatte gerade ihre Nachmittagsschicht im Laden beendet und sich auf ihr Fahrrad gesetzt, um nach Hause zu radeln, als ihr eine Idee kam. Sie bog nach der Brücke, die sich über den Dalälven erstreckte, von der Hauptstraße ab. Vom Fluss stieg Dunst auf, und über die Ufer hingen vereiste Birkenzweige. Nora fuhr auf den schmaleren Fahrradweg, der parallel zu den Bahngleisen verlief. Dort blieb sie stehen und wartete, während ihr vor Kälte die Wangen wehtaten. Aber es dauerte nur wenige Minuten, bis sie das rauschende und quietschende Geräusch eines heranfahrenden Zuges hören konnte. Schon aus der Ferne sah sie, wie an den Leitungen über dem Zug die Funken sprühten. Tatsächlich knisterten sie so sehr, dass der Anblick fast an ein Feuerwerk erinnerte. Und da stellte sich bei Nora das wohlbekannte Gefühl ein. Sie spürte ein Kribbeln und eine Wärme, die sich bis in die Fingerspitzen ausbreitete. Sie liebte Feuerwerke. Das hatte sie schon immer getan, außerdem erinnerten sie sie an ihre Mutter. Nora lachte und atmete tief durch.

Während sich der Zug in der anderen Richtung entfernte, dachte Nora an das Feuerwerk, das sie einmal in einer Silvesternacht gemeinsam mit ihren Eltern gesehen hatte. Explosionen in Gelb, Rot und Grün hatten damals den Nachthimmel erleuchtet und für ein richtiges Spektakel gesorgt. Sie und ihre Mutter hatten viel gelacht, und als es zwölf Uhr schlug, hatte ihre Mutter sie in den Arm genommen und ihr gesagt, wie viel sie ihr bedeutete. Danach hatte sie Noras Vater auf den Mund geküsst. Aber das alles war lange her. Die Erinnerungen an ihre Mutter wurden immer blasser, obwohl sie sich verzweifelt daran festzuklammern versuchte. Einen Gegenstand hatte sie deswegen all die Jahre über behalten. Einen Gegenstand, der ihr half, sich zu erinnern. Es war ein kleines weißes Kaninchen, das sie zu ihrem fünften Geburtstag von ihrer Mutter bekommen und dem sie den Namen Benji gegeben hatte. Das Kaninchen hatte immer auf ihrem Bett sitzen dürfen, zumindest bis Jonas bei ihr einzog. Er hatte sie dazu gebracht, Benji wegzuräumen, und sie hatte es in einem Karton auf dem Dachboden verstaut.

Nora schaute zum Himmel hinauf und fühlte sich unter dem unendlichen Gewölbe mit einem Mal ganz klein. Bist du irgendwo da draußen, Mama? Siehst du mich gerade? Nora hoffte es. Während sie sich wieder auf ihr Rad schwang, versuchte sie, tapfer zu lächeln.

Irgendwie hatten die Funken sprühenden Oberleitungen und die Erinnerungen an ihre Mutter Nora getröstet. Außerdem hatte sie aus dem Laden ein paar Plunderteilchen mitnehmen dürfen. Ihr Chef Rikard hatte es ihr angeboten, weil das Gebäck sonst ohnehin nur alt wurde. Er kümmerte sich immer nett um sein Personal, und außerdem war es gut für die Umwelt, nichts wegzuwerfen, hatte er gemeint. Plunder waren zwar nicht das gesündeste Abendessen, aber sie kamen Nora trotzdem sehr recht. Es würde noch dauern, bis sie ihr erstes Gehalt bekam, und das Geld auf ihrem Konto versiegte schnell. Gerade jetzt am Anfang hatte sie viele unvorhergesehene Ausgaben, und in einer kleinen Holzhütte auf dem Land zu wohnen, war vollkommen anders als in einer Wohnung mitten in der Stadt, wo das meiste schon vorhanden war. Vielleicht sollte ich dieses Tischtuch zurückbringen, das ich für zwanzig Kronen im Secondhandladen gekauft habe, überlegte sie.

Nora stellte ihr Fahrrad vor dem Häuschen ab und schaute noch einmal zum dunklen Nachthimmel hinauf, wo die Sterne zu leuchten begonnen hatten. Die weißen Flocken, die tagelang wirbelnd vom Himmel gefallen und eine meterhohe Schneedecke gebildet hatten, trugen immerhin dazu bei, dass sich die Dunkelheit nicht wie ein großes schwarzes Loch anfühlte. Nora atmete tief aus, wobei eine Rauchsäule zum Himmel emporstieg, an dem sich langsam dichte Wolken zusammenbrauten. Da es Nora immer noch nicht geglückt war, die Heizung im Haus in Gang zu setzen, war es innen nicht viel wärmer als draußen. Deshalb hatte sie es auch nicht eilig hineinzugehen, und sie beschloss stattdessen, einen Spaziergang zu machen. Es würde nicht schaden, sich ein wenig umzusehen. Nora überlegte sogar, ob sie es wagen konnte, auf den zugefrorenen See zu gehen. Sie lief den frisch geräumten Weg entlang, der an ein paar Holzhäusern vorbeiführte, die am Ufer standen. In mehreren Fenstern leuchteten Adventslichter und Kerzen, und vor den meisten Häuschen gab es auch Tannenzweige mit stimmungsvollen Lichterketten, die Nora an die geschmückten Buden auf dem Weihnachtsmarkt in Stockholm erinnerten.

Dieser Ort war wirklich idyllisch. Vielleicht sollte sie sich einen eigenen Weihnachtsbaum zulegen, damit es in ihrem Häuschen auch so schön leuchtete? Aber sich einen Baum zu leisten, wo sie doch so wenig Geld hatte? Sie konnte ja wohl kaum einen stehlen, oder? Der Gedanke ließ sich nicht ganz abschütteln. Ob es wohl überhaupt jemand bemerken würde, wenn ein winzig kleiner Baum hier im Wald fehlte? Nora runzelte die Stirn und schüttelte missmutig den Kopf. Dass sie so etwas überhaupt denken konnte! Das sah ihr überhaupt nicht ähnlich! Nein, dieses Jahr würde sie sich mit den Bäumen der Nachbarn begnügen müssen. Außerdem hatte sie genug anderes, worüber sie nachdenken sollte, zum Beispiel mit wem sie überhaupt Weihnachten feiern wollte. Am naheliegendsten wäre es natürlich, mit ihrem Vater Peter zu feiern, das hatte sie schließlich auch gemacht, bevor Jonas auf der Bildfläche erschienen war. Sie sollte ihn anrufen, aber sie wollte nicht nach Stockholm zurück. Noch nicht. Und ihr Vater hatte sich die letzten sechzehn Jahre geweigert, einen Fuß nach Dalarna zu setzen. Vega würde vermutlich mit ihrer Familie und ihren Verwandten feiern, das hatte sie immer getan, und auch wenn Nora sicherlich willkommen wäre, wollte sie sich nicht aufdrängen. Sie seufzte und sah ein, dass sie sich darauf einstellen musste, Weihnachten allein in ihrem kalten Häuschen zu verbringen. Der Gedanke daran deprimierte sie, also versuchte sie ihr Bestes, ihn zu verdrängen. Schließlich waren es noch ein paar Wochen bis dahin.

Was Nora tatsächlich auf andere Gedanken brachte, war der Anblick eines schicken und offenbar neu gebauten Hauses, das große Glaspartien hatte und zum See hin ausgerichtet war. Die weiße Holzfassade wurde von modernen Spots erleuchtet, und das ganze Gebäude war auf eine Art extravagant, die nicht zum Rest des Dorfes passte. Alles sah neu und teuer aus – von der erhöhten Sonnenterrasse mit Stahlgeländer bis hin zum eigenen Bootssteg, der zum Grundstück gehörte. Nora verzog das Gesicht. Sie gab nicht viel auf Leute, die nur an ihre Karriere, gute Noten und die Zahlen auf ihrem Bankkonto dachten. Solche Typen hatte sie schon oft genug kennengelernt. Gerade erst war es ihr gelungen, selbst aus so einem Leben zu fliehen, endlich konnte sie frei atmen. Aber trotzdem war ihre Neugier geweckt. Wem das Haus wohl gehörte? Während es wieder anfing zu schneien, ging Nora langsam nach Hause, natürlich ohne eine Antwort auf diese Frage erhalten zu haben.

Als Nora den Schlüssel ins Schloss steckte, hörte sie das Geräusch eines Motors. Sie lugte um die Ecke und sah einen Transporter, so groß wie ein Pferdetrailer, von der asphaltierten Straße auf den Schotterweg biegen, der zum See hinabführte. Der Motorenlärm erstarb fast so schnell, wie er eingesetzt hatte, denn das Fahrzeug blieb nach etwa zehn Metern auf dem Weg stehen.

Das mussten die Umzugskartons sein! Da kam sie ja gerade noch rechtzeitig, dachte Nora und ging auf den Transporter zu. Schneeflocken, so groß wie Fünfkronenstücke, wirbelten aus allen Richtungen im Licht der Scheinwerfer.

In den Kartons fanden sich nicht nur die Kleider und Gegenstände, die Nora erst vor Kurzem auf den Dachboden getragen hatte, sondern auch viele andere Dinge, wie das Kaninchen Benji, von denen Jonas nichts wissen wollte. Jonas hatte nie auch nur einen Fuß in die Abstellkammer gesetzt, und Nora vermutete, dass er nicht einmal gemerkt hatte, dass sie ihre Sachen von dort hatte abholen lassen.

Der Lastwagenfahrer sah Nora kommen und lehnte sich aus dem Fenster. »Lieferung für Nora L irgendwas«, rief er und stieg aus, als sie ihm zur Antwort einen erhobenen Daumen zeigte.

Der Fahrer war kräftig, fast zwei Meter groß und hatte Tätowierungen, die sich über seinen gesamten Hals zogen. Dass er einen orangefarbenen Overall trug, verstärkte noch Noras Eindruck, dass sie einen entflohenen Sträfling vor sich hatte. Sie schüttelte den Kopf über ihre eigenen Vorurteile und sah zu, wie er mit einem Knopfdruck rasch die rückwärtige Klappe öffnete, eine Palette mit Kartons herunterließ und das Ganze mitten auf der Straße in den Schnee stellte, bevor sie Zeit hatte zu protestieren.

»Könnten Sie die Palette nicht etwas näher ans Haus heranfahren?«, wollte Nora vorsichtig wissen.

»Wie denn?«, gab der Mann schroff zurück. »Wie Sie sehen, ist das hier ein schmaler Weg, und es ist Winter. Ich habe keine Lust, das Risiko einzugehen, mit dem Gabelstapler stecken zu bleiben. Der hat keine Winterreifen.«

Nora betrachtete den Transporter. »Aber die Straße wurde gerade erst geräumt. Sie können doch zumindest versuchen, ein bisschen näher ranzufahren.«

»Nein, ich denke nicht.« Der Mann verschränkte die Arme.

Nora überlegte, ob sie ihm eine böse Antwort geben sollte, biss aber stattdessen die Zähne zusammen.

»Wie soll ich das dann alles ins Haus bekommen?«, fragte sie und spürte, wie bei dem Gedanken daran, alle Kartons den ganzen Weg durch den hohen Schnee tragen zu müssen, langsam Panik in ihr aufstieg. Das letzte Stück bis zu ihrer Hütte war nämlich nicht geräumt.

»Nicht mein Problem«, erwiderte der Fahrer barsch.

Während er zusah, wie Nora sich abmühte, die Gurte von den Kartons zu lösen, holte er eine Zigarette hervor, legte den Kopf zurück und blies Rauchkringel in die Luft. Anschließend drückte er die Kippe mit dem Schuh aus und ließ sie im Schnee liegen, bevor er wieder ins Fahrerhaus stieg und auf demselben Weg verschwand, den er gekommen war. Als die Lichter der Scheinwerfer verschwunden waren, sank Nora im Schnee auf die Knie.

»Nur keine Panik!«, sagte sie laut zu sich selbst. »Das wird schon gehen. Es muss gehen! Irgendwie jedenfalls …«

Der Schnee wirbelte um sie, und Nora sah sich um. Was sich in der Dunkelheit wohl so alles verbarg? Vielleicht konnte sie mit dem Wegräumen einfach bis morgen warten. Dann hätte es vielleicht aufgehört zu schneien. Im Tageslicht wäre alles sicher halb so schlimm. Aber sie konnte die Kisten ja wohl kaum mitten auf der Straße stehen lassen. Sie war zwar nicht sehr befahren, aber ein paar Autos kamen hier schon entlang. Und ihr ganzer Besitz befand sich darin. Sie wollte nicht, dass jemand darüberfuhr oder dass er gestohlen wurde oder Frostschäden bekam. Immerhin gab es darunter ihre Lieblingsbücher und auch ihre Fotoalben. Die konnte sie nicht einfach ihrem Schicksal überlassen. Nora riss sich zusammen und atmete tief durch. Sie würde eine Taschenlampe aus dem Haus holen und ein Taschenmesser, um die Gurte aufschneiden zu können. Und dann blieb ihr nichts anderes übrig, als zu tragen.

Kapitel 16

Da die Außenbeleuchtung an Noras Holzhaus nicht funktionierte, konnte sie in der Dunkelheit kaum etwas erkennen, aber nachdem sie die Taschenlampe beim Tragen auf den Karton gelegt hatte, ging es einigermaßen. Sie hatte zwei Kartons bis zum Haus geschleppt und war gerade dabei, den dritten abzustellen, als sie ganz in der Nähe eine fremde Männerstimme hörte. Sie war so überrascht, dass sie einen Schritt nach hinten machte und die Kiste losließ, die daraufhin mit einem Plumps im Schnee landete. Der Karton bekam dabei einen kleinen Riss, aber zum Glück schepperte es nicht.

»Tut mir leid, wenn ich dich erschreckt habe, aber das sieht ganz schön schwer aus. Brauchst du Hilfe?«

Nora griff nach der Taschenlampe und leuchtete dem Mann, der in der Dunkelheit aufgetaucht war, direkt ins Gesicht.

Er war groß, und unter einer weißen Strickmütze schauten braune Haare hervor. Seine Augen hatten einen warmen Braunton, und er hatte ein deutliches Lachgrübchen. Ein gefüttertes kariertes Hemd spannte sich über seine breiten Schultern, und darüber trug er eine schwarze Weste.

»Du hast mich erschreckt!«

»Könntest du woandershin leuchten?«, bat der Mann und hielt sich den Arm vor das Gesicht. »Ich sehe nur noch tanzende Flecken.«

»Oh, Entschuldigung!«, sagte Nora. Doch irgendwie fand Nora auch, dass er es verdiente.

Sie richtete die Taschenlampe auf den Boden und streckte die Hand aus.

»Nora.«

»Viktor«, erwiderte der Mann und zog seinen Lederhandschuh aus, bevor er ihr die Hand gab. »Ich bin einer deiner Nachbarn. Denn ich nehme an, dass du gerade einziehst.«

»Stimmt«, gestand Nora.

Sie konzentrierte sich darauf, einen einigermaßen festen Händedruck zu haben. Sie wollte Souveränität ausstrahlen, auch wenn sie sich momentan kein bisschen danach fühlte. Seine Hände waren groß und breit, aber fühlten sich trotzdem weich an und passten irgendwie zu seinem festen Blick.

»Was hältst du davon, das Außenlicht anzumachen?«, schlug Viktor vor.

»Das würde ich gerne, wenn das so einfach wäre«, antwortete Nora beherrscht.

»Vielleicht ist die Sicherung rausgeflogen. Soll ich mal nachsehen?«

»Okay!«

Nora folgte Viktors breitem Rücken mit den Augen, als dieser hinter der Hausecke verschwand. Sicherung? Daran hatte sie ehrlich gesagt nicht einmal gedacht. Kurze Zeit später war er wieder da.

»Es gibt keinen Extraschalter, das müssen wir später klären.«

»Hm«, brummte Nora.

Viktor drehte sich um und stieß einen leisen Pfiff aus.

»Tortuga! Hier!«

Nora wirbelte verängstigt herum, als sie schnelle Schritte hörte, die sich im Schnee nährten. Ein gelblich-beiger Hund kam mit hoher Geschwindigkeit angerannt und lief so dicht an ihr vorbei, dass sie fast wieder in eine Schneewehe gefallen wäre. Instinktiv griff sie nach Viktor, der sie im letzten Moment auffing.

»Benimm dich!«, wies Viktor seinen Hund streng zurecht. »Habe ich dir nicht gesagt, du sollst nicht einfach weglaufen?«

Dann wandte er sich an Nora, die sich peinlich berührt aus seinem Griff frei machte.

»Tut mir leid, dass er dich umgerannt hat, daran müssen wir noch arbeiten. Im Prinzip ist er immer noch ein Welpe. Zumindest glaubt er das.«

Nora sah den großen Hund an und zog eine Grimasse. Sie hatte eine Gänsehaut an den Armen, und auf einmal war sie wieder auf der Straße, wo sie als Sechsjährige von einem Hund gebissen worden war. Sie spürte immer noch die Zähne dieser Bestie, die sich um ihr Bein schlossen.

»Also, wie sieht es aus? Soll ich dir mit den Kartons helfen?«, bot Viktor noch einmal an.

Nora kam in die Wirklichkeit zurück und überlegte, das Angebot auszuschlagen. Sie wollte, dass der Hund auf der Stelle verschwand, und es waren schließlich ihre Kartons und damit ihr Problem. Andererseits taten ihr schon die Arme weh, es war bitterkalt, und dieser Kerl war quasi in dem Moment aus dem Nichts aufgetaucht, als sie ihn am meisten brauchte.

Nora bemühte sich also, ein Lächeln zustande zu bringen.

»Danke, das wäre nett! Du kannst gerne einen oder zwei Kartons tragen, aber nimm bitte den Hund an die Leine«, brachte sie schließlich hervor.

»Oh, mach dir wegen Tortuga keine Sorgen«, sagte Viktor. »Er beißt nicht.«

Nora zögerte. Sie überlegte einen Moment, ob sie darauf bestehen sollte, aber dann würde sie womöglich den einzigen Helfer vergraulen, der weit und breit zu sehen war. Aus den Augenwinkeln beobachtete sie, wie Tortuga zu dem Karton schlich, den sie vorhin fallen gelassen hatte und der an einer Stelle eingerissen war. Der Hund steckte neugierig seine Schnauze hinein, rüttelte an etwas und schob den Kopf hinein. Nur die flatternden Ohren waren noch zu sehen. Alles ging so schnell, dass keiner von ihnen reagieren konnte, bevor Tortuga den Kopf wieder herauszog und glücklich mit Noras Kaninchen Benji zwischen den Zähnen davonlief.

»Nein, nicht das! Gib es zurück!«, schrie Nora.

»Tortuga!«, rief Viktor und rannte hinter dem Hund her.

Es dauerte, bis Viktor zurückkam, und da war er allein. Nora hatte in der Zwischenzeit versucht, den kaputten Karton zu flicken. Sie vermutete, dass der Hund zu Hause eingesperrt worden war.

»Es tut mir furchtbar leid«, sagte Viktor leise, sobald er um das Haus gekommen war. »Ich verspreche dir, dass ich morgen nach dem Plüschtier suche, sobald es hell ist. Jetzt im Dunkeln hat es keinen Sinn. Ich hoffe, das ist okay?«

Nein, nein, nein! Alles hätte verloren gehen können … Nur nicht Benji! Das war überhaupt nicht okay, und Nora hätte am liebsten losgeschrien. Sie spürte, wie die Wut ihr Blut zum Kochen brachte, aber sie riss sich zusammen. Sie wusste genau, dass sie ihre Tränen nicht würde zurückhalten können, wenn sie ihrer Wut jetzt freien Lauf ließ. Und mit den Tränen würden die Worte kommen. Aber Viktor sollte nicht an ihrem miserablen Leben teilhaben müssen, also biss Nora stattdessen die Zähne zusammen und drehte das Gesicht weg.

»Er heißt Benji …«

»Alles in Ordnung?«

Nora murmelte etwas Unverständliches, aber wandte sich wieder um und sah Viktor an, der entschuldigend mit den Schultern zuckte. Mit einem vorsichtigen Lächeln zog er ein paar Stecker hervor, die er geholt haben musste, als er Tortuga nach Hause gebracht hatte. Ein gelber, warmer Schein von kleinen Lampen, die dicht unter der Dachtraufe angebracht waren, erleuchtete kurz darauf den weißen, kalten Schnee und ließ die Umgebung des Häuschens gleich viel einladender wirken.

Anschließend ging er und kam schnell mit zwei Kartons zurück. Wenn nicht der verschwundene Benji gewesen wäre, hätte sie seine Hilfe beim Tragen überglücklich gemacht, aber jetzt fiel es ihr schwer, überhaupt irgendeine Freude zu empfinden.

Schweigend trugen sie eine Kiste nach der anderen hinein, und sobald alles im Haus war, bedankte sie sich bei Viktor, machte die Tür hinter sich zu und drehte den Schlüssel im Schloss. Sie fühlte sich vollkommen erledigt. Das Auspacken der Kisten würde bis morgen warten müssen.

Nora putzte sich die Zähne, stolperte die Stufen zum Schlafloft hinauf und sank auf die Matratze am Boden. Um am nächsten Morgen nicht vollkommen steif gefroren aufzuwachen, behielt sie ihre Kleider und Wollsocken an, als sie unter die dicke Decke kroch.

Kapitel 17

Am nächsten Tag wachte Nora mit klappernden Zähnen auf. Es wäre übertrieben zu behaupten, dass sie gut geschlafen hatte, aber immerhin hatte sie für ein paar Stunden die Augen schließen können. Bevor sie sich aufsetzte und Leben in ihren steifen Körper rieb, blieb sie ein paar Minuten auf dem Rücken liegen und nahm die Innenseite des Daches in Augenschein. Die Astlöcher im Kiefernholz sahen wie kleine Augen aus, die auf sie herabschauten, und Nora glaubte auch, Schneckenmuster mit spiralförmigen Panzern auf dem Rücken zu erkennen. Sie ließ ihre kalten Finger in kreisenden Bewegungen über ihre Beine fahren, wobei sie an den Knöcheln anfing, was sowohl ihren Beinen als auch ihren Händen guttat. Bei jedem Atemzug stieß sie Nebelwolken aus.

»Ich muss endlich die Heizung in Gang bringen«, sagte sie laut zu sich selbst.

Die Flickenteppiche fingen die Kälte vom Boden zwar etwas ab, doch solange der elektrische Heizkörper einfach nicht warm werden wollte, brachte das auch nichts. Nora hatte den Vermieter mehrmals angerufen, der beteuert hatte, dass es mit der Heizung absolut kein Problem gebe, aber noch hatte er sich nicht die Mühe gemacht, herzukommen und nachzusehen.

»Sie können ja solange im Kamin heizen«, hatte er vorgeschlagen, als sie zum dritten Mal angerufen hatte.

Die Frage war bloß, wie? Nora war nie bei den Pfadfindern gewesen, und sie hatte an der Universität auch kein Seminar in Feuermachen belegt. Als Kind hatte sie getanzt und Fußball gespielt und ziemlich viel Zeit im Pferdestall verbracht. Als sie älter wurde, war sie in eine Kunst-AG gegangen, hatte gemalt und versucht, Griechisch zu lernen. Theoretisch könnte sie ja im Internet nachschauen, so wie sie es beim Fahrradplatten getan hatte. Aber wenn ich etwas falsch mache und die ganze Hütte abfackle, dachte sie. Sie konnte schon fast die fette Schlagzeile vor sich sehen: »Osterfeuer mitten im November«, »Die Heide in Flammen«, »Pyromanin Nora schlägt zu«.

Sie beschloss, ihre Freundin Vega um Hilfe zu bitten. Sie hatte diesen Samstag frei. Und auch wenn Vega sich möglicherweise über sie lustig machen würde, so konnte es einfach nicht weitergehen. Nora griff nach ihrem Handy und stellte fest, dass sie zwei verpasste Anrufe hatte. Beide von Jonas. Sie keuchte auf, und im Haus schien es gleich noch um einige Grad kälter zu werden. Schnell drückte sie auf das Display und suchte nach Vegas Nummer. Es klingelte und klingelte, aber niemand hob ab. Nora seufzte und entschied, es später wieder zu versuchen. Ihre Freundin war sicher schon im Fitnessstudio.

Stattdessen verputzte Nora ihr Frühstück, Tee und das Plundergebäck vom Vortag und machte sich anschließend daran, die Kartons auszupacken. In der ersten Kiste fand Nora ein ganzes Service aus türkisfarbenem Porzellan, das sie und ihr Vater während einer Urlaubswoche auf Santorini gekauft hatten. Sie wusste sofort wieder, warum sie sich in das Service verliebt hatte, die Farbnuancen der rustikal glasierten Keramik erinnerten sie an das Mittelmeer. Es war nicht leicht gewesen, alles nach Hause zu transportieren, aber in ein paar Pullover gewickelt, die sie für die kühlen Abende dabeigehabt hatte, hatte das Service die Reise unbeschadet überstanden. Und auch bei diesem Umzug hatte nur ein Teller einen tiefen Sprung abbekommen. Trotzdem war Nora noch nicht bereit, sich von dem Teller zu trennen. Vielleicht konnte sie ihn kleben.

Nora räumte das Service behutsam in den Küchenschrank und kümmerte sich dann um die anderen Kartons. In einem fand sie die Tracht ihrer Mutter aus Leksand. Nora selbst hatte sie nie getragen, weil sie fand, dass sie kratzte und ungemütlich war, aber sie war unglaublich schön. Sie bestand aus einem schwarzen Wollrock, einer weißen Bluse und einer roten Weste mit hübschen verschnörkelten Stickereien in verschiedenen Farben.

Nora selbst trug lieber Jogginghosen mit abgeschnittenen Waschzetteln, und hier in der Gegend könnte sie fast jeden Tag so herumlaufen. Selten kommentierte jemand die Kleidung anderer Leute, wie sie bei ihrer Arbeit im Lebensmittelgeschäft festgestellt hatte. Natürlich gab es auch hier Anzugträger, aber man konnte genauso gut in Reithosen und Stiefeln einkaufen gehen. Das war einer der Gründe, warum es ihr hier immer besser gefiel. Das Unkomplizierte. Die bodenständigen Menschen. Und dann natürlich die zauberhafte Landschaft!

In ein paar Kartons fand Nora ebenjene Jogginghosen, aber auch Unterwäsche, Cocktailkleider, schwarze und blaue Stretchjeans mit schicken Oberteilen und Sportkleidung. Auch wenn es ihr im Moment ziemlich abwegig vorkam, dass sie jemals wieder Jackett und Bundfaltenhose anziehen würde, konnte man nie wissen. Nora zog ein waldgrünes Cocktailkleid heraus und hielt es hoch. Mit dem Daumen strich sie über den weichen Stoff und erinnerte sich an das letzte Mal, als sie dieses Kleid getragen hatte. Es war auf einem Fest, zu dem sie mit Jonas gegangen war. An einem Abend, an dem sie sich glücklich gefühlt hatte, einem Abend, an dem er sie voller Begehren und einem gewinnenden Lächeln angesehen hatte. Denn solche Momente hatte es durchaus auch gegeben. Noras Blick trübte sich, und sie hängte das Kleid schnell auf einen Bügel und verstaute es ganz hinten im Garderobenschrank, der sich unter der Treppe befand.

Wie auch immer, es fühlte sich jedenfalls ganz gut an, eine etwas größere Kleiderauswahl zu haben.

Gerade als Nora das letzte Kleidungsstück ausgepackt hatte und in die Küche gehen wollte, um sich eine Tasse Tee zu machen, klopfte es an der Tür. Vega, dachte Nora und freute sich. Plötzlich merkte sie, wie sehr sie die fröhliche Art ihrer Freundin vermisste, auch wenn ihre letzte Begegnung noch nicht so lange her war. Sie ließ den Wasserkocher stehen, der im selben Moment wie ein Hockeyschiedsrichter zu pfeifen begann, und eilte zur Tür. Aber dort draußen stand nicht Vega. Es war ein Mann, der fast die gesamte Türöffnung ausfüllte. Derselbe Mann, der ihr mit den Umzugskartons geholfen hatte. Ihr Nachbar. Wie hieß er noch gleich? Viktor?

Nora blickte verwundert zu ihm auf. Ihr war schon gestern Abend aufgefallen, dass er groß war, aber heute schien er noch hünenhafter, bestimmt einen Meter neunzig. Und als sie sein Gesicht im Tageslicht sah, machte sie instinktiv einen Schritt zurück und schnappte nach Luft. Er hatte seine Mütze abgesetzt, sodass Nora sein dunkles lockiges Haar sehen konnte, das perfekt zu seinem Dreitagebart passte. Er hatte ein offenes Gesicht, prägnante Wangenknochen und duftete leicht nach Rasierwasser. Aber was Nora umhaute, waren seine Augen. Dunkel, warm und intensiv. Hat er mir wirklich gestern geholfen, fragte sie sich. Er sah aus, als sei er einem Modemagazin entsprungen. Nora musste schlucken. Sie selbst hatte noch nicht einmal Mascara aufgelegt und schon gar nichts aus ihrem wilden Haar gemacht. Andererseits: Was kümmerte sie das überhaupt?

»Äh, hallo!«, stotterte sie.

»Guten Morgen! Darf ich reinkommen?«

Viktor klopfte sich den Schnee von den Schuhen, und Nora bemerkte, dass er etwas in der Hand hielt. Sie trat einen Schritt zur Seite und ließ ihn herein. Schnell schloss er die Tür hinter sich.

»Ich wollte mich noch mal entschuldigen«, sagte Viktor und reichte ihr verschämt etwas, das wie ein bandagiertes Kaninchen aussah.

Nora starrte Benji an.

»Tortuga hat ein kleines Loch hineingebissen, und ich bin nicht sehr gut im Nähen«, sagte er entschuldigend. »Ich habe es versucht, aber …«

Nora biss sich auf die Lippe. Er hatte einen sehr sorgfältigen Verband gemacht, der jeden Feldlazarettpfleger vor Neid hätte erblassen lassen.

»Ich kann dir ein neues Kaninchen besorgen …«, fuhr er fort.

Nora gab sich einen Moment Zeit, ihre Gefühle abzuwägen. Einerseits fühlte sie sich dumm, es ging hier schließlich nur um ein Stofftier. Dass Viktor die Bedeutung, die dieses Kaninchen für sie hatte, verstand, konnte sie nicht erwarten. Schließlich befand sie, dass dieses mumienartige Kaninchen sie eher glücklich als traurig stimmte, und nahm es entgegen.

»Danke, das ist nett!«, antwortete sie mit einem kurzen Lächeln. »Aber das ist nicht nötig. Nur dieses spezielle Kaninchen ist für mich wichtig.«

»Okay, dann will ich dich nicht länger stören«, sagte Viktor und wandte sich zur Tür, blieb dann allerdings stehen.

»Ich will mich ja nicht einmischen, aber ist es bei dir nicht ziemlich kalt?«

Nora seufzte. »Um die Wahrheit zu sagen, habe ich das Ding da noch nicht in Gang bekommen«, erwiderte sie und zeigte auf den elektrischen Heizkörper.

»Willst du damit sagen, dass du so wohnst? Hier herrschen Minusgrade!«

Viktor sah sie ungläubig an, aber sein Blick hatte nichts Abwertendes, stellte sie fest, er wirkte besorgt.

Nora zuckte mit den Schultern. »Ich musste mich früher

nie um so etwas kümmern, aber natürlich habe ich vor, das Problem so bald wie möglich anzugehen …«

Viktor hob fragend die Augenbrauen. »Darf ich mal sehen?«

»Ja klar.« Nora bemühte sich zu lächeln, während sie spürte, dass in ihrem Inneren ein heftiger Kampf ausgebrochen war.

Auf der einen Seite wäre es schön, nicht mehr frieren zu müssen. Andererseits wäre es ihr lieber, dieser Mann würde ans andere Ende der Welt verschwinden und sie in Ruhe lassen. Denn jedes Mal, wenn sie seinem Blick begegnete, spürte sie einen Stich im Magen, und etwas, das sich wie süße, prickelnde Limonade anfühlte, breitete sich bis in ihre Fingerspitzen aus. Er hatte einen höchst beunruhigenden Einfluss auf sie, und sie musste wieder daran denken, dass sie wahrscheinlich wie eine Vogelscheuche aussah, die gerade erst aufgestanden war. Sie hatte heute noch nicht einmal in den Spiegel geschaut.

Nora musste sich zusammenreißen, um Viktor nicht anzustarren, während er am Heizkörper hantierte. Aber ihre Augen wanderten ständig zu seinen Händen. Diesen großen, sanften Händen.

»So, es war der FI-Schalter, wie ich gedacht habe. Jetzt müsste es funktionieren«, sagte Viktor nach einer Weile. »Aber um es warm zu bekommen, sollten wir erst einmal ein Feuer im Kamin machen.«

Diesmal fragte Viktor nicht nach, sondern ging in die Hocke und zog die Abluftklappe auf. Dann streckte er sich nach ein paar Holzscheiten, die in einem Korb aus geflochtener Birkenrinde lagen, und stellte sie aufrecht aneinander, wie bei einem Indianerzelt. Dann brach er ein paar Splitter von den Scheiten ab und legte sie zuunterst.

»Hast du Zeitungspapier?«

Nora gab ihm eine der Zeitungen, die sie aus dem Laden mitgenommen hatte. Sie lagen immer im Pausenraum herum und wurde sonst ohnehin weggeworfen.

»Hier, die kannst du nehmen.«

Viktor riss eine Seite ab und zerknüllte sie zu einem Ball. Dann platzierte er das Papier unter dem Holz und zündete ein Streichholz an. Nora notierte sich im Stillen jeden einzelnen Schritt, um ihn später wiederholen zu können.

Bald begann das Feuer zu prasseln, und eine angenehme Wärme breitete sich in dem kleinen Haus aus.

»Vielen, vielen Dank!«, sagte Nora. »Und danke fürs Tragen gestern! Dass mit dem Feuermachen muss ich jetzt wohl lernen. In der Stadt braucht man so etwas nicht so oft, weißt du.«

»Du kommst also aus Stockholm«, stellte Viktor fest.

»Merkt man das?«

»Es könnte schlimmer sein, aber ja. Man merkt es.« Er lächelte.

»Meine Mutter stammt aus Dalarna«, erklärte Nora. »den Sommer haben wir meistens hier verbracht …« Sie unterbrach sich. Sie wollte nicht erklären müssen, was dann passiert war. »Und du?«, fragte sie stattdessen.

»Ich komme von hier und bin vor ein paar Jahren wieder hergezogen. Davor habe ich … woanders gewohnt.«

Etwas an der Art, wie er das sagte, ließ Nora aufhorchen. Viktor klang ausweichend, als hätte er etwas zu verbergen.

»Weißt du eigentlich, wer in diesem großen Glaskasten drüben wohnt?«, wollte Nora neugierig wissen.

»Welchen meinst du?« Viktor sah sie fragend an.

»Na, so viele Angeberhäuser mit großer Glasfront gibt es hier wohl nicht, oder? Das, das so protzig aussieht. Es passt überhaupt nicht zu den anderen.«

»Magst du es nicht?«

»Na ja, es sieht so protzig aus. Als wollte es sagen: Seht mal, wie viel Geld mein Besitzer hat. Ich bin einfach neugierig.«

Viktor lächelte schief, sagte aber nichts.

Erst in dem Moment wurde Nora klar, wie die Dinge standen, und bei dem Gefühl, das sie jetzt überfiel, hätte sie schwören können, dass sie gerade einen Eiszapfen verschluckt hatte. Viktor hatte schließlich gesagt, dass er ihr Nachbar war. In dem dünn besiedelten Örtchen gab es nicht gerade viele Häuser. Sie kniff sich selbst fest in den Arm und hätte alles getan, um im Erdboden versinken zu können.

»Also … ich dachte nur …«, stotterte Nora, ohne dass ihr etwas einfiel, womit sie ihre Aussage hätte abmildern können.

Viktor sah sie nachdenklich an. »Ich verstehe, was du meinst. Ich wohne dort, ich passe für jemanden auf das Haus auf.«

Nora dankte ihm noch einmal für seine Hilfe, aber sobald er gegangen war, rollte sie sich in Embryohaltung auf dem Sofa zusammen und zog eine dicke Decke über den Kopf. Am liebsten hätte sie sich für immer dort verkrochen.

Kapitel 18

Claes rutschte unruhig auf seinem Stuhl hin und her. Torsten war zu einem neuen Kapitel in seiner Erzählung gelangt und hatte eine längere Pause eingelegt.

Claes ging in Gedanken noch einmal durch, was Torsten ihm berichtet hatte. Über die Arbeit als Minenräumer auf Gotland, wie er Alva kennengelernt hatte und wie seine Eltern endlich wieder nach vorne schauen konnten, als sich der Hof mit Kindern füllte.

Während des ausführlichen Gesprächs hatte Claes immer wieder seine und Torstens Kaffeetassen gefüllt, aber da der Kaffee inzwischen schon lange ausgetrunken war, stand er nun auf und kaufte für sie jeweils einen Becher Glühwein und einen Pfefferkuchen mit weißer Glasur in Form eines Dalarna-Pferdes. Claes atmete den Duft nach Nelken und Rosinen ein und fragte sich dabei, ob es an der Zeit war, für heute Schluss zu machen. Er hatte inzwischen gelernt, dass Torsten nur eine bestimmte Menge an Erinnerungen verkraften konnte, auch wenn Claes ihm fortwährend Kaffee und Kuchen spendierte. Aber nachdem Torsten einen Bissen von seinem Pfefferkuchen gekostet hatte, wollte er fortfahren, also ließ Claes ihn reden.

»Der Krieg war zu Ende, und damit kam endlich der lang ersehnte Bescheid, dass alle einberufenen Soldaten nach Hause zurückkehren durften. Und das war nicht eine Minute zu früh. Ich weiß noch, wie ich auf einer Kuhweide um Alvas Hand anhielt, gerade als Geranien und Butterblumen in voller Blüte standen. Wir waren von einem kleinen Meer an Blumen umgeben, die schönen Blüten waren so bunt und hatten so starke Farben, dass es so aussah, als würde die Böschung in Flammen stehen. Alva saß auf einem großen Stein, der im Hintergrund von Birken eingerahmt wurde. Sie sah aus wie einem Gemälde entsprungen. Ich erinnere mich noch genau an das rot-weiß gepunktete Kleid, das sie trug, ihre lockigen halblangen Haare glänzten in der Sonne. Sie hatte einen Picknickkorb vorbereitet, und ich platzierte alles auf einer Decke, die wir ins Gras gelegt hatten. Sie schien an alles gedacht zu haben. Und doch war ich ihr diesmal einen Schritt voraus. Ich hatte einen Ring in eines der Brotstücke geschmuggelt, das ich ihr jetzt reichte. Ich war furchtbar aufgeregt, teils weil ich nicht wusste, was sie antworten würde, teils vor Angst, sie könnte den Ring verschlucken. Aber die Freude, die ich in ihren Augen sah, als sie den Ring entdeckte, ließ mich alle Sorge vergessen. Ich ging vor ihr auf die Knie und gestand ihr meine Liebe. Als ich ihre Antwort hörte, packte ich sie und schwang sie mehrmals im Kreis durch die Luft. Dass gerade ich so ein Glück haben konnte! Dann küssten wir uns unter einer Birke, aber erst nachdem wir unsere Namen in einem Herzen in den weißen Baumstamm geritzt hatten. Jetzt gab es nur noch sie und mich. Für immer.«

Claes sah das Glück in Torstens Augen und spürte zum ersten Mal überhaupt im Gespräch mit einem anderen Menschen, wie es hinter seinen Augenlidern brannte. Schnell schüttelte er das unerwartete und unerwünschte Gefühl ab und biss in einen Pfefferkuchen.

»Das Leben fühlte sich von da ab richtig schön an. Meine Eltern hatten Alva bereits in ihr Herz geschlossen, und ich übernahm sehr bald die Verantwortung für den Hof, da Vater und Mutter langsam alt wurden. Sie entschieden aber, bei uns wohnen zu bleiben. Mein Vater ging als Erster von uns, meine Mutter verstarb wenige Zeit später. Die finnischen Kinder, um die sie sich während des Kriegs gekümmert hatten, gehört zu denjenigen, die das Glück hatten, zu ihren Familien zurückkehren zu können. Das war damals leider nicht für alle selbstverständlich.

Alva und ich hatten einige gute Jahre. Meine Befürchtungen darüber, wie es wäre, einen Hof zu betreiben, erwiesen sich zum Glück als unbegründet. Zumindest am Anfang. Mit Alva, die sich um vieles kümmerte, war es einfach. Sie war eine ausgezeichnete Organisatorin, die an alles dachte. Ich brauchte nur die Arbeiten auszuführen. Das einfache, naturnahe Leben gefiel uns. Im Hier und Jetzt zu leben und jeden Tag zu genießen, das hatten wir in den schweren Jahren gelernt, in denen der Zweite Weltkrieg wie eine schwarze Gewitterwolke über uns gehangen und mit Vernichtung gedroht hatte. Das Leben auf dem Hof war hart, aber wir genossen auch die schönen Dinge, zum Beispiel ein Picknick im hohen Gras oder romantische Stunden auf dem Heuboden.«

Torsten lehnte den Kopf zurück, blinzelte und lächelte bei der Erinnerung daran, bevor er in ernsterem Ton fortfuhr.

»Aber manchmal geschehen Dinge, gegen die man machtlos ist. Wie zum Beispiel ein launisches Wetter, das Dürre und Missernte zur Folge hat. Die brennende Hitze ließ unser Saatgut und alles andere vertrocknen. In jenem Sommer und auch dem darauffolgenden wurde unsere Ernte schonungslos vernichtet, und innerhalb von nur zwei Jahren mussten wir mit ansehen, wie nahezu alles, wofür wir so hart gekämpft hatten, verloren ging. Auch Tiere kamen dabei ums Leben, und das Essen wurde knapp, sowohl für das verbliebene Vieh als auch für uns Menschen. Danach wurde es immer schwerer, auf dem Hof zurechtzukommen. Aber noch gaben wir nicht auf.«

Claes nickte. Sein Notizbuch war langsam vollgeschrieben, aber solange Torsten bereit war weiterzuerzählen, wollte er ihn nicht stoppen. »Wie ging es dann weiter?«

Torsten setzte sich wieder zurecht und strich sich mit einer Hand über die Wange, wo ein Krümel Pfefferkuchen hängen geblieben war.

»Alva konnte wahnsinnig stur sein, aber meistens hatte sie recht, sodass wir keine größeren Streitereien hatten. Sie sprach jetzt immer öfter von Kindern, und ich wollte natürlich alles tun, um sie glücklich zu machen. Aber es klappte bei uns nicht ganz so schnell und leicht wie bei vielen anderen. Die Monate vergingen. Als sie mich dann eines Morgens mit einem Kuss auf die Stirn weckte und mir erzählte, sie sei schwanger, waren wir beide überglücklich. ›Bist du dir ganz sicher‹, fragte ich sie vorsichtig. Ich hatte schon angefangen, mich zu fragen, ob mein … na ja, Sie wissen schon, richtig funktionierte. Und ich wollte nicht, dass sie sich falsche Hoffnungen machte. Aber sie nickte nur eifrig und strahlte dabei über das ganze Gesicht.

Wir fingen sofort an, Pläne zu schmieden, und meine Aufgabe war es, eine Wiege zu zimmern. Abends, wenn ich hämmerte und klopfte, begann ich davon zu träumen, wie es sein würde, ein kleines Baby im Arm zu halten. So etwas Zartes und Kleines. Wenn ich es nun aus Versehen fallen ließ? Wäre ich der Aufgabe, Vater zu sein, überhaupt gewachsen? Was die Geburt anging, machte ich mir keine allzu großen Sorgen, ich hatte schon einigen Kühen beim Kalben geholfen. Aber dann? Ich war mit der Wiege fast fertig, als ich eines Abends in die Küche kam und Alva weinend auf dem Fußboden vorfand. Mehrere Dielenbretter waren rot gefärbt. Sie hatte angefangen zu bluten, und …«

Claes traute sich kaum, Torsten in die Augen zu sehen. Sein Schmerz übertrug sich auf ihn, und er spürte, wie seine Brust eng wurde. Claes beugte sich vor und legte Torsten eine Hand auf den Arm. Der alte Mann schluckte, bevor er weitersprach.

»Wir verloren das Kind. Ich weiß noch, wie ich Alva im Arm hielt, als wir aus dem Krankenhaus kamen, und sie wie ein Kind hin und her wiegte. ›Alles wird gut‹, sagte ich. ›Alles wird gut.‹ Dabei hätte ich am liebsten in die Nacht hinausgeschrien.«

Kapitel 19

Nora schaute aus dem Fenster, eine Teetasse zwischen den Händen. Sie hatte die Beine übereinandergeschlagen und eine Decke um sich gewickelt, obwohl im Häuschen inzwischen eine deutlich angenehmere Temperatur herrschte.

Draußen wurde es langsam hell, und am Seeufer sah sie einige Rehe entlanglaufen. Große weiße Flocken tanzten vom Himmel herab und türmten sich aufeinander. Nora würde nichts anderes übrig bleiben, als ihren Wintermantel anzuziehen und Schnee zu schippen. Auch wenn es inzwischen Dezember geworden war und somit die dunkelste Zeit im Jahr, kam es ihr mit dem Schnee hier draußen auf dem Land heller vor als in der Stadt. In Stockholm gab es in den Straßen natürlich viel mehr Lampen als hier, aber Asphalt und Beton, überhaupt all das Braune und Graue dort, verschluckten das Licht. Nora gefiel es, den Schnee und die Natur direkt vor der Haustür zu haben. Das fühlte sich auf gewisse Weise beruhigend an, dachte sie, griff nach Benji, der immer noch seinen dicken Verband trug, und drückte ihn fest.

»Wir haben beide unsere Wunden, die heilen müssen, du und ich. Aber wir werden es schon schaffen, du wirst sehen!«

Nora setzte das Kaninchen zurück auf das Fensterbrett,

nahm einen Schluck Tee und betrachtete die Rosen auf der großen, leicht gewölbten Tasse. Sie waren handgemalt, in Altrosa und Dunkelgrün. So schön der Winter auch war, beim Anblick der Rosen sehnte sie sich nach dem Sommer. Dabei fiel ihr ein, dass sie ihr Projekt, die Blumentöpfe zu verzieren, noch nicht in Angriff genommen hatte. Sie beschloss daher, ein bisschen Farbe zu kaufen und damit zu beginnen, die Töpfe anzumalen. Vorher musste sie allerdings auf ihr erstes Gehalt warten. Aber so lange würde es nicht mehr dauern. Rikard, dem der Lebensmittelladen gehörte, hatte sich einverstanden erklärt, ihr den Lohn alle zwei Wochen auszubezahlen. So musste Nora nicht einen ganzen Monat auf ihr erstes Gehalt warten und hätte bald die erste Monatsmiete zusammen.

Nora verwendete den Teebeutel mit Lakritzgeschmack ein zweites Mal und füllte ihre Tasse mit kochend heißem Wasser, bevor sie sich mit der Tageszeitung von gestern zurück auf das Sofa kuschelte. Die gesamte erste Seite wurde von einer Schlagzeile eingenommen: »Wolfkonflikt spitzt sich zu«.

Zuerst wollte sie die Hauptnachricht einfach überblättern, aber dann fiel ihr Blick auf eine Gruppe protestierender Aktivisten mit schwarzen Kapuzen und großen Plakaten. Auf dem Foto waren außerdem einige düster blickende Jäger zu sehen. Nora überflog den Artikel und begriff, dass die Wolfsfrage ein heikles Thema in der Region war. Auf der einen Seite standen die Aktivisten, auf der anderen die Jäger. Der Konflikt bestand darin, ob man die Wölfe schießen sollte oder nicht. Aber es ging nicht nur um das Problem der Jagd an sich, sondern die Meinungsverschiedenheiten hatten offensichtlich zu mehreren Fällen von Körperverletzung, Belästigung, Sachschaden und gegenseitigen Bedrohungen geführt. Die Aktivisten störten die Jäger und vertrieben die Wölfe, indem sie mit großen Trommeln durch den Wald liefen, was wiederum zu anonymen Morddrohungen geführt hatte.

Nora schüttelte den Kopf. Warum konnten sich die Leute nicht einfach einigen?

Ein lautes Klopfen ließ Nora zusammenfahren. Hoffentlich war es nicht wieder Viktor. Sie warf einen kurzen Blick in den Spiegel. Diesmal war sie jedenfalls geschminkt – zumindest hatte sie ein wenig Mascara aufgetragen. Zur Sicherheit bürstete sie noch schnell die Haare.

Draußen vor der Tür stampfte jemand den Schnee von den Füßen, drückte die Klinke hinunter und kam herein. Nora hielt die Luft an.

»Nora, Darling! Wenn du wüsstest, wie leer sich die Wohnung ohne dich anfühlt! Jetzt habe ich niemanden mehr, dem ich abends den ganzen Klatsch und Tratsch erzählen kann, und seit dem letzten Mal ist einiges passiert.«

Vega hob überrascht die Augenbrauen.

»Aber wie ist das Leben hier im Holzhaus? Immerhin bist du noch nicht erfroren.«

Nora lachte über den Redeschwall ihrer Freundin und ließ die Schultern sinken. »Oh, ich bin so froh, dass du es bist.«

»Ja, wer sollte es auch sonst sein?«

Nora wusste nicht, warum, aber sie spürte, dass ihre Wangen sich röteten. Zum Glück schien Vega davon nichts mitzubekommen, stattdessen schlug sie die Arme um die Freundin.

»Wirklich, Nora, ich habe dich vermisst!«

»Und ich dich! Auch wenn ich gestehen muss, dass ich es schön finde, so viele Kohlehydrate zu essen, wie ich will. Okay, auf Nudeln könnte ich vielleicht verzichten, aber nicht auf Popcorn und hin und wieder das ein oder andere Toastbrot«, sagte Nora verträumt.

»Tja, meine Diät ist vermutlich nicht für alle was«, lachte Vega, setzte sich auf das Sofa und legte die Füße auf den Couchtisch.

Nora grinste darüber, dass Vega sich bei ihr offenbar wie zu Hause fühlte. Sie selbst setzte sich ihr gegenüber auf einen Küchenstuhl.

»Wie schön übrigens, dass du es hier endlich warm hast«, bemerkte Vega. »Was für ein Unterschied zum letzten Mal.«

»Mm«, brummte Nora und dachte an Viktor.

Ohne ihn würden sich beim Atmen wahrscheinlich immer noch Rauchwolken bilden. Nora fühlte sich noch nicht bereit, von ihrem neuen Nachbarn zu erzählen. Noch nicht. Das würde sicherlich Fragen nach sich ziehen. Fragen, auf die sie momentan keine Antwort geben konnte. Aber dadurch, dass er die Heizung in Gang gesetzt hatte, war das Häuschen richtig gemütlich geworden.

»Was hältst du da eigentlich für eine Rolle in der Hand?«, wollte Vega wissen.

»Die Zeitung von gestern«, antwortete Nora und merkte, dass sie sie aus irgendeinem Grund zusammengerollt hatte.

Vega lächelte belustigt. »Ach, eine richtige Tageszeitung.

Damit habe ich schon vor ein paar Jahren aufgehört, man findet doch alles im Netz oder in den sozialen Medien.«

»Schon, aber ich mag es, und bestimmt bin ich damit nicht allein. Außerdem eignet sie sich gut zum Feuermachen«, verteidigte sich Nora. »Gerade habe ich etwas über Wölfe gelesen.«

Sobald Nora das Wort Wölfe ausgesprochen hatte, begannen Vegas Augen zu glühen.

»Hast du den Artikel heute gelesen?«, fragte die Freundin. »Das ist doch die Zeitung von gestern. Gib mir dein Handy«, forderte sie Nora auf, bevor diese antworten konnte.

Nora reichte ihr gehorsam ihr Mobiltelefon, und Vega begann sofort, sich durchzuklicken.

»Die Lage rund um den Wolfsstreit hat sich verschlechtert. Ein Jäger wurde auf dem Weg zur Arbeit angegriffen. Eine maskierte Person, vermutlich männlich, sprang aus einem Wagen und bedrohte ihn mit einem Gewehr«, las Vega vor.

»Oh!«, entfuhr es Nora. »Offenbar gibt es auf beiden Seiten eine Gruppe, die das Ganze ziemlich ernst nimmt. Und fast jeder hat dazu eine Meinung – ungefähr so wie bei Gammelfisch: Entweder man liebt ihn, oder man hasst ihn.«

Über so einen Kommentar würde Vega normalerweise lachen, aber jetzt presste sie nur grimmig die Kiefer aufeinander. »Ich kann nicht begreifen, wie manche Leute so dumm sein können, Wölfe zu schießen«, schnaubte sie. »Das sind schöne, edle Tiere. Außerdem gibt es einen genetisch wichtigen Wolf, der über tausend Kilometer von Russland hierher gewandert ist, und ausgerechnet den wollen die Jäger in die Hände bekommen.«

»Genetisch wichtig?«

»So heißt das, wenn ein Wolf eingewandert ist oder der erste Nachkomme eines eingewanderten Tieres ist. Der ist besonders wertvoll, damit es in der Wolfspopulation keine Inzucht gibt, denn sonst werden sie nicht so widerstandsfähig.«

»Aber brauchen wir denn wirklich Wölfe?«, hakte Nora zweifelnd nach. »Ich bin ja keine Expertin auf dem Gebiet, aber wir sind doch viele Jahre gut ohne sie ausgekommen. Warum sollten sie sich jetzt wieder hier ansiedeln?« Nora hob abwehrend die Hände, als sie sah, wie Vega nach Luft schnappte, und beeilte sich deshalb hinzuzufügen: »Ich habe selbst noch gar keine Meinung dazu, aber ich muss der anderen Seite zumindest darin recht geben, dass es durchaus unangenehm ist zu wissen, dass in der Nachbarschaft Wölfe herumschleichen. Stell dir vor, sie greifen jemanden an? In dem Artikel steht etwas von Wölfen, die bis in die Ortschaften gekommen sind, Wölfe, die krank und unberechenbar sind.«

Nora konnte sich nicht helfen, sie spürte, wie sich ihre Nackenhaare bei dem bloßen Gedanken daran aufrichteten. Für sie war es schon ein Schreckensszenario, wenn ein gewöhnlicher Hund an einem Zaun hochsprang.

»Es passiert sehr selten, dass ein einsamer Wolf so nah herankommt. Es wären in dem Fall eher die Rudel, die gefährlich sein könnten, aber wie oft hast du schon davon gehört, dass Wölfe Menschen angreifen?«, fragte Vega mit erhobener Stimme.

»Ja, stimmt. Die Leute hier in der Gegend scheinen auf ihren Höfen allerdings einige Tiere verloren zu haben«, entgegnete Nora.

»Weil ihre Zäune zu schlecht sind! Sie halten sich nicht an die Empfehlungen der Kommunalregierung. Daran sind doch nicht die Wölfe schuld!« Vega klang verärgert.

»Mir kommt das nur ein bisschen unnötig vor, hier wieder gefährliche Tiere anzusiedeln, nachdem wir sie endlich losgeworden sind«, verteidigte sich Nora und merkte, wie sehr sie das auch meinte.

»Wölfe halten außerdem die Population an Rehwild und Elchen niedrig. Stell dir vor, wie viele Verkehrsunfälle es sonst gäbe, wenn zu viele Elche da wären und auf die Idee kämen, in jeder zweiten Kurve über die Straße zu spazieren.«

Nora war als Kind oft im Auto zwischen Insjön und Falun mitgefahren. Sie erinnerte sich an die kurvige Straße und dass sie vor jeder Biegung ein Stoßgebet zum Himmel geschickt hatte, dass nicht plötzlich ein Tier auftauchte. Vielleicht hatte Vega doch recht? Vielleicht brauchten sie die Wölfe, obwohl sie so schrecklich waren? Oder nicht? Wie auch immer – es war jedenfalls unnötig, deswegen zu streiten. In Zukunft würde sie das Thema nicht mehr ansprechen. Und damit Vega nicht merkte, wie viele unbeantwortete Anrufe sie in den letzten Tagen von Jonas bekommen hatte – ihre Freundin tippte nämlich immer noch auf ihrem Handy herum –, lenkte sie das Gespräch schnell auf etwas anderes und fragte Vega, ob sie in letzter Zeit jemanden kennengelernt hätte. Sie atmete tief aus, als sie sah, dass sich ihre Freundin merklich entspannte und die Mundwinkel nach oben wanderten. Vega lächelte.

»Du hast recht: Ich habe einen potenziellen Ex-Freund erspäht.«

Kapitel 20

Claes ging seine Aufzeichnungen durch, die er auf den Laptop übertragen hatte. In Torstens Erzählung gab es mehr Gefühle als in all seinen Büchern zusammen. Und noch dazu waren diese echt.

Er rieb sich die Hände, zum einen, weil er mit sich zufrieden war, zum anderen, um sie wieder warm zu bekommen, nachdem er allzu lange versunken vor dem Bildschirm gesessen hatte. Das Hotelzimmer, in dem er sich befand, wurde von einer bleichen Wintersonne beschienen, die sich durch die dünnen Dunstwolken gekämpft hatte, die vom Fluss aufstiegen. Claes sah aus dem Fenster, wo die Bäume mit Raureif bedeckt waren und der Atem der Menschen zu kleinen Nebelwolken wurde. Aber die Wolken verschwanden jedes Mal schnell und löste sich in nichts auf, genau wie das Interesse für seine letzten Bücher.

Jetzt würde sich das Blatt wenden. Die Frage war nur, wie er das, was er im Gespräch erfahren hatte, in einen Roman verwandeln sollte. Claes war von Torstens Lebensgeschichte so mitgerissen worden, dass er zwischenzeitlich vergessen hatte, dass er mit dem Material weiterarbeiten wollte. Außerdem musste er unbedingt noch erfahren, wie das Ganze endete. Woher rührte Torstens trauriger Blick? Kam er von der Fehlgeburt damals? Oder steckte noch mehr dahinter?

Claes sah auf die Armbanduhr. Es war Zeit, dass er sich bereit machte, denn er wollte Torsten noch einmal treffen. Hoffentlich startete der Wagen, dachte er und eilte hinaus.

Wie immer lud Claes Torsten zu Kaffee und Kuchen ein – eine gute Art, ihn dazu zu bringen, mit ihm zu reden, und wahrscheinlich auch die Voraussetzung dafür. Als sie in Siljas Konditorei saßen, kratzte sich Claes an seinem struppigen Kinn und schob Torsten einen Teller mit safrangelben Lussekatter zu, dem Gebäck, das man traditionell am Lucia-Tag aß, nachdem er sich selbst mit zwei reichlich gezuckerten Zimtschnecken versorgt hatte. Torsten ging es heute überraschend gut, und er hatte nichts dagegen, mit seiner Geschichte fortzufahren.

»Also, was passierte nach der Fehlgeburt«, erkundigte sich Claes. Sie hatten es sich wieder auf der hufeisenförmigen Sitzgruppe gemütlich gemacht, wo sie sonst auch saßen.

Torsten knabberte eine Rosine von seinem Gebäck und kaute eine Weile darauf herum, bevor er endlich einen richtigen Bissen von seiner Hefeschnecke nahm, den er anschließend mit einem kräftigen Schluck Kaffee hinunterspülte. Erst dann begann er zu erzählen.

»Nach der Fehlgeburt verlor Alva ihre Lebensfreude und fiel in eine schwere Depression. Sie hatte keine Hoffnung mehr, könnte man sagen. Ich dachte, sie würde niemals wieder zurückfinden, und fühlte mich schrecklich machtlos. Aber dann wurde sie entgegen der Vorhersage des Arztes wieder schwanger. Ich weiß nicht, was anders war, aber dieses Mal verlor sie das Kind nicht. Neun Monate später bekamen wir ein Mädchen. Wir nannten sie Maria, sie war so klein und süß. Ihre Haare wurden lang und lockig, und ihre Augen waren blau und wach wie ein Sommertag. Manchmal kam es mir so vor, als wäre Rut zu mir zurückgekehrt. Maria erinnerte mich so stark an sie, mit ihrem etwas o-beinigen Gang. Solange Maria klein war, mühten Alva und ich uns weiterhin auf dem Hof ab, aber als sie fünfzehn wurde, hatten wir genug. Wir verkauften alles und zogen nach Stockholm.«

Torsten schwieg und begegnete Claes' Blick.

»Möchten Sie noch Kaffee?«, fragte dieser.

»Ja, genau danach wollte ich Sie gerade fragen.«

Claes nickte, nahm die Tasse entgegen, die Torsten ihm reichte, und ging zur Theke.

»Heute mit Sahne. Nicht Milch. Mit Sahne!«

Als Claes wiederkam, nahm Torsten sofort einen Schluck von dem heißen Getränk, bevor er die Tasse auf den Tisch stellte. Dann räusperte er sich.

»Alva, die zuvor ihre Lehrerausbildung abgeschlossen hatte, bekam sofort eine Stelle als Grundschullehrerin am Stadtrand. Ich selbst arbeitete als Bauarbeiter, aber ich sehnte mich die ganze Zeit über zurück nach Dalarna, genau wie damals, als ich auf Gotland stationiert war. Ich hatte geglaubt, ich sei bereit für das Leben in der Großstadt, und hatte mich darauf gefreut, am kulturellen Leben teilzuhaben. Ja, Alva und ich hatten beide eine gewisse Schwäche für Kunst und Theater. Aber ich hatte mich geirrt. Ich fühlte mich in der engen Wohnung nicht wohl, mit dem ganzen Lärm um einen herum. Wir hatten eine komfortable Dreizimmerwohnung, aber es fühlte sich trotzdem so an, als würden die Wände einen erdrücken. Alva ging es genauso. Ich begann, Abendkurse zu besuchen, um zum Vorarbeiter befördert zu werden, und hatte schließlich Erfolg damit. Mir wurde eine neue Stelle angeboten, bei der ich etwas mehr verdiente, sodass wir irgendwann würden zurückkehren können.«

»Sie meinen nach Leksand?« Claes rutschte auf dem Sessel herum und verlagerte sein Gewicht.

»Ja. Aber unsere Tochter Maria beschloss, in Stockholm zu bleiben. Wir hätten es gern gesehen, wenn sie mit uns gekommen wäre, aber sie war mittlerweile erwachsen, alt genug, ihre eigenen Entscheidungen zu treffen. Sie studierte an der Universität und wollte Ingenieurin werden. Irgendwann lernte sie einen Mann kennen, sie heirateten bald darauf und bekamen auch eine Tochter. Mein Augenstern! Ein richtiger Sonnenschein! Alva und ich kamen so oft wie möglich zu Besuch, obwohl wir lieber in unserem neuen Haus in Dalarna waren. Ein rotes Holzhaus mit weißen Umrandungen. Natürlich war es kleiner als der große Hof, den wir früher besessen hatten, aber groß genug, um sich wohlzufühlen.

Ohne Tiere und mit weniger Verpflichtungen hatte ich zum ersten Mal in meinem Leben die Möglichkeit, frei zu entscheiden, was ich tun wollte, und meine Wahl überraschte mich selbst wohl am meisten. In mir hatte sich eine Idee festgesetzt, die mit der Zeit größer und größer wurde.

Ich suchte mir Arbeit in einer Bibliothek. Die Tätigkeit war vielleicht nicht besonders gut bezahlt, aber sie war etwas, das ich wirklich gerne tat, wozu ich mich motivieren konnte. Ruts wegen.«

Claes kritzelte die Worte »Torstens kleine Schwester« und »Bibliothek« in seinen Block und unterstrich die Worte, bevor er den Blick hob und Torsten erneut ansah.

»Ich habe immer viel gelesen, schon als Kind. Auch Rut habe ich damals abends oft vorgelesen. Die Arbeit in der Bibliothek war gewissermaßen meine Art, etwas zurückzugeben. Ich veranstaltete Vorleserunden und gab den Kindern Büchertipps. Ich liebte auch den Geruch dort. Von den Seiten stieg ein Duft auf, der mich fesselte. Sobald ich ein bisschen Geld übrig hatte, rüstete ich unsere Bibliothek zu Hause auf und baute Regale. Ruts Bibliothek. An einem Mittsommertag war sie endlich fertig. Alva unterstützte mich zu hundert Prozent. Sie teilte auch mein Interesse für Bücher. Das war wieder eine glückliche Zeit in unserem Leben, die einige Jahre andauerte. Wenn ich gekonnt hätte, hätte ich damals auf die Pausentaste gedrückt.«

Claes merkte, dass er vor Anspannung die Luft anhielt.

»Denn dann ging es schnell bergab.«

Torsten schloss seine Hände um die Kaffeetasse, und ein dunkler Schatten legte sich über seine Augen. Dabei sank er so in sich zusammen, dass Claes Sorge hatte, er könnte nicht weitersprechen. Nach dem mittäglichen Hochbetrieb leerte sich Siljas Konditorei gerade allmählich, und von der Küche hinter der Kasse hörte man das Geklapper von Tellern und Tassen, die in die Spülmaschine geräumt wurden.

Claes legte behutsam eine Hand auf Torstens Schulter und wunderte sich selbst über die Gefühle, die der alte Mann in ihm weckte, jetzt, da er seine Gebrechlichkeit auch physisch spüren konnte. Das waren Emotionen, von denen Claes nicht einmal gewusst hatte, dass er sie besaß. Man konnte sie fast als Empathie bezeichnen. Denn tatsächlich berührte ihn Torstens Erzählung mehr und tiefer, als er es sonst gewohnt war.

Kapitel 21

Am nächsten Morgen stieg Nora in ihre Winterstiefel und fragte sich kurz, wie sie früher nur ohne sie ausgekommen war. Dann hüllte sie sich fest in die Winterjacke und zog sich eine Strickmütze über die Ohren. Sie hatte es sich angewöhnt, den Tag mit einem kurzen erfrischenden Spaziergang in der friedlichen Natur zu beginnen, und sich dabei sogar schon auf die funkelnde Eisdecke des Sees hinausgewagt, wo der Wind manchmal schneefreie Fläche schuf, auf denen man gut laufen konnte. Auf der anderen Seite befanden sich die Berge mit ihren schneebedeckten Nadelbäumen. Nora gefiel ihre neue Routine jeden Tag ein bisschen besser. Außerdem fiel es ihr beim Gehen leichter nachzudenken.

Nora schloss die Haustür ab und wollte gerade losgehen, als sie ein Stück weiter unten auf der Straße Viktor entdeckte. Er winkte ihr fröhlich zu, und Nora konnte nicht verhindern, dass ihr Herz einen kleinen Satz machte. An seiner Körpersprache erkannte sie, dass er etwas von ihr wollte, und sie ging ihm entgegen.

»Hallo«, sagte Viktor mit einem breiten Lächeln.

Er trug eine leichte schwarze Daunenjacke und eine dunkelblaue, eng sitzende Jeans. Nora versuchte krampfhaft, ihn nicht anzustarren.

»Hej«, sagte sie und rückte ihre Mütze zurecht, nachdem sie sich eine Haarsträhne hinters Ohr geklemmt hatte.

»Ich bin gerade etwas im Stress, deswegen wollte dich um einen Gefallen bitten.«

Nora sah ihn kritisch an. Er hatte ihr mit den Umzugskartons und der Außenbeleuchtung geholfen. Außerdem hatte er ihr beigebracht, Feuer zu machen, ohne dabei das Haus abzufackeln, und ihre Heizung repariert. Wenn er sie nun also bitten würde, nach China zu fahren, um einen speziellen Tee zu besorgen, oder nach Ägypten, um für ihn Safran zu kaufen, wäre sie wohl gezwungen, es zu tun. Sie war ihm einfach einen Gefallen schuldig. Oder auch zwei.

»Ja, also, ich muss für ein paar Tage weg und wollte dich fragen, ob du dich um meinen Kater kümmern könntest? Meine bisherige Katzensitterin ist nämlich inzwischen allergisch gegen Tierhaare. Ich bräuchte jemanden, der nach ihm schaut und ihn füttert. Es ist eine Hauskatze.«

Sie sollte sich um eine Katze kümmern? Nora hatte schon Probleme genug mit Hunden, aber Katzen verabscheute sie geradezu. Alle Katzen, die sie bisher kennengelernt hatte, waren hinterhältig. Sie schnurrten und strichen einem erst um die Beine herum, nur um einen im nächsten Moment mit ausgefahrenen Krallen anzugreifen.

»Er ist sehr lieb«, sagte Viktor und zeigte ein Lächeln, bei dem Nora fast der Atem stockte. Schnell drehte sie den Kopf weg.

Nie im Leben kümmere ich mich um eine Katze!

»Sehr gern«, hörte sie sich da selbst sagen. »Ich liebe Tiere!«

»Ach, tatsächlich? Dann kannst du vielleicht auch auf Tortuga aufpassen? Das wäre total nett, dann muss er nicht so viel Zeit im Auto verbringen.«

Der Hund, der Benji massakriert hatte? Lieber schwimme ich über den Atlantik! Oder laufe sogar nackt durch das Stadtzentrum, dachte Nora.

»Kein Problem!«

Sie klang so überzeugend, dass sie fast selbst daran glaubte.

Viktor lächelte erneut. Nora bemerkte, dass sein Grübchen dabei noch deutlicher hervortrat.

»Ich bin nur zwei, drei Tage weg, aber ich muss ziemlich bald fahren. Hast du vielleicht Zeit, jetzt gleich mit mir mitzukommen? Dann kann ich dir Barbossa vorstellen.«

»Barbossa?«, wiederholte Nora und musste kichern. »Ist das der Name deiner Katze?«

»Aye«, erwiderte Viktor.

»Ich erkenne hier ein gewisses Motiv«, meinte sie und hob die Augenbrauen. »Tortuga und Barbossa.«

»Aye«, sagte er noch einmal und sah sehr zufrieden aus. »*Fluch der Karibik*. Ich liebe diese Filme!«

»Das hätte ich mir fast gedacht.« Nora lachte und schüttelte den Kopf.

»So, da sind wir«, sagte Viktor, als sie die Eingangshalle betraten, wo Jacken und Mäntel ordentlich aufgereiht nebeneinander hingen.

Er machte eine ausladende Handbewegung. »Willkommen im Angeberhaus!«

Nora boxte Viktor gegen die Schulter, als er ihr neckisch zuzwinkerte, war aber zugleich sehr gespannt darauf, was sie erwarten würde.

»Tortuga hast du schon kennengelernt. Nochmals Entschuldigung dafür, dass er ein Loch in dein Kaninchen gebissen hat«, sagte Viktor.

Komischerweise spürte Nora, dass es ihr nichts mehr ausmachte. Sie hatte sich tatsächlich an einen Benji mit Verband gewöhnt.

»Das ist schon vergessen, aber ich bin froh, dass du es gefunden hast. Es bedeutet mir viel.«

Wuff!

Tortugas Bellen hallte durch das Haus, als er auf Nora zugerannt kam und an ihr hochsprang, wobei er seine Vorderpfoten auf ihren Bauch drückte. Nora holte tief Luft und versuchte sich zu schützen, indem sie die Hände in die Höhe streckte, damit er sie nicht beißen konnte. Sie traute sich nicht, sich zu bewegen. Tortuga jaulte vor Freude und zog die Oberlippe hoch, sodass seine Zähne sichtbar wurden, während sein Schwanz wie ein Propeller herumwirbelte. Als er die Zähne entblößte, war sich Nora ganz sicher, dass er sie gleich beißen würde. Instinktiv bewegte sie sich rückwärts Richtung Tür.

»Er will dich nur begrüßen, er mag dich«, versuchte Viktor sie zu beruhigen, bevor er Tortuga streng anwies, Platz zu machen. Dann ging er in die Hocke und kraulte den Hund unterm Kinn.

»Du musst dich benehmen, ich versuche gerade, dir eine lange Autofahrt zu ersparen«, sagte er liebevoll, während es

Tortuga gelang, Viktors Nase mit seiner Zunge abzuschlecken.

»Und hier haben wir Barbossa«, sprach Viktor weiter an Nora gewandt, als eine große Perserkatze auftauchte und durch die riesige Küche mit Eichenholzschränken und der dazu passenden Kücheninsel stolzierte.

Barbossa schnurrte, rieb sich an Viktors Bein und starrte dann zu ihr. Nora versuchte, sich ihre Abneigung nicht anmerken zu lassen, fand aber, dass er genauso hinterhältig aussah wie alle anderen Katzen, denen sie bisher begegnet war.

»Das Futter findest du dort hinten im Schrank«, sagte Viktor. »Barbossa ist ein richtiger Gourmet und besteht auf eine bestimmte Marke.« Er zuckte mit den Schultern.

»Das wundert mich nicht«, sagte Nora und gab sich Mühe, nicht allzu sarkastisch zu klingen.

»Es wäre gut, wenn er zweimal am Tag Futter bekommt. Seine Schüssel steht da drüben. Er braucht außerdem frisches Wasser, und sein Katzenklo muss gereinigt werden.«

Nora versuchte, den Instruktionen zu folgen und gleichzeitig die Einrichtung in Augenschein zu nehmen. Es war ein wirklich schönes Haus, das musste sie zugeben. Protzig oder nicht, alles war durchdacht. Das offene Wohnzimmer war ungefähr sechs Meter hoch, die Decke weiß lasiert und besaß eingebaute Lampen. Alles, vom Boden bis zur Decke, die Spotlights, die Fensternischen, die Möbel und Textilien passten zusammen und waren sehr geschmackvoll ausgewählt. Derjenige, der dieses Haus gebaut und eingerichtet hatte, hatte ganz genaue Vorstellungen gehabt.

»Danke, dass du dich dazu bereit erklärst!«, sagte Viktor und unterbrach Noras Gedanken. »Hier ist der Schlüssel.«

Als er ihn ihr reichte, streifte seine Hand die ihre, und Nora spürte ein Ziehen im ganzen Körper. Schnell zog sie ihre Hand zurück und hoffte, dass er nicht bemerken würde, dass ihre Wangen ganz heiß wurden. Viktor sah sie einen Moment lang prüfend an, sagte aber nichts.

»Keine Ursache«, lächelte Nora matt.

Was ist nur mit mir los, fragte sie sich irritiert, als sie auf dem Weg nach Hause war. Tortuga führte sie an der Leine mit sich, achtete aber auf einen gebührenden Abstand. In einem schwachen Moment, kurz bevor sie gegangen war, hatte Nora auch noch eingewilligt, dass der Hund bei ihr wohnen könnte, solange Viktor verreist war. Der Hund hatte offenbar gerne Gesellschaft und brauchte Menschen um sich herum, und da sie beteuert hatte, Tiere zu lieben – wie auch immer sie es fertiggebracht hatte, so etwas Dummes über die Lippen zu bringen –, war es schwierig, eine gute Ausrede zu finden. Barbossa würde Gott sei Dank in Viktors Haus bleiben. Solange der Kater zu fressen bekam, war er wohl zufrieden. Mit ihm brauchte sie auch nicht Gassi zu gehen wie mit Tortuga.

Warum reagierte sie nur so heftig, sobald Viktor in ihre Nähe kam? Sie wollte sich nie wieder von jemandem emotional abhängig machen, nachdem Jonas sie so behandelt hatte. Am besten ließ sie nie wieder einen Mann in ihr Leben. Nora trat in einen großen Schneehaufen, der vor ihr auf dem Weg lag, was Tortuga so wild machte, dass er herumfuhr und sie fast umgeworfen hätte. Nora stöhnte auf. Ausgerechnet sie, die sich immer als eine Person definiert hatte, die Angst vor Hunden hatte und Katzen hasste, hatte jetzt sowohl einen Hund als auch eine Katze am Hals! Wie um alles in der Welt war es dazu gekommen?

Kapitel 22

Nora wachte davon auf, dass etwas neben ihr lag und sich bewegte. Durch die Decke hindurch konnte sie die Wärme eines Körpers spüren und musste dem Impuls widerstehen loszuschreien. Die Erleichterung darüber, dass es kein Mensch war, sowie das Entsetzen, als sie realisierte, dass ein Hund neben ihr lag, waren ungefähr gleich groß. Nora spürte, wie ein Stoß Adrenalin durch ihren Körper gepumpt wurde.

»Wie bist du die Treppe hochgekommen?«, murmelte sie, nachdem sie auf die andere Seite gerollt und aufgestanden war, ohne Tortuga aus den Augen zu lassen.

Tortuga wurde ebenfalls wach, und sobald er Nora sah, begann sein Schwanz auf die Decke zu klopfen. Nora schüttelte den Kopf, eilte nach unten und holte den Fressnapf des Hundes. Während sie ihn mit Trockenfutter füllte, nahm sie sich vor, Tortuga in der kommenden Nacht an die Leine zu nehmen und im Erdgeschoss anzubinden. Kurz darauf kam der Hund die Treppe hinuntergestürzt und schlang das Futter in sich hinein. Nora beobachtete ihn von einer Ecke des Zimmers aus.

Sie fühlte sich mit einem Hund im Haus ungefähr so wohl wie mit nasser Wäsche in der Waschmaschine und Wollmäusen unter dem Sofa, aber so langsam sah sie zumindest ein, dass Tortuga nicht vorhatte, sie zu beißen. Sie begann, sich damit abzufinden, dass sie jetzt für ihn verantwortlich war, und platzierte seinen grünen, weich gepolsterten Hundekorb in einer Ecke. Aber kaum hatte sie Tortuga den Rücken zugekehrt, sprang er auf das Sofa.

»Runter!«, sagte sie streng, woraufhin sich Tortuga nur auf den Rücken drehte und die Beine in die Luft streckte, sodass er aussah wie ein gegrilltes Hähnchen.

Nora schüttelte wieder den Kopf und wusste, dass sie ihm böse sein sollte, aber sie musste einfach lachen. Tortuga sah so komisch aus, wie er da lag, und zu ihrer eigenen Verwunderung konnte sie es nicht lassen, ihn am Bauch zu kitzeln. Mit seiner guten Laune steckte er selbst sie an.

Allmählich richtete sich Nora in ihrem Häuschen ein. Als die Kartons mit ihren Sachen ausgepackt waren, fühlte es sich schon mehr wie ein Zuhause an. Jetzt konnte sie endlich ihr Projekt mit den Blumentöpfen beginnen. Es kribbelte schon in ihr vor Erwartung. Tortuga hob neugierig den Kopf und sah ihr zu, als sie Töpfe, Pinsel, Farben, Leim, Papierservietten und Lack zusammentrug, aber als er erkannte, dass nichts Essbares dabei war, blieb er auf dem Sofa liegen.

Nora hatte sich für eine weiße Grundierung entschieden und begann, die Terrakottatöpfe anzumalen. Solange die Farbe trocknete, schnitt sie sorgfältig ein paar altrosa Rosen aus, die sie auf einem Serviettenmuster gefunden hatte. Dann klebte sie die Rosen mit Leim auf die weiß gestrichenen Blumentöpfe und schloss mit einer schützenden Schicht

Lack ab, nachdem auch der Leim getrocknet war. Zufrieden stellte sie fest, dass die Töpfe zu den neu gekauften Teetassen passten, die sie inzwischen am liebsten mochte.

Nora machte auch einen Abstecher zur Gärtnerei Gundhes in Insjön. Plastikblumen in allen Ehren, aber sie vermisste doch echte Pflanzen, und ein paar Kronen würde sie entbehren können, um dafür ein bisschen Weihnachtsduft zu Hause zu haben.

In den langen Reihen unter dem Glasdach drängten sich zahlreiche Blumen und Gewächse, die einen schöner als die anderen. Nora mochte besonders Azaleen, Zyklamen, Christrosen, Amaryllis und weiße Hyazinthen, aber um so viel Weihnachtsduft und Stimmung wie möglich zu bekommen, entschied sie sich für jeweils eine der zwei letztgenannten Sorten. Die anderen würden bis zur nächsten Gelegenheit warten müssen. Die Amaryllis würde für weihnachtliche Stimmung sorgen und mit ihrer Größe den Raum füllen, denn Nora dekorierte gern in verschiedenen Höhen, was dem Raum Gleichgewicht gab. Die weiße Hyazinthe sorgte hingegen für den Duft. Nora wickelte die Blumen ein, damit sie unterwegs nicht erfroren, und radelte dann wieder nach Hause.

Einen Kranz für die Tür wollte sie selbst basteln, aus Tannenzweigen und Zapfen aus dem angrenzenden Wald. Ein bisschen Moos würde sie auch auftreiben, und auf einem Tablett wollte sie Teelichter anrichten. Die Plastikblumen räumte sie erst einmal weg. Aus einem zarten, silbrigen Stoff, den sie in einem ihrer Umzugskartons gefunden hatte, die jetzt auf dem Dachboden standen, nähte sie mithilfe der Nähmaschine, die sie ebenfalls aus einem Karton gepackt hatte, neue Gardinen und Kissenhüllen. Jonas hatte darauf bestanden, dass sie die Nähmaschine entsorgte, weil er der Meinung war, dass sie es sich leisten konnten, etwas Neues zu kaufen, wenn etwas kaputtging. Aber Nora hatte die Maschine heimlich in die Abstellkammer geräumt, ohne dass Jonas es bemerkt hatte, und jetzt war sie froh darüber.

Gegen Nachmittag begann das Häuschen richtig hübsch zu werden. Es sah langsam aus wie ein Zuhause. Noras Zuhause. Seit sie die Heizung in Gang gebracht hatte, hatte sich sehr viel getan. Was für ein meilenweiter Unterschied zu ihrem Einzug.

Wuff!

Tortuga stupste sie auffordernd mit der Schnauze an.

»Oh«, sagte Nora und schaute auf die Uhr. »So spät schon! Zeit für Fressen, stimmt's?«

Sie füllte die Hundeschüssel mit Futter, und Tortuga stürzte sich sofort darauf. Dabei fiel Nora ein, dass sie auch die Katze füttern musste. Sie schlüpfte in ihre Stiefel und zog die Jacke an.

»Du bleibst hier«, sagte sie, als Tortuga sie sehnsüchtig anschaute. »Ich bin gleich zurück. Dann gehen wir spazieren.«

Nora stapfte durch den tiefen Schnee bis zum halb geräumten Schotterweg, der zwischen den Häusern entlangführte. Ein Nachbar, der ein Stück weiter weg im Ort wohnte, war für das Schneeräumen zuständig und erledigte das normalerweise mit seinem Traktor. Aber er kam der Arbeit nicht immer hinterher. Innerhalb einer Stunde konnten leicht zwanzig, dreißig Zentimeter Neuschnee fallen, wenn das Wetter so war wie heute. Zum Glück war es kein weiter Weg von Haus zu Haus.

Nora drehte den Schlüssel im Schloss, öffnete die Tür und trat ein. Nachdem sie das Licht angemacht hatte, sah sie sich nach Barbossa um, aber von dem Kater fehlte jede Spur. Umso besser, dachte sie. Ihre Aufgabe lautete, ihm Futter und Wasser zu geben, das Katzenklo zu leeren, das Ganze auf der mentalen Checkliste abzuhaken und anschließend wieder zu verschwinden. Nora ging zum Vorratsschrank und holte die Tüte mit dem Katzenfutter heraus. Als sie sie hochhob, merkte sie sofort, dass sie so gut wie leer war. Nora schüttelte den Beutel zur Sicherheit trotzdem, aber es war tatsächlich nur noch ein kleiner Rest vorhanden. Nora seufzte. Was hatte Viktor über seine Gourmetkatze gesagt? Dass Barbossa wohl nur diese eine Marke fraß. Missmutig wurde ihr klar, dass sie in einen Laden fahren und neues Futter würde kaufen müssen. Aber bevor sie ging, würde sie jedenfalls eine Schüssel Milch bereitstellen, und eine mit Wasser, falls Barbossa die Milch nicht mochte. Dann wäre sie zumindest nicht schuld daran, dass die Katze verhungerte.

Nora schaltete das Licht aus und wollte gerade wieder das Haus verlassen, als sie die nächste Überraschung erwartete. Die Haustür stand offen. Mitten in der Bewegung hielt Nora inne. Wie um alles in der Welt hatte das passieren können? Schnell machte sie das Licht wieder an. Wenn nun jemand hereingeschlichen war? Vielleicht ein Einbrecher? War außer ihr noch jemand im Haus? Oder hatte sie nur selbst vergessen, die Tür zu schließen? Dann kam die nächste Frage: Wie hätte sie das in dem Fall vergessen können – mitten im Winter? So etwas kam für sie doch genauso wenig infrage, wie wenn ein Küchenschrank offen stand – das waren Dinge, die bei ihr ein geradezu physisches Unbehagen auslösten. Nora kramte in ihrer Erinnerung, aber vergebens. Im selben Moment kam ihr ein furchtbarer Gedanke: Konnte die Katze hinausgelaufen sein? War Viktors Kater jetzt gerade dabei, draußen zu erfrieren? Sie spürte Panik in sich aufsteigen und begann, so laut sie konnte, nach ihm zu rufen.

»Barbossa? Barbossa?«

Aber es war keine Katze zu sehen. Nora beschloss, erst einmal das gesamte Haus zu durchkämmen. Sie begann im Badezimmer im Erdgeschoss, das größer war als ihr Wohnzimmer. Der Boden bestand aus kleinen, runden dunkelgrauen Steinen, und vom marmornen Waschbecken mit einem runden Spiegel darüber duftete es nach exklusiver Seife. An der Decke hing ein großer Kristallleuchter. Das war schon etwas anderes als ihr eigenes Bad, wo man sich mehr oder weniger seitlich hineinschieben musste, um überhaupt auf die Toilette gehen zu können. Aber von der Katze war hier natürlich keine Spur zu sehen. Nora fragte sich, was wohl passierte, wenn eine Hauskatze in die winterliche Kälte hinausschlich. Würde sie es draußen im Schnee überhaupt aushalten, oder würden die zarten Tatzen sofort festfrieren? Schnee! Das war es! Nora wurde klar, dass die Katze Spuren hinterlassen haben musste.

Tatsächlich brauchte sie die Tür nur einen Spaltbreit zu öffnen, da entdeckte sie sie schon. Ja, das waren die Fußspuren einer Katze! Zumindest direkt an der Tür. Weiter weg wurden sie undeutlicher, und dann waren sie überhaupt nicht mehr zu sehen. Eine Windböe musste sie in dem pulvrigen Schnee fortgewischt haben. Nora begann zu schwitzen. Wenn sie Barbossa nun nicht mehr wiederfand? Das wäre allein ihre Schuld! Was würde Viktor sagen? Würde er so wütend werden wie Jonas manchmal?

Nora zog ihre Stiefel an und begann verzweifelt, nach der Katze zu suchen.

»Barbossa!«, rief sie, die Hände zum Trichter geformt.

Nora musste daran denken, was sie in diesem Zeitungsartikel über die Jäger und die Aktivisten gelesen hatte. Über den offenen Wolfskonflikt hinaus, gab es wohl auch Leute, die sichergehen wollten, dass sich die Wölfe von den Ortschaften fernhielten, indem sie vergiftete Stofffetzen auslegten. Das war zwar eine effektive Methode, die Wölfe von bewohnten Gegenden fernzuhalten, aber Hunde und Katzen konnten genauso gut daran knabbern. Wenn nun die Katze so einen Lumpen zwischen die Zähne bekam?

»Barbossa!«

»Was schreien Sie denn hier so herum?«, fragte eine Frau verärgert, die mit der Post unter dem Arm den Weg entlangkam.

Nora hatte die Frau schon ein paarmal getroffen. Sie war mit dem wortkargen, etwa gleichaltrigen Mann verheiratet, der mit seinem Traktor die Straße räumte. Sie hießen Larsson, und Nora wusste, dass Frau Larsson als schwierig galt. Als sie nun den Kopf schräg legte, um Nora von Kopf bis Fuß zu beäugen, musste sie an einen Habicht denken, der bereit war, die Klauen in seine Beute zu schlagen. Vega hatte erzählt, dass Frau Larsson nicht mehr mit ihrer Schwester sprach, obwohl diese im Nachbarhaus wohnte. Vega lebte schon ihr ganzes Leben hier und wusste über die Leute gut Bescheid. Sie hatte Nora berichtet, dass sich die beiden Schwestern gar nicht mehr erinnern konnten, weswegen sie sich eigentlich zerstritten hatten. Sie wüssten nur noch, dass es mit der Grundstücksgrenze zu tun hatte.

»Ich suche nach einem Kater. Er heißt Barbossa«, erklärte Nora und versuchte dabei, freundlich zu klingen.

»Ich habe irgendetwas Zotteliges auf dem Weg gesehen. Es ist herumstolziert und hat wie ein ganzes Sägewerk gejammert. Das könnte eine Katze gewesen sein.«

Nora bedankte sich, während sie in die Richtung eilte, die Frau Larsson ihr gezeigt hatte. Die Bäume waren mit Eis bedeckt, die Winterlandschaft sah wunderschön aus. Im Hintergrund zeichneten sich die Berge gegen den rosa Himmel ab, und die Sonne war dabei unterzugehen. Wenn sie nicht auf der Jagd nach der Katze gewesen wäre, wäre Nora gerne einen Moment stehen geblieben und hätte den schönen Anblick genossen. Aber alles, woran sie denken konnte, war, was sie tun sollte, wenn es dunkel wurde. Was, wenn sie Barbossa bis dahin nicht gefunden hätte?

Weiter kam sie mit ihren Gedanken nicht, denn im nächsten Moment hörte sie ein jämmerliches Wimmern. Und da saß er, unter einem schneebedeckten Busch.

»Barbossa!«

Nora hätte nicht gedacht, dass sie sich jemals so freuen würde, eine Katze zu sehen, sie musste sich tatsächlich beherrschen, um nicht vor Erleichterung in die Luft zu springen. Sie wollte nicht riskieren, ihn so zu erschrecken, dass er davonlief. Barbossas traurigem Aussehen nach zu urteilen, konnte Nora sich ungefähr denken, was passiert war. Wahrscheinlich hatte er durch das Fenster ein paar Spatzen entdeckt und war ihnen mit großem Selbstvertrauen nachgesetzt, sobald er gesehen hatte, dass die Tür offen stand.

Nora warf all ihre Prinzipien über Bord, machte einen raschen Schritt auf die Katze zu und nahm sie auf den Arm. Dann hielt sie Barbossa fest an sich gedrückt, damit er nicht entwischen konnte. Aber er schien keine Fluchtpläne zu haben. Stattdessen kauerte er sich zusammen und schmiegte sich an sie, und bevor sie zum Haus zurückkam, hörte sie den Kater neben ihrem Ohr schnurren. Für eine Katze ist er eigentlich ganz süß, dachte sie, nachdem sie ihn ins Warme gebracht und die Tür hinter sich verschlossen hatte.

»Ich komme bald zurück und bringe Futter. Ich muss nur schnell einkaufen und eine Runde mit Tortuga drehen!«

Das Letzte rief sie durch die geschlossene Tür, bevor sie auf dem Absatz kehrtmachte und nach Hause ging.

Was ist denn nur mit mir los, fragte sich Nora. Jetzt spreche ich schon mit Katzen …

Nora fand den Laden zum Glück schnell und kam noch rechtzeitig an, bevor er zumachte, aber es dauerte eine Weile, bis sie das richtige Katzenfutter aufspürte. Als sie den Preis dafür sah, griff sie sich an die Stirn. Bis zur nächsten Lohnauszahlung würde es ein paar Tage dauern. Wenn sie das Futter kaufte, würde sie dafür fast ihr gesamtes restliches Geld ausgeben. Aber was blieb ihr anderes übrig? Sollte sie die Katze hungern lassen? Sie hatte Viktor doch versprochen, sich um sie zu kümmern. Nora bezahlte das Futter und strampelte mit dem Rad nach Hause.

Kapitel 23

»Schön zu sehen, dass du überlebt hast! Ich hoffe, die beiden haben sich benommen. Gleich bin ich bei dir, ich parke nur schnell den Wagen!«, rief Viktor fröhlich durch das geöffnete Seitenfenster, als er an Nora vorbeifuhr, die gerade dabei war, den Schnee aus ihrer Einfahrt zu schippen.

Tortuga half auf seine Weise mit, indem er hin und her sprang und die Flocken mit seinem Schwanz auffing. Als er Viktors Stimme hörte, wurde er noch wilder.

Nora war froh, dass sie ihn angeleint hatte, sonst wäre er sicher hinter dem Wagen hergerannt. Es dauerte ein paar Minuten, bis Viktor wiederkam, und Nora mühte sich währenddessen weiter mit der Schneeschaufel ab, um einen Gang von der Straße bis zu ihrem Haus freizuschaufeln. Sie war es leid, jedes Mal durch meterhohen Schnee stapfen zu müssen, sobald sie irgendwo hinwollte. Dieses Jahr hatte es wohl bereits Ende Oktober angefangen zu schneien und seitdem nicht aufgehört. Die Schneehaufen waren so hoch, dass es ein echter Kraftakt war, den Schnee dort aufzutürmen. Herrn Larsson schien es nicht zu kümmern, dass er bei Noras Haus einen riesigen Wall hinterließ, wenn er mit dem großen Pflug die Straße entlangfuhr.

»Ist alles gut gegangen?«, fragte Viktor, als er wieder auftauchte.

Nora spürte unwillkürlich ein Flattern im Magen, als sie in seine braunen Augen blickte.

Tortuga freute sich so, als er Viktor entdeckte, dass er sich losriss und sie beim Vorbeistürmen fast rammte. Dann wirbelte er vor Glück durch den Schnee, bevor er Anlauf nahm und Viktor mit ausgestreckter Zunge ansprang. Viktor fing ihn mit den Armen auf.

Nora musste lachen.

»Ja, natürlich. Alles lief ohne Probleme«, log sie und dachte daran, dass sie kurz davor gewesen war, Barbossa im kalten Schnee zu verlieren. Sie sah schon die Schlagzeilen vor sich: »Mystische Katzenstatue – in Wirklichkeit ein erfrorener Kater«, »Enttarnt: Nora – die Katzenmörderin!« Besser, sie erzählte Viktor erst einmal nichts davon.

»Wie schön! Ich muss nur ein paar Sachen ausladen, dann komme ich rüber und helfe dir«, sagte Viktor.

Nora nickte zur Antwort, ließ Tortuga von der Leine, nahm eine Handvoll Schnee und formte sie zu einem Ball. Sobald sie den Schneeball geworfen hatte, raste Tortuga los wie ein Pfeil und fing ihn in der Luft auf. Schon beim dritten Schneeball war Viktor mit einer Schneeschaufel über der Schulter zurück.

»War das Katzenfutter aus?«, fragte er.

Nora sah ihn überrascht an. Sie wollte nicht geizig erscheinen und hatte nicht vorgehabt, ihm davon zu erzählen, aber die leere Packung lag natürlich ganz oben im Müll.

»Ja, aber kein Problem«, erwiderte sie.

»Es war nicht so gedacht, dass du extra einkaufen gehen musst«, sagte Viktor, während er die große Schaufel mit Schnee füllte und sie offenbar mühelos zum Schneewall hochhob.

Wie schaffte er es nur, das so leicht aussehen zu lassen, fragte sich Nora. Sie selbst musste kämpfen, um die Schaufel überhaupt in die Höhe zu bekommen. Aber das motivierte sie nur noch mehr. Wenn er es konnte, dann sie sicher auch. Nora arbeitete verbissen weiter und versuchte dabei, seinem breiten Rücken, der immer wieder ihr Sichtfeld kreuzte, nicht allzu viel Beachtung zu schenken.

Nach einer Weile stellte Nora die Schaufel außer Atem beiseite und setzte ihre Hände an ihren schmerzenden Rücken.

Viktor hörte ebenfalls auf zu schippen, und seine angestrengte Miene hellte sich auf.

»Als Entschädigung für das Katzenfutter darf ich dich vielleicht zum Essen einladen? Wäre das in Ordnung? Du brauchst auch nichts mitzubringen«, fügte er hinzu.

Nein! Das ist überhaupt nicht in Ordnung, dachte Nora. Das Beste wäre, wenn sie so wenig wie möglich mit ihm zu tun hätte. Sie wollte gerade ablehnen, als ihr einfiel, wie leer ihr Kühlschrank war und dass es immer noch einige Tage dauern würde, bis sie wieder ein Gehalt bekam. Heute Morgen hatte sie Makkaroni zum Frühstück gegessen.

»Danke, sehr gern«, antwortete sie. Worauf hatte sie sich da nur eingelassen?

Kapitel 24

»Als wir uns das letzte Mal gesehen haben, haben Sie gesagt, dass es schnell bergab ging«, erinnerte Claes behutsam den alten Herrn, nachdem er sich im Pflegeheim an Torstens Bett gesetzt hatte.

Torsten hatte erneut eingewilligt, ihn zu treffen, war aber heute zu müde, um auszugehen. Er lag mit einer Decke über den Beinen im Bett. Dunkle Ringe lagen unter seinen Augen, und die Haut wirkte so dünn wie die letzte Schicht Eis, bevor sie im Frühling aufbricht und verschwindet.

»Ja, denn dann kam der Befund«, sagte Torsten leise. »Alva hatte Krebs. Als die Ärzte ihn in ihrem Magen entdeckten, war es bereits zu spät. Das Ganze ging sehr schnell.« Torsten schluckte, holte tief Luft und fuhr mit zitternder Stimme fort: »Wir wollten sie an einem Samstag im Juli beerdigen. Ich weiß noch, dass es an diesem Tag extrem heiß war. Der Staub der Schotterwege und Äcker schien stillzustehen und ein Stückchen über dem Boden zu schweben, und der Asphalt flimmerte in der Hitze.« Torsten räusperte sich und sah, wenn das überhaupt möglich war, noch trauriger aus.

»Aber ein Unglück kommt selten allein.« Claes hörte angespannt zu, wobei er sich akribisch Notizen machte. Auch weil er festgestellt hatte, dass er Torstens Geschichte auf diese Weise auf Abstand halten konnte. Es kam ihm so vor, als sei Torstens gesamtes Leben vom Pech gezeichnet, und Claes hatte im Laufe dieser Erzählung bereits mehr Kummer miterlebt, als die meisten innerhalb ihres gesamten Lebens erfahren mussten. Was würde noch passieren?

»Meine Tochter Maria und ihre Familie waren von Stockholm mit dem Auto auf dem Weg hierher, um an der Beerdigung teilzunehmen. Mein Schwiegersohn saß am Steuer. Aber dann lief etwas falsch. Komplett falsch. Ich vermute, dass er, anstatt sich auf die Straße zu konzentrieren, das Fenster aufkurbelte, vielleicht weil es so heiß war. Auf jeden Fall war er einen Moment nicht aufmerksam genug, sodass er den Holztransporter nicht sah, der aus der anderen Richtung kam.«

Claes klammerte sich instinktiv mit beiden Händen an den Armlehnen des Besucherstuhls fest.

»Mein Schwiegersohn und meine Enkelin kamen mit dem Leben davon. Die Ärzte sagten hinterher, sie müssten einen Schutzengel gehabt haben. Aber unsere Tochter Maria starb an diesem Tag.« Torsten wischte sich mit dem Ärmel die Tränen vom Gesicht. »Es fühlte sich an, als würde sich die Geschichte wiederholen. Ich war außer mir vor Trauer. Ich konnte mich nicht einmal über das Wunder freuen, dass mein Schwiegersohn und meine Enkelin überlebt hatten. Stattdessen verspürte ich eine furchtbare Wut. Weil er am Steuer gesessen hatte, schob ich die gesamte Schuld auf ihn. Vielleicht gab ich ihm sogar die Schuld dafür, dass ich Alva verloren hatte. Natürlich nahm er das nicht besonders gut auf, seitdem haben wir keinen Kontakt mehr.«

Claes musste gegen einen wachsenden Kloß im Hals kämpfen.

»Wenn ich etwas im Leben bereue, dann ist es das«, sprach Torsten weiter. Dann wies er Claes an, ihm die Fotografie zu geben, die auf seinem Schreibtisch stand. Es war das Bild von Alva, die ein kleines Mädchen in die Luft hob.

Torsten drückte das Foto fest an sich, bevor er fortfuhr: »All die harten Worte, die ich gesagt habe, anstatt für die beiden in ihrer Trauer da zu sein. Nach dem, was ich selbst an Schuldgefühlen durchlebt hatte, hätte ich es besser wissen müssen. Aber es war, als könnte ich nicht mehr klar denken. Das wurde mir leider erst bewusst, als es schon zu spät war. Ich habe mich selbst zu einem Leben in Einsamkeit verdammt.«

Claes sah, wie das Licht in Torstens Augen erlosch.

Kapitel 25

Ein weiterer Arbeitstag ging zu Ende, sie hatten sorgfältig Inventur gemacht, und in Kürze würde der kleine Supermarkt schließen. Nora stellte zufrieden fest, dass sie penibel die gesamte To-do-Liste abgehakt hatte. Neben der Inventur hatte sie auch alles mit neuen Waren gefüllt, von Obst über Gemüse bis hin zur Tiefkühlkost. Die Waren, die das Mindesthaltbarkeitsdatum überschritten, hatte sie aussortiert und die Produkte mit kurzer Haltbarkeit ganz vorne platziert.

Es ist schon komisch, dachte Nora. Letzte Woche waren Walnüsse und Schokoladenkugel mit Erdbeerfüllung der Renner, diese Woche sind es Waschmittel und sonnengetrocknete Tomaten. Die waren bereits ausverkauft, obwohl das Lager bis unter das Dach gefüllt gewesen war. Aber Rikard war bekannt dafür, dass er gute Werbekampagnen machte, deshalb waren die Leute in letzter Zeit aus ganz Dalarna hierher gepilgert, um Waren zu bunkern.

Nora hatte heute auch an der Kasse gearbeitet, bei den Bananenkartons aufgeräumt und sich um den Pfandautomaten gekümmert. Und sie hatte außerdem wieder Geld bekommen, was ihr ein ziemlich gutes Gefühl gab. Sie hatte zum

Glück genug für die erste Monatsmiete beisammen, denn die Rechnung der Umzugsfirma war auch gekommen und hatte mehr oder weniger ihre letzten Ersparnisse aufgebraucht.

»Wir sehen uns Ende der Woche!«, rief Rikard, der gerade mit einer Ladung Pappkartons aus dem Lager kam.

Nora winkte, zog die Winterjacke fester um sich und wollte gerade durch die Glastür verschwinden, als Rikard sie zurückrief.

»Warte! Ich wollte dir noch etwas sagen.«

Nora drehte sich um. Was wollte er denn jetzt noch? Sie hatte doch alles getan, was auf der Liste stand, und sogar noch mehr. Ihm war doch hoffentlich nicht noch etwas eingefallen? Sie war müde und wollte einfach nur nach Hause.

Rikard musste ihre reservierte Körperhaltung bemerkt haben, denn er hielt abwehrend die Hände hoch und lächelte.

»Ich wollte dir nur sagen, dass du gerne Brot mit nach Hause nehmen kannst. Nimm ruhig zwei. Die meisten halten sich ohnehin nicht mehr lange, und es wäre schade, wenn man es wegwerfen müsste.«

Nora nahm dankbar die Brotbeutel entgegen, verließ die Wärme des Ladens und trat in die Kälte hinaus. Die Temperatur war schon wieder gesunken. Sie zitterte und wollte sich gerade auf das Fahrrad setzen, als sie laute, scheppernde Musik hörte: »Oh we're not gonna take it. No, we ain't gonna take it. Oh, we're not gonna take it anymore.«

Nora sah sich nach einem Wagen mit heruntergelassenen Seitenfenstern und ein paar Aufreißern darin um, aber der Parkplatz war bis auf eine ältere Dame, die mit ihrem Hund

Gassi ging, wie leer gefegt. Zu ihrer Verwunderung stellte sie fest, dass sie dieses Mal keine Angst vor dem Vierbeiner hatte.

Die Musik schien an Lautstärke zuzunehmen, und schließlich wurde ihr klar, dass das Signal aus ihrer eigenen Handtasche kam. »We're not gonna take it …« Die Melodie begann von vorne. Vega!, dachte Nora und schüttelte belustigt und zugleich peinlich berührt den Kopf. Vega hatte doch ihr Handy ausgeliehen, als sie nach dem Zeitungsartikel gesucht hatte, dabei musste sie ihren Klingelton geändert haben, sodass jetzt diese alberne Melodie erklang. Das war Vegas Art, Nora zu sagen, dass sie sich zu viel gefallen ließ. Schnell fischte sie das Handy aus der Tasche und sah, dass sie wieder einen verpassten Anruf von Jonas hatte. In den letzten Tagen hatte sie das Handy meistens lautlos gestellt. Erleichtert erkannte sie, dass nicht er es war, der jetzt anrief. Es war eine Nummer aus Leksand, die sie nicht gespeichert hatte. Zögernd, aber noch bevor die Band Twisted Sister mit einer weiteren Refrain-Schleife beginnen konnte, drückte sie auf den Antwortknopf.

»Ja, hallo?«

»Hej, hier ist Schwester Kajsa. Ich rufe aus dem Seniorenheim Blåbärsstigen an. Einer unserer Bewohner, Torsten Louthander, hält ein Foto in der Hand und weigert sich, es loszulassen. Er ist auch kaum ansprechbar. Er wiederholt immer wieder Ihren Namen. Sie heißen doch Nora Louthander, oder?«

Nora stand wie angewurzelt da und versuchte zu begreifen, was die Stimme am anderen Ende der Leitung sprach.

Die Welt um sie herum schien sich plötzlich zu drehen, und innerhalb weniger Sekunden verengte sich ihr Sichtfeld zu einem schmalen Tunnel.

Die Frau machte eine Pause und räusperte sich. »Tja, also. Normalerweise versuchen wir solche Dinge selbst zu klären, aber da ich Sie nun erreicht habe und Sie auf der Liste der Angehörigen stehen, möchte ich fragen, ob Sie vorbeikommen könnten. Vielleicht gelingt es Ihnen, ihn beruhigen.«

Noras Übelkeit war dem Gefühl gewichen, keine Luft mehr zu bekommen. Sie lehnte sich an die gelbe Backsteinmauer des Ladens, um nicht das Gleichgewicht zu verlieren.

Torsten! Ihr Großvater. Dann lebte er also noch?

»Woher … woher wissen Sie, dass ich hier bin?«, stieß Nora hervor.

»Leksand ist ein kleiner Ort … Aber ich hätte Sie natürlich nicht angerufen, wenn Sie nicht auf der Angehörigenliste stehen würden. Tatsächlich sind Sie die einzige Person, die dort genannt wird.«

Nachdem Nora sich verabschiedet und das Gespräch beendet hatte, ließ sie die Arme am Körper hinabhängen. Sie hatte seit sechzehn Jahren keinen Kontakt mehr zu ihrem Großvater. Seit ihre Mutter gestorben war. Auf einmal überfielen sie die Erinnerungen, die sie all die Jahre mit Mühe verdrängt hatte. Unbarmherzig und mit voller Wucht schlugen sie zu.

Kapitel 26

Nora klopfte sich den Schnee von den Schuhen, bevor sie mit zittrigen Beinen durch die Tür des Seniorenheims Blåbärsstigen trat. Der Boden vor ihr hatte die graue Farbe von Gewitterwolken, und auch die Wände waren grau, allerdings in einem helleren Ton. Ungefähr so wie der Himmel, kurz nachdem sich das Gewitter gelegt hat. Die triste Atmosphäre hatte man versucht mithilfe einer großen grünen, struppigen Yucca-Palme, die in einem Terrakottatopf auf dem Boden stand, und ein paar bunten Gemälden an den Wänden aufzulockern. Nora schätzte in der Regel Kunst, auch so moderne Kunst wie diese hier, aber die Motive waren etwas seltsam. Die roten, orangefarbenen und gelben Striche, die sämtliche Gemälde dominierten, erinnerten an ein gigantisches Feuer. Aber sie hatte natürlich kein Recht, auf das Kunstwerk eines anderen herabzusehen. Mit Sicherheit munterten diese Bilder die alten Leute auf und hoben die Temperatur im Raum um mehrere Grad …

Es fiel Nora schwer, still zu sitzen, also stand sie auf und trommelte mit den Fingerspitzen nervös gegen das Bein, während sie wartete.

Ihr Mund war trocken wie Sandpapier, und sie wollte gerade um ein Glas Wasser bitten, als eine etwa fünfzigjährige Krankenschwester erschien, deren Haarfarbe gut zu den brennenden Gemälden passte.

»Sie müssen Nora Louthander sein! Wie schön, dass Sie da sind! Ich heiße Kajsa.«

Nora nahm die entgegengestreckte Hand und begegnete unsicher dem ernsten Blick der Pflegerin.

»Ich bin diejenige, die Sie angerufen hat, und es freut mich, dass Sie so kurzfristig kommen konnten. Ich hoffe, es hat Ihnen keine allzu großen Umstände bereitet. Normalerweise melden wir uns bei so einer Sache nicht ...«

Nora schluckte, und ohne dass es ihr bewusst war, zog sie die Schultern zu den Ohren hoch. Ihr Kopf war so voller Gedanken, dass sie nicht mehr mitbekam, was die Krankenschwester sagte, die munter weiterplapperte, während sie den Flur entlanggingen. Erst als sie vor einer Tür stehen blieben, verstand Nora sie wieder.

»Gut, dann lasse ich Sie jetzt einen Moment allein. Ich weiß wie gesagt nicht, an wie viel er sich erinnern wird, sein Gedächtnis funktioniert mal besser, mal schlechter, und das kann sich ziemlich schnell ändern. Aber Sie brauchen sich keine Sorgen zu machen. Manche von unseren Bewohnern, deren Erinnerungsvermögen nachlässt, werden aggressiv, aber Torsten gehört nicht dazu.«

Nora biss sich auf die Lippe und zog einen Augenblick lang in Erwägung, ganz schnell auf dem Absatz kehrtzumachen, durch den Flur zurückzueilen und das Haus zu verlassen. Sie könnte sich auf ihr Fahrrad schwingen und, so schnell sie nur konnte, nach Hause radeln.

Andererseits fühlte es sich feige an umzukehren. Ihre Vergangenheit hatte sie nun einmal eingeholt, ob sie es wollte oder nicht. Jetzt musste sie nur den Mut finden, sich mit ihr auseinanderzusetzen. Ansonsten würde sie im Leben nie vorankommen. Sie würde sich nie weiterentwickeln. Nie frei werden. So viel begriff sie.

Nachdem sie tief Luft geholt hatte, drückte Nora die Tür zu dem sparsam eingerichteten Apartment auf. Ein kariertes Sofa mit zwei braunen Manchester-Kissen war zu sehen, eine kleine Kochecke, eine geschlossene Tür, die vermutlich zur Toilette führte, und ein Bett, das mitten im Zimmer stand. Als Nora den alten Mann dort sitzen sah, fühlte es sich an, als hätte ihr jemand einen Hieb in den Magen verpasst. Einen Moment lang bekam sie keine Luft mehr. Torsten hatte sich kaum verändert, obwohl ihre letzte Begegnung bereits viele Jahre zurücklag. Natürlich war er ein bisschen magerer geworden und in sich zusammengesunken, aber sein Haar war wie früher weiß und spärlich. In den Händen hielt er einen Rahmen, den er fest an sich drückte. Nora spürte unerwartete Gefühle sowie Erinnerungen in ihr hochsteigen.

Torsten war in ihrer Kindheit ihr Idol gewesen. Er war der fröhlichste und netteste Opa, den man sich nur wünschen konnte. Gemeinsam mit Oma Alva hatte er sie oft in Stockholm besucht, und Nora und ihre Eltern waren mehrmals im Jahr zu ihnen nach Dalarna gefahren. Nora sah vor sich, wie Torsten sie durch die Luft gewirbelt hatte, als sie klein war. Das erinnerte sie auch daran, wie er sie in den Freizeitpark Gröna Lund mitgenommen hatte, und nachdem sie lange genug gebettelt hatte, hatte er ihr ein Ticket für die Attraktion mit den rotierenden Riesenteetassen gekauft. Sie hatte ganz vorne in der Schlange gestanden, zwischen anderen fröhlichen Kindern mit bunten Luftballons, in der Hand eine riesige Zuckerwatte. Im letzten Moment hatte sie es sich anders überlegt und die Schlange verlassen. Daraufhin hatte Torsten, ohne mit der Wimper zu zucken, ihr Ticket übernommen und war selbst gefahren. Er war der einzige Erwachsene zwischen lauter Kindern gewesen, und sie hatte seine weißen Haare über dem Rand der Teetasse flattern sehen, wenn er vorbeisauste. Hinterher war er aus dem Gefährt gestolpert und hatte ein Siegeszeichen gemacht. »Es ist wichtig, dass man im Leben immer etwas bekommt für sein Geld«, hatte er gesagt, bevor er wegging und sich hinter einem Busch erbrach.

Torsten hatte nie einen Geburtstag vergessen, und auf unerklärliche Weise gelang es ihm immer, ihr genau das zu schenken, was sie sich wünschte. Er war es auch gewesen, der sie zusammen mit der Großmutter zur Reitschule gebracht hatte. So hatten Nora und Vega sich kennengelernt. Vega hatte damals ein eigenes Pferd mit einem Stallplatz in einem Nebengebäude der Reitschule. Die Liebe zu den Pferden hatte sie zusammengeschweißt und ihnen viele schöne Erinnerungen beschert. Mittlerweile hatten sie beide jedoch das Interesse daran verloren.

Nora erinnerte sich auch an eine Zeit, in der sie ein bisschen älter gewesen war, etwa vierzehn. Es war direkt nach dem Unfall, als Torsten den Kontakt zu ihnen komplett abgebrochen hatte. Von dem Zusammenstoß selbst wusste sie nichts mehr. Beim Aufprall war sie bewusstlos geworden, danach lag sie im Krankenhaus. Heute erinnerte nur noch eine kleine Narbe hinter dem Ohr an den Unfall. Die Ärzte hatten gemeint, dass sie Glück gehabt hätte, einen richtigen Schutzengel. Nora hatten in den Jahren danach versucht, Torsten zu kontaktieren, und ihm mehrere Briefe geschrieben, aber nie eine Antwort erhalten. Lange Zeit hatte sie gehofft, dass ihr Großvater sich irgendwann wieder melden würde, aber das tat er nie. Wenn sie daran dachte, spürte sie den Schmerz in jeder Faser ihres Körpers, und ganz besonders im Herzen. Warum hatte er nichts von ihr wissen wollen? Das hatte die Leere in ihr nur noch größer gemacht, denn Nora hatte auf diese Weise ihre Mutter und ihre Großeltern gleichzeitig verloren. Sie wusste nicht, wie sie die schwere Teenagerzeit ohne ihre Freundin Vega überstanden hätte.

Anfangs war Nora am Boden zerstört, weil Torsten nichts mehr von ihr wissen wollte. Später hatte sich der Schmerz in Bitterkeit verwandelt. Wenn er sie nicht sehen wollte, dann sollte er ihr auch egal sein. Am Ende hatte sie eine Art Gleichgültigkeit ihm gegenüber entwickelt, denn selbst Wut tat weh.

Nora hatte sich so sehr angestrengt, ihn zu vergessen, dass sie sich irgendwann vorgestellt hatte, es gäbe ihn nicht mehr. Seit dem Umzug hierher hatte sie sich zwar hin und wieder gefragt, ob er wohl noch lebte, aber den Schritt zu wagen, nach ihm zu suchen, nein, das war ihr absolut nicht in den Sinn gekommen.

»Hallo«, sagte Nora und war überrascht darüber, wie hart und kalt sie dabei klang. Sie ging auf ihren Großvater zu, der noch immer die Fotografie umklammert hielt.

Torsten schien sie zunächst nicht zu hören, er saß einfach da und starrte aus dem Fenster. Aber als Nora noch einmal Hallo sagte, diesmal etwas weicher, drehte er sich langsam um.

»Sie sind keine Krankenschwester«, sagte er langsam und sah sie prüfend an.

»Ich bin es, Nora. Deine Enkelin. Erinnerst du dich an mich?«

Mit einem Schlag wich Torsten die Farbe aus dem Gesicht, und Nora bekam Angst, dass er ihretwegen einen Herzinfarkt bekommen könnte. Im nächsten Moment fürchtete sie, dass er den Bilderrahmen nach ihr werfen würde, denn sein Blick wurde ganz wild. Sie machte einen raschen Schritt zurück, sah dann aber zu ihrer Verwunderung, dass ihm Tränen aus den Augenwinkeln quollen.

»Nora! Mein kleines Mädchen!«

Nora wartete ab, sie war sich unsicher, ob Torsten nun vollkommen den Verstand verloren hatte und dachte, sie wäre ein kleines Kind.

»Ich hätte nicht gedacht, dass ich dich jemals wiedersehen würde«, sagte er mit belegter Stimme.

In Nora stiegen widersprüchliche Gefühle auf, sie musste heftig schlucken, aber dann gab sie sich einen Ruck, ging zu ihm und legte ihm die Hand auf die Schulter. Dann sank sie auf einen Stuhl, der neben dem Bett stand.

»Ich bin jetzt hier, aber ich dachte, du wolltest mich nicht sehen.«

Torsten wischte sich die Tränen mit dem Handrücken weg und sah sie verständnislos an. »Wieso sollte ich dich nicht sehen wollen? Wie konntest du so etwas nur denken?«

Nora spürte, wie ihr Blut zu kochen begann. Dunkle Flecken breiteten sich auf ihrem Hals aus und wanderten zu den Wangen hinauf. Wusste er nicht, wie sehr er sie mit seiner Distanziertheit verletzt hatte? In der Zeit, in der sie ihn am meisten gebraucht hätte, hatte er sie einfach im Stich gelassen.

Nora nahm so schnell die Hand von Torstens Schulter, als ob sie sich verbrannt hätte, und stand auf.

»Ich habe dir so viele Briefe geschrieben, aber nie eine Antwort bekommen. Wenn du wüsstest, was das bedeutet, seine Mutter, seine Großmutter und seinen Großvater gleichzeitig zu verlieren!«

»Briefe?«, murmelte Torsten.

»Ja, ich habe dir geschrieben!«, fauchte Nora. »Aber das hast du ja anscheinend vergessen.«

Vielleicht war es böse, so etwas zu einem Mann zu sagen, dessen Erinnerungsvermögen langsam nachließ, aber im Moment war ihr das egal, und es stimmte ja offensichtlich auch. Seniler alter Trottel, dachte sie wütend. Jedes Mal, wenn sie ihm geschrieben hatte, hatte sie mit klopfendem Herzen darauf gehofft, eine Antwort zu erhalten. Aber jedes Mal war die Hoffnung zunichtegemacht worden, und sie war am Boden zerstört gewesen. Und ihr Vater hatte sie daran gehindert anzurufen. Er wollte nicht, dass …

»Nein, nein, nein!«, unterbrach Torsten ihre Gedanken. Er strich sich unglücklich mit der Hand über das Haar und kratzte sich am Ohr.

»Glaubst du, ich lüge!«, stieß Nora hervor, die immer noch so wütend war, dass ihre Schläfen pochten und das Blut in den Ohren rauschte.

Ich muss mich zusammenreißen, versuchte sie sich selbst zu beruhigen, aber es war, als hätte jemand den Korken aus einer Champagnerflasche gezogen, die davor geschüttelt worden war.

»Ich glaube nicht … ich weiß nicht«, stammelte Torsten.

Dann wurde es still im Raum. Nur noch das Tropfen des Wasserhahns in der Kochecke war zu hören und das Knacken der Heizung.

Nora begann im Kreis zu gehen, behielt aber immer die Tür im Blick. Sie beschloss, nichts mehr zu sagen, bevor sie nicht nachgedacht hatte. Das war wohl das Beste. Torsten folgte ihr mit den Augen und sagte eine ganze Weile ebenfalls nichts mehr. Nach sicherlich fünfzig Runden, die vermutlich eine mehrere Zentimeter tiefe, kreisförmige Einkerbung hinterlassen hätten, wenn der Boden nicht aus hartem Linoleum bestanden hätte, ließ sich Nora schließlich wieder auf den Stuhl neben Torsten sinken. Er machte den Versuch, seine Hand auf Noras Arm zu legen, aber sie zog ihn weg.

»Ich habe jeden Tag an dich gedacht«, sagte Torsten. »Ich wünschte, ich hätte an deinem Leben teilnehmen dürfen. Es war so einsam ohne dich.«

Egal wie sehr Nora es auch versuchte, sie konnte die Tränen nicht länger zurückhalten. Sie liefen ihr nur so die Wangen hinunter, und um ihre Tränen zu verbergen, und auch, weil es sich in dieser Situation richtig anfühlte, umarmte sie ihren Großvater schnell. Sie wusste nicht, warum, aber irgendwie half ihr dieses stille Weinen. Dann befreite sie sich aus seinem Griff, strich sich mit dem Ärmel ihres Pullovers über das Gesicht und erinnerte sich daran, warum sie eigentlich hier war. Sie richtete sich auf, holte ein paarmal tief Luft und streckte sich dann nach dem Foto.

»Darf ich sehen, was du da hast?«

Auf der Fotografie war Alva zu sehen, die mit ausgestreckten Armen ein Baby in die Luft hob. Alvas Alter nach zu schätzen und da ihre Eltern im Hintergrund zu sehen waren, musste sie selbst das Kind sein, das so aussah, als würde es vor Lachen keine Luft mehr bekommen.

Nora hatte das Foto noch nie gesehen und suchte reflexmäßig Halt an der Bettkante. Die Wut, die eben in ihr hochgekocht war, verzog sich allmählich, sie fühlte sich erschöpft. Wenn sie darüber nachdachte, hatte sie seit Jahren keine Fotos ihrer Familie mehr gesehen, abgesehen von den wenigen Bildern, die sie selbst in ihrem Fotoalbum hatte. Ihr Vater hatte sie weggeräumt, weil er beschlossen hatte, nur noch nach vorne schauen zu wollen. Sie hatte einen Großteil ihres Lebens damit verbracht, hohe Mauern um sich herum zu errichten, und wusste nicht, ob sie bereit war, jetzt all diese Gefühle zuzulassen. Aber sie waren da, lauerten und waren bereit, aus ihren Ecken hervorzukriechen. Trauer und Verlust. Seltsamerweise aber auch glückliche Erinnerungen.

»Du wirst mich doch wieder besuchen, oder?«

Torsten sah sie beunruhigt an.

Nora musste alles in Ruhe verarbeiten, zwang sich aber dennoch zu einem Nicken.

»Ja, ich wohne im Moment hier. Vorübergehend.«

Torsten schien erleichtert und formte ein lautloses Danke mit den Lippen. Als eine Pflegerin hereinkam, die ein Tablett mit Medikamenten vor sich hertrug, sah er wieder zum Fenster hinaus.

Nora beschloss, dass es ein guter Moment war, um zu gehen. Kurz bevor sie die Tür hinter sich zuzog, hörte sie noch Torstens Stimme: »Wo bin ich? Und wo ist meine Frau?«

Im Eingangsbereich kam Kajsa zu ihr.

»Wie nett von Ihnen, dass Sie hergekommen sind. Torsten ist so ein freundlicher Mensch. Ich hätte nicht angerufen, wenn ich nicht den Eindruck gehabt hätte, dass es ihm sehr wichtig war, Sie wiederzusehen. Er hat so oft von Ihnen gesprochen.«

»Hat er das?«

»Ja. Und er wird langsam alt und … müde. Vor allem in den letzten Wochen hat sein Zustand sich verschlechtert. Wir vom Personal haben deshalb entschieden, dass dieser Mann nicht mehr kommen darf.«

»Was für ein Mann?«

»Der Mann mit den vielen Fragen. Er muss Torsten so verwirrt und aufgeregt haben.«

Nora konnte heute nicht noch mehr Informationen verdauen. Ohne weiter nachzufragen, eilte sie davon.

Kapitel 27

Claes grinste breit. Die einzige Spur, die von dem verzehrten Hamburger noch blieb, war ein Soßenfleck, der auf seinem runden Bauch gelandet war. Aber das war nicht schlimm, denn er war viel zu aufgedreht, um sich um solche Banalitäten zu kümmern. Mit etwas Mühe quetschte er sich hinter das Lenkrad. Er schaltete das Radio ein und nickte zufrieden. Gerade noch rechtzeitig zum wöchentlichen Pferderennen. Seine Wette hatte er bereits abgegeben. Vielleicht hatte er heute tatsächlich auf das richtige Pferd gesetzt. Er spürte die Anspannung in jedem Muskel, in jeder Faser. Claes lehnte sich zurück. Er war jetzt endlich bereit, wieder nach Stockholm zurückzufahren. Das Material, das er brauchte, hatte er zusammen. Dass man ihn des Seniorenheims verwiesen hatte, in dem Torsten wohnte, spielte keine Rolle, sein Budget für das Hotel war ohnehin schon aufgebraucht. Die Gespräche mit dem alten Mann hatten ihm so viel mehr gegeben, als er geahnt hätte. Zufrieden rieb er sich die Hände. Sobald er zu Hause wäre, das Auto abgestellt und seine Dachgeschosswohnung betreten hätte, würde er sich an den Schreibtisch setzen. Und da würde er bleiben. Aber vielleicht sollte er doch vorher ein Dankeschön an Torsten schicken, zusammen mit einem Lottoschein oder zwei, weil sie sich gar nicht mehr voneinander hatten verabschieden können. Ja, womöglich sollte er sogar einer der beiden Konditoreien den Auftrag geben, ein großes Paket mit Kuchen an Torsten zu liefern, aber anschließend würde er sich voll und ganz auf seinen Roman konzentrieren.

Claes drehte den Ton lauter, da der Radiomoderator nun begonnen hatte, das Rennen zu kommentieren, auf das er gewartet hatte. Er trat das Gaspedal durch. Diesmal würde es kein Buch werden, das die Rezensenten zerrissen. Diesmal würde sich die Mühe lohnen.

Er, Claes Svensson, wusste, dass er kurz davorstand, etwas Großes zu erschaffen.

Kapitel 28

Nora lief aufgeregt durch das Haus, das allerdings nur minimalen Platz dafür bot. Ihre Gefühle waren ein einziges Durcheinander, und nach einer chaotischen Arbeitsschicht wurde sie jetzt auch noch zum Abendessen bei Viktor erwartet. Sie hatte zuerst überlegt abzusagen, fand dann aber, dass es schön wäre, mal aus dem Haus zu kommen.

Nora hatte gerade geduscht, weshalb ihre Haare noch in einen Turban gewickelt waren. Sollte sie ein Kleid anziehen, oder wäre das zu schick? Aber sie konnte auch schlecht in Jogginghose zum Essen erscheinen. Nachdem sie mehrere Kleider an- und wieder ausgezogen und einen der Küchenstühle zu einem unkenntlichen Berg aus aussortierten Alternativen verwandelt hatte, entschied sie sich zum Schluss für eine enge schwarze Jeans und einen weichen grünen Cardigan. Das war bequem, aber trotzdem einigermaßen elegant, und die grüne Farbe passte gut zu ihrem rotblonden Haar.

Dann fuhr sich Nora mit der Puderquaste über die Wangen, trug Rouge und Lipgloss auf, zog die Augen mit Mascara nach und krönte das Ganze mit einem leichten grünen Lidschatten. Nachdem sie die Haare getrocknet hatte, steckte sie sie zu einem lockeren Dutt zusammen, wobei sie zwei Strähnen herabhängen ließ. Schließlich sprühte sie noch Parfum auf Hals und Handgelenke. Jetzt wäre sogar die Kosmetikern Vega mit ihr zufrieden, dachte sie vergnügt.

Die nächste Überlegung war, ob sie ein kleines Geschenk mitbringen sollte oder nicht. Viktor hatte zwar betont, dass er nichts bräuchte, aber bedeutete das, dass er dennoch etwas erwartete? Was mochte er überhaupt? Im Übrigen würde er sich wohl kaum über einen Strauß Tannenzweige freuen, was ungefähr das Einzige war, was ihr Budget hergab. Nein, das Katzenfutter musste reichen, beschloss sie, zog die Tür hinter sich zu und machte sich auf den Weg.

Einmal klopfen reichte. Während Nora ihr Bestes gab, um ihr Herz zu ignorieren, das so heftig schlug, dass es beinahe wehtat, öffnete Viktor die Tür und empfing sie mit einem anerkennenden Lächeln.

»Hallo!«, sagte Nora.

»Willkommen!«, begrüßte Viktor sie und half ihr aus dem Mantel.

Erleichtert stellte sie fest, dass sie zumindest die richtige Kleiderwahl getroffen hatte. Zum Glück hatte sie sich nicht zu schick gemacht! Viktor selbst trug eine dunkelblaue Jeans und ein enges weißes T-Shirt, unter dem sich sein durchtrainierter Oberkörper abzeichnete. Jetzt war ihr klar, warum er mit solcher Leichtigkeit Schnee geschippt hatte. Wie konnte er nur so muskulös sein? Nora betrachtete ihn unauffällig. Viktor sah definitiv nicht so aus, als hätte er einen normalen Bürojob. Vielleicht machte er körperlich anstrengende

Arbeit oder trainierte einfach viel. Was tat er überhaupt beruflich? Sie musste sich eingestehen, dass sie inzwischen ziemlich neugierig auf ihren Nachbarn war.

Nora folgte Viktor in die Küche, wo sie von Tortuga über die Wange geschleckt wurde, als dieser entsprechend seiner Gewohnheit zur Begrüßung an ihr hochsprang. Dieses Mal war sie vorbereitet, und erstaunlicherweise freute es sie mehr, als dass sie Angst bekam. Sie beugte sich sogar hinunter und streichelte Barbossa über den Rücken, als er angetrippelt kam und um ihre Beine strich. Nora war aus mehreren Gründen sehr erleichtert darüber, dass sie ihn nicht im Schnee verloren hatte, und noch hatte er sie nicht hinterrücks angegriffen. Vielleicht waren doch nicht alle Katzen gleich.

»Setz dich. Ich schaue nur schnell nach der Lasagne«, sagte Viktor und zeigte mit der Hand auf einen Stuhl.

Noras Sorge, das Treffen mit ihm könne steif und unangenehm verlaufen, erwies sich als unbegründet.

»Ich hoffe, du hast Hunger? Ich habe viel zu viel gekocht.«

Ein Duft, der einem das Wasser im Munde zusammenlaufen ließ, füllte bald darauf die gesamte Küche und brachte Noras Magen dazu, laut zu knurren. Das erinnerte sie daran, wie hungrig sie war. Sie begegnete Viktors Blick einen Moment zu lange.

»Ganz eindeutig schwer zu widerstehen«, sagte Nora, als Viktor sie anlächelte, wobei ein Funkeln in seinen Augen aufleuchtete. »Ich meine, es riecht wirklich gut!«, beeilte sie sich hinzuzufügen und hoffte, so die Zweideutigkeit zu überspielen.

Nach der Vorspeise, die aus Mürbeteighäppchen mit Fetakäse und Spinat bestand, hatten sie den Smalltalk über den ungewöhnlich schneereichen Winter hinter sich gebracht. Zum ersten Mal an diesem Abend wurde es für einen kurzen Moment lang still. Nora war das unangenehm. Sie traute sich nicht, Viktor anzuschauen.

»Erzähl mir etwas von dir, das nicht alle wissen«, sagte Nora schließlich, um das Schweigen zu brechen.

Viktor strich sich mit der Hand über den Dreitagebart und schien nachzudenken.

»Da wäre zum Beispiel, dass ich Angst vor dem Fliegen habe.«

Nora runzelte die Stirn. »Dann fliegst du also nicht?«

»Das habe ich nicht gesagt. Aber ich vermeide es, wenn es geht, und ich habe meistens eine Zeitschrift mit Bildern von BMWs dabei. Falls ich dann also wirklich sterben sollte, sterbe ich wenigstens glücklich.«

»BMWs?«, fragte Nora und musste ein Lachen unterdrücken. »Dann hast du eine Schwäche für Autos?«

Sie selbst besaß noch nicht einmal einen Führerschein. Sie hatte nie darüber nachgedacht, wie ein BMW aussah, sie wusste nur, dass es ein recht hochpreisiger Wagen war.

»Jetzt bist du dran! Erzähl mir etwas, das niemand über dich weiß«, ermunterte Viktor sie mit einem Lächeln, bei dem selbst Mona Lisa vor Neid erblasst wäre.

Nora spürte, wie sie vom Kopf bis zu den Zehen rot wurde, was sie zu kaschieren versuchte, indem sie so tat, als ob sie in ihre Serviette niesen müsste. Zu ihrer Überraschung spuckte sie beim gespielten Niesen Spinat und Feta hinein.

Hatte sie Viktor etwa mit grasgrünen Zähnen angelächelt? Aber hätte er dann nicht etwas gesagt? Und jetzt wollte er auch noch, dass sie ein Geheimnis preisgab. Was wusste niemand über sie? Ganz einfach war das nicht.

»Ich lese bei einem guten Buch nie den Schluss«, sagte sie schließlich.

»Was? Warum das denn?«, rief Viktor verwundert. »Das würde ich nie schaffen. Ich bin viel zu neugierig, und das kommt mir ehrlich gesagt wie vergeudete Zeit vor, oder nicht? Ich meine, geht es nicht die ganze Zeit darum, also dass man ein Buch liest, um zu wissen, wie es ausgeht?«

»Ja, aber wenn man das Buch zu Ende liest, dann ist es vorbei. Indem man es nicht fertigliest, bleibt es in gewisser Weise noch da.«

»Interessanter Gedanke.« Viktor nickte belustigt, bevor er weitersprach.

»So habe ich das noch nie gesehen.«

»Also, was machst du beruflich?«, fragte Nora in dem Versuch, das Gesprächsthema zu wechseln.

Viktor legte sein Besteck weg und ließ sich Zeit, bevor er antwortete. »Man könnte sagen, ich bin Schreiner. Ich arbeite an unterschiedlichen Projekten.«

Nora bemerkte, dass seine Stimme einen ausweichenden Ton angenommen hatte, aber seine Antwort machte sie neugierig. Sie wusste nicht, was sie erwartet hatte, das jedenfalls nicht. Allerdings passten seine großen Hände natürlich zu einem Handwerker.

»Machst du das schon lange?«, wollte sie wissen.

»Na ja … Und du?«, fragte Viktor.

Es war deutlich zu merken, dass er nicht darüber reden wollte. Die Frage war nur, warum?

»Ich jobbe zurzeit in einem kleinen Supermarkt«, erwiderte sie. »Das ist besser, als ich dachte, aber davor habe ich als Projektleiterin in einem Büro in Stockholm gearbeitet.«

Mit fortschreitendem Abend gingen sie immer offener miteinander um, aber bei gewissen Thema blieb Viktor ausweichend und rätselhaft. Nora spürte deutlich, wo seine Grenzen waren, und beschloss, ihn nicht zu drängen. Er hatte sicher seine Gründe, genau wie sie die ihren hatte. Sie vermied es sorgfältig, über Jonas und ihre finanzielle Lage zu sprechen.

Dafür erzählte Viktor viel von seiner Kindheit. Dass er hier im Ort geboren und aufgewachsen war, dass seine Eltern sich getrennt, aber dann wieder zueinandergefunden hatten. Und dass er bis vor Kurzem woanders gewohnt hatte, dann aber beschlossen hatte, nach Hause zurückzukehren. Was er dazwischen gemacht hatte, darauf ging er nicht ein. Vielleicht mussten sie sich dafür erst besser kennenlernen.

Nora erzählte von ihrem Interesse für Kunst und Inneneinrichtung, dass sie eine Zeitlang selbst gemalt hatte, aber auch von ihrem Großvater und der seltsamen, emotionalen Begegnung mit ihm. Viktor nickte und hörte zu, ohne sie zu unterbrechen. Zu ihrer eigenen Verwunderung erzählte sie ihm sogar von ihren Eltern und dem Autounfall. Normalerweise fiel es Nora nicht so leicht, sich zu öffnen, aber bei Viktor fühlte sie sich irgendwie gut aufgehoben. Im Unterschied zu Jonas schien er außerdem wirklich an ihrem Leben und an dem, was sie zu sagen hatte, interessiert zu sein. Aber als sie den Autounfall und ihre Mutter erwähnte, fiel auf einmal ein dunkler Schatten über sein Gesicht.

»Das tut mir sehr leid«, sagte er.

Danach schien Viktor sich wieder zu verschließen, auf ihre persönlicheren Fragen antwortete er nur noch kurz angebunden. Damit der Abend dennoch gut endete, erzählte Nora, wie sehr es ihr in Leksand gefiel und dass sie die Nähe zur Natur genoss. Daraufhin berichtete Viktor von einem Orientierungslauf, den er im Herbst gemacht hatte, und dass er im Wald unter freiem Himmel geschlafen hatte.

Nach einem köstlichen Abendessen, das aus Spinatlasagne und Salat garniert mit Granatäpfeln bestanden hatte, deckten sie zusammen den Tisch ab. Nora hoffte, dass nicht noch mehr grüne Blätter zwischen ihren Zähnen hingen, nachdem sie vorhin in ihre Serviette geniest hatte. Es war Zeit für den Nachtisch in Form von Vanilleeis und heißen Himbeeren, und sie aßen schweigend, während im Hintergrund eine Platte mit Weihnachtsliedern von Sissel Kyrkjebø lief. Die wunderschönen hohen Töne schienen das Dach bis zu den Sternen anzuheben. Aber dieses Mal war es keine peinliche Stille, die zwischen ihnen herrschte. Nora entspannte sich und war überrascht, als Viktor sich plötzlich zu ihr vorbeugte und ihr eine Haarsträhne wegstrich, die ihr ins Gesicht gefallen war. Sie sah in seine Augen. Sie waren braun, warm und intensiv. Ihre Wangen wurden unter seiner Berührung ganz heiß, und die Wärme breitete sich im ganzen Körper aus. Viktors Gesicht kam näher, seine Nase berührte ihre. Nora schloss die Augen. Mit der Zungenspitze befeuchtete sie ihre Lippen. Aber nichts passierte. Nora öffnete die

Augen wieder und sah, dass Viktor sich wieder zurückgelehnt hatte. Mit leerem Blick starrte er vor sich hin.

»Ist alles okay?«, fragte sie unsicher.

»Ich bin müde, und es wird langsam spät.« Dann stand er so hastig auf, dass sein Stuhl umfiel.

Nora runzelte die Stirn, während Viktor begann abzudecken. Hatte sie sich das nur eingebildet, oder war er gerade kurz davor gewesen, sie zu küssen? Das hier wurde allmählich so, wie sie es nicht haben wollte. Kompliziert.

Nora bedankte sich für das Essen und ging in die Diele, um ihren Mantel zu holen, als es an der Tür klopfte, woraufhin Tortuga aufsprang und bellte.

»Kannst du bitte aufmachen«, bat Viktor sie, der gerade Teller und Gläser balancierte.

Nora drückte die Klinke hinunter und sah, dass es Vega war, die dort draußen vor der Tür stand. Sie hatte knallrote Lippen in der gleichen Farbe wie die Mütze, die sie auf dem Kopf trug.

»Vega? Was machst du hier?«

»Ich könnte dich dasselbe fragen. Ich wollte dich besuchen, aber du warst nicht zu Hause – und du bist auch nicht an dein Telefon gegangen. Aber dann habe ich deine Fußspuren im Schnee entdeckt und hier mein Glück versucht. Wie du siehst, mit Erfolg!« Vega wirkte überaus zufrieden.

»Du solltest dir als Spürhund etwas dazuverdienen«, lachte Nora.

»Und wen haben wir da?«, fragte Vega und starrte Viktor neugierig an. »Ich glaube nicht, dass wir uns schon begegnet sind?«

»Viktor«, sagte er und streckte seine Hand aus. »Der nächste Nachbar, aber das hast du ja schon herausgefunden.«

»In der Tat«, sagte Vega, schaute zu Nora und zog die Augenbrauen hoch. »Oh, es riecht fantastisch. Habt ihr schon gegessen?«

Nora schüttelte den Kopf über Vegas direkte Art. Lud sie sich gerade selbst bei einem vollkommen Fremden zum Essen ein?

»Ich wollte gerade gehen«, sagte Nora und lächelte Viktor entschuldigend an.

Plötzlich war ein Wimmern zu hören, gefolgt von einem Krachen. Es klang, als ob eine Vase zu Bruch gegangen wäre. Viktor drehte sich um.

»Entschuldigt, ich muss nur …«, sagte er und verschwand, um nach Tortuga zu sehen, der offenbar Barbossa irgendwo im oberen Stockwerk jagte.

»Wow! Nicht schlecht! Dieser Viktor ist ja heißer als eine ganze brasilianische Fußballmannschaft«, flüsterte Vega.

»Ich dachte, du magst Brasilianer«, sagte Nora trotzig.

»Genau das meine ich doch!«

Nora grinste schief.

»Tja, wenn du ihn nicht willst, könnte ich mich opfern«, bot Vega an.

»Mach das«, erwiderte Nora, aber spürte, dass etwas in ihrem Inneren dagegen protestierte.

Sie schwiegen, als Viktor mit Barbossa im Arm die Treppe herunterkam.

»Also, die beiden kabbeln sich manchmal wie Geschwister«, sagte Viktor, »aber es war nur ein Krug. Am Samstag mache ich übrigens mit ein paar Freunden eine kleine Party. Kommt doch dazu, wenn ihr wollt.«

»Danke für die Einladung, aber eher nicht«, antwortete Nora.

Während Vega sofort verkündete: »Toll! Sehr gerne.«

»Komm schon«, versuchte Viktor Nora zu überreden. »Das wird nett. Wir wollen grillen und dann im Fass unten am See baden.«

Nora überlegte fieberhaft. Wenn sie nicht kam, würde das bedeuten, dass sie die männerwütige Vega mit Viktor allein ließ.

»Okay, dann bin ich wohl dabei.«

Erstaunlicherweise schien Vega über diese Antwort sehr zufrieden zu sein.

Kapitel 29

Am Abend hatte Nora noch lange mit Vega zusammengesessen und ihr bei einer Tasse Tee von Viktor erzählt und allem, was bei dem Treffen mit ihrem Großvater passiert war. Nach den vielen Eindrücken hatte sie beschlossen, den Tag heute zu Hause zu bleiben.

Nora goss sich in einem großen Putzeimer ein Fußbad ein und machte sich eine Gesichtsmaske aus Kaffeesatz. Diesen Tipp hatte sie von Vega bekommen. »Immerhin begegnet dir dein Gesicht dein Leben lang im Spiegel«, lautete einer ihre Lieblingssprüche. Nora trank zwar lieber Tee und hatte deshalb selten Kaffeesatz da, doch nach Vegas Besuch war tatsächlich noch etwas davon übrig. Und günstig war diese Art der Kosmetik noch dazu. Das erinnerte Nora an die Wohnung und daran, dass Jonas mehrfach versucht hatte, sie zu erreichen. Aber in den letzten Tagen waren die verpassten Anrufe weniger geworden. Nora hatte, so gut es ging, versucht, die Gedanken an ihn und ihre Wohnung in Stockholm zu verdrängen, aber sie wusste dennoch, dass sie sich früher oder später damit würde auseinandersetzen müssen. Aber nicht jetzt, redete sie sich ein. Sie hatte sich eine Stunde nur für sich verdient. Ohne Ärger. Ohne Unruhe.

Nora streute eine Handvoll Badesalz in den Eimer und sah zu, wie sich die groben Körner langsam auflösten und in einen Lavendelduft verwandelten, den sie tief einatmete, bevor sie ihre Füße hineinstreckte. Dann lehnte sie sich auf dem Sofa zurück und wollte gerade nach dem grün schimmernden Nagellack greifen, als der Klingelton ihres Handys einsetzte: »Oh, we're not gonna take it. No …« Nora stöhnte auf und beschloss, nicht ranzugehen. Doch als der Refrain zum dritten Mal ansetzte, änderte sie ihre Meinung. Das hier war alles andere als eine entspannten Spa-Stunde.

»Ich muss unbedingt den Klingelton ändern«, brummte sie.

Auf dem Display stand eine unbekannte Nummer aus Leksand.

»Ja, hallo.«

»Hallo, hier ist Schwester Kajsa aus dem Seniorenheim Blåbärsstigen. Entschuldigen Sie die Störung.« Im Hintergrund war ein scharrendes Geräusch zu hören, bevor Kajsa weitersprach. »Wir wollten nur wissen, ob Torsten vielleicht bei Ihnen ist?« Ihre Stimme klang hoffnungsvoll.

»Nein«, antwortete Nora und setzte sich angespannt auf.

»Oh … Denn er ist wie vom Erdboden verschluckt. Selbstverständlich suchen wir …«

»Ich komme sofort«, sagte Nora eilig und beendete das Gespräch.

Kaum hatte sie aufgelegt, begann sie sich auszumalen, was ihrem Großvater alles zugestoßen sein könnte. Draußen war es bitterkalt, mindestens minus fünfzehn Grad. Wenn er nun irgendwo dort draußen war? Das konnte wirklich gefährlich für ihn werden.

Nora stopfte das Handy in die Tasche und stieg aus dem Eimer. Wasser spritzte auf dem Boden, als sie ihre verschrumpelten Füße auf dem kalten Holzboden absetzte, aber sie bemerkte es kaum. Sie hatten sich doch noch so viel zu sagen, so viel, was sie verstehen mussten. Auch wenn dadurch erst einmal alle Wunden wieder aufgerissen wurden, hatte Nora gespürt, dass die Umarmung des Großvaters der erste Schritt zu einer Versöhnung gewesen war.

Nora zog sich lange Unterwäsche an, dann noch ein paar Lagen Kleidung und schließlich die dickste Winterjacke, die sie besaß. Außerdem griff sie nach ihren Winterstiefeln, einer Strickmütze und dicken Fäustlingen. Es war zu kalt, um mit dem Fahrrad zu fahren, auch wenn es nur ein paar Kilometer bis ins Zentrum waren. An einem Abend wie diesem musste sie den Bus nehmen. Wenn überhaupt einer fuhr! Hier, ein Stück außerhalb der Ortschaft, konnte es manchmal Stunden dauern, bis einer kam. Nach einem kurzen Blick auf den Fahrplan sah Nora, dass sie ausnahmsweise Glück hatte. Wenn sie rannte, konnte sie den Bus gerade noch erwischen. Nora warf die Tür hinter sich zu, ohne das Licht auszumachen oder abzuschließen.

Ungefähr fünfzig Meter von der Hauptstraße entfernt sah sie die Scheinwerfer des Busses in einer Kurve auftauchen, woraufhin sie noch schneller lief. Aber der Bus bremste nicht einmal ab.

»Das darf doch nicht wahr sein!«

Nora begann, wie eine Windmühle mit den Armen zu

gestikulieren, während sie das letzte Stück so schnell rannte, wie sie nur konnte. Aber der Bus fuhr ihr direkt vor der Nase weg.

»Bleib doch stehen!«, brüllte sie.

Im selben Moment erkannte sie, dass der Bus tatsächlich langsamer wurde und an den Straßenrand fuhr.

»Danke«, keuchte Nora, sobald sie in den Bus gestiegen war, und musste dem Impuls widerstehen, sich nach der Anstrengung einfach auf den Boden zu legen.

Die Fahrerin, die braune Locken hatte, stark geschminkte Lippen und ein Namensschild, auf dem Gullan stand, lächelte sie breit an. Nora stellte überrascht fest, dass Gullan nicht die übliche Busfahreruniform trug, sondern einen Overall mit Leopardenmuster, in dem sie wie eine Superheldin aussah.

»Zum Glück habe ich Sie gesehen. Ziehen Sie das nächste Mal eine Warnweste an und stehen Sie bitte an der Bushaltestelle.«

»Versprochen! Ich hoffe, ich kann mit Bargeld bezahlen?«

»Leider nein, hier braucht man eine Buskarte.«

Tja, das war es wohl mit dem Glück, dachte Nora, die sich schon wieder aus dem Bus aussteigen sah.

»Aber keine Sorge. Dieses Mal dürfen Sie umsonst mitfahren, wenn Sie nicht verraten, dass ich mir ein paar Freiheiten nehme, was die Uniform angeht. Meine Fahrgäste haben sich schon lange daran gewöhnt. Und in diesem Bus gelten meine Regeln!«

Gullan lächelte, und Nora sank auf einen der vielen freien Sitze.

Als Nora kurz darauf im Seniorenheim Blåbärsstigen ankam, herrschte dort bereits große Aufregung. Eine uniformierte Polizistin lief ihr direkt im Eingangsbereich entgegen.

»Sie müssen die Enkelin sein. Wie gut, dass Sie da sind«, sagte sie, und Nora nickte. »Wir wollten gerade losfahren und Sie abholen, aber dann hörten wir, dass Sie bereits unterwegs sind. Stimmt es, dass Sie die einzige Verwandte von Torsten Louthander sind?«

»Ja, davon gehe ich aus«, erwiderte Nora, die es unnötig fand, ihren Vater zu erwähnen.

Es gab nur sie beide. Sie war Einzelkind, und ob Torsten irgendwelche Geschwister gehabt hatte, wusste sie tatsächlich nicht. Ihr Großvater hatte jedenfalls nie von einer Schwester oder einem Bruder gesprochen.

»Sowohl die Polizei als auch die Organisation Missing People sind schon draußen unterwegs und suchen, aber wir brauchen jede Hilfe, die wir kriegen können. Wir haben schon an den öffentlichen Plätzen gesucht, und die meisten Cafés und Geschäfte haben heute geschlossen. Niemand scheint ihn gesehen zu haben. Vielleicht ist er an einen Ort gegangen, der ihm in den letzten Jahren viel bedeutet hat? Es ist bei einem Verschwinden im Zusammenhang mit einem nachlassenden Gedächtnis nicht ganz ungewöhnlich, dass man das Gefühl für Raum und Zeit verliert. Auch ein Ort, der für Ihren Großvater früher einmal wichtig war, kann daher hilfreich sein. Haben Sie irgendeine Ahnung, wo er sein könnte?«

Nora schluckte. Wie sollte sie davon eine Ahnung haben? Sie hatte ihren Großvater während ihres gesamten Erwachsenenlebens nicht gesehen. Trotzdem versuchte sie, in ihrer Erinnerung zu wühlen, aber es fiel ihr schwer, sich zu konzentrieren. Alles, woran Nora denken konnte, war die Kälte und dass ihr Großvater sich wahrscheinlich irgendwo dort draußen befand. Allein. Die Wut, die sie früher einmal empfunden hatte, war wie weggeblasen, jetzt war sie einfach nur unruhig, und ihre Sorge wurde natürlich nicht geringer, als sie erfuhr, dass Torsten weder einen Wintermantel noch Handschuhe bei sich hatte. Nur die Mütze und seine Schuhe fehlten.

Nora schloss den Mund und fokussierte sich darauf, tiefe, lange Atemzüge zu machen, um nicht zu hyperventilieren. Was, wenn er entführt worden war? Oder wenn er gestürzt war und irgendwo in einer Schneewehe lag. Vielleicht hörte niemand seine Hilferufe? Würde sie ihn etwa nie wiedersehen? In dieser Sekunde schwor sie sich selbst, ihn so oft wie möglich zu besuchen, wenn er nur lebend gefunden wurde.

Nora schickte ein Stoßgebet gen Himmel. Das hatte ihr als Kind immer ein Gefühl von Sicherheit verschafft, und auch wenn sie nicht mehr wusste, was sie glauben sollte, konnte das jetzt nicht schaden. Manchmal fragte sie sich, was man hier unten auf der Erde eigentlich tat. Ob es irgendeinen Sinn gab. Oder war das ganze Leben nur ein einziger langer Leidensweg? Gerade jetzt fühlte es sich jedenfalls so an.

Ihre Gedanken wurden unterbrochen, als sie eine Hand auf der Schulter spürte. Die groß gewachsene Polizistin schaute sie eindringlich an.

»Frau Louthander, melden Sie sich einfach, falls Ihnen etwas einfällt. Ich muss weiter«, sagte sie und drückte Nora eine Visitenkarte in die Hand.

Nora setzte sich auf einen Stuhl im Flur und überlegte, was sie selbst als Nächstes tun sollte. Immerhin hatte sie ihre Atmung wieder unter Kontrolle, war aber immer noch unschlüssig. Doch dann fiel ihr etwas ein, und sie holte ihr Handy hervor. Schnell fand sie Vegas Nummer. Vielleicht konnten sie mit dem Auto ihrer Freundin herumfahren und nach Torsten suchen? Die Klingeltöne drangen unendlich langsam durch, aber am anderen Ende war keine muntere Stimme zu hören. Nora spürte, dass sie den Tränen nahe war. Sie verbarg ihr Gesicht zwischen den Händen.

»Alles okay?«, fragte ein etwa zwanzigjähriger junger Mann, der einen weißen Kittel und eine grüne Brille trug. Er kam den Flur entlang und setzte sich auf den Stuhl neben sie.

»Nein, ich muss meinen Großvater finden. Er ist verschwunden, und ich sitze hier fest. Ich erreiche meine Freundin nicht, die ein Auto hat …«

»Ah, du bist die Enkelin von Torsten.« Der junge Mann schaute sie mitfühlend an. »Weißt du was? Du kannst mein Auto nehmen. Ich muss ohnehin bis morgen früh arbeiten und mich um unsere anderen Sonnenscheine hier kümmern. Und wir wollen schließlich alle, dass Torsten gefunden wird!«

»Danke, aber ich glaube nicht …«, fing Nora an.

»Ach, komm. Der alte Herr muss doch nach Hause in die Wärme. Da schadet ein extra Augenpaar nicht. Und ich vertraue dir, dass du den Wagen zurückbringst.«

»Aber …«, setzte Nora zu einem erneuten Protestversuch an. Doch der Pfleger war bereits aufgestanden und verschwand den Flur entlang, um seinen Autoschlüssel zu holen. »Ich habe doch keinen Führerschein …«

Das Letzte hörte nur sie selbst, und bevor der junge Mann zurückkam, hatte Nora mit sich selbst beratschlagt. Die Not kannte schließlich kein Gesetz, und es wäre auf jeden Fall von Vorteil, ein Auto zu haben, anstatt zu Fuß suchen zu müssen oder kostbare Zeit beim Warten auf den Bus zu verlieren. Es würde viel schneller gehen, selbst zu fahren, und so schwer konnte das doch wohl nicht sein.

Nora nahm den Schlüssel entgegen, bedankte sich, setzte sich hinter das Steuer und drehte die Zündung. Sie seufzte erleichtert, weil der Besitzer des Fahrzeugs nicht in Sicht war und niemand anderes gehört zu haben schien, wie der Motor aufjaulte, als sie es zunächst nicht schaffte, den Gang einzulegen. Es sah auch niemand, wie der Wagen dann davonhüpfte und fast in einer Schneeverwehung gelandet wäre. Nora redete sich selbst Mut zu und versprach sich hoch und heilig, die Sache vorsichtig anzugehen.

Als Erstes lenkte Nora den Wagen Richtung Kulturzentrum, dann zu der großen Senke, in der man in Leksand Mittsommer feierte. Jedes Jahr wurde an dieser Stelle eine fünfundzwanzig Meter hohe, geschmückten Stange errichtet, um die eine riesige Volksmenge herumtanzte. Aber so voll wie der Platz zu diesem Anlass war, so öde lag er nun da. Nicht einmal ein paar Kinder fuhren hier mit roten Nasen Schlitten. Es war wohl einfach zu kalt, dachte Nora und trat bei dem Gedanken fest auf das Gaspedal.

Sie fuhr weiter Richtung Sammilsdal, Barkdal und Siljan Strand, wo sie stehen blieb und aus dem Auto stieg. Sie blickte über den Campingplatz, der aus einem Kiefernwäldchen bestand und wo ein lang gestreckter Sandstrand im

Sommer zum Baden einlud. Aber der Winter hatte auch diesen Ort fest im Griff und die Bäume mit frostigen, knirschenden Spitzen versehen. Nora scannte das Gebiet, so gut es ging, ab, entdeckte aber auch hier kein Lebenszeichen. Natürlich war ihr Großvater nicht hier, fluchte sie innerlich. Warum sollte er? Er badete ja nicht einmal gerne! Nora schlug mit der Faust gegen einen Baumstamm, bis ihre Hand pochte. Nein, Torsten war, soweit sie wusste, nie gern schwimmen gegangen, aber er mochte die Ruhe, die vom Wasser ausging, die Stille und die schöne Aussicht …

Nora zog die Luft ein und rannte zum Auto zurück. Wenn er nun …? Vielleicht sollte sie diese Polizistin anrufen, aber sie wusste schließlich noch nicht, ob sie recht hatte. Wenn sie sich irrte, würde sie nur die Zeit der anderen Suchenden vergeuden. Nein, es war besser, wenn sie erst einmal selbst nachschaute.

Nora hielt das Steuerrad fest umklammert und kniff ein Auge zusammen, als sie über die schmale Brücke fuhr, die sich bogenförmig über den teilweise zugefrorenen Dalälven erstreckte. Im Kreisverkehr fuhr sie geradeaus, bog dann aber rechts ab, Richtung Åkerö, wo Häuser und Birken den schneebedeckten Weg säumten, der zum See hinunterführte. Da keine Autos zu sehen waren, parkte sie ganz unten auf der linken Seite der Straße zum Siljan-See, nicht weit weg von der Volkshochschule.

Nora stieg aus und verriegelte mit einem Knopfdruck den Wagen. Der Weg lag verlassen da, und der Frost, der die Birkenzweige bedeckte, funkelte im Licht der Straßenlaternen wie Diamanten. Inzwischen war auch der Mond am Himmel erschienen und erleuchtete die ansonsten dunkle, kalte Winterlandschaft. Das Mondlicht ließ den Schnee bläulich schimmern und warf lange Schatten.

»Da dürfen Sie nicht stehen!«, hörte Nora jemanden rufen.

Als sie sich umdrehte, stand sie einem alten Kerl gegenüber, der einen kläffenden Dackel fest an der Leine hielt. Der Hund sprang und bellte und wollte bei Noras Anblick losrennen, aber der Mann gab keinen Zentimeter nach. Nora zwang sich, den Hund zu ignorieren, und sah den Mann an.

»Ich bin sicher, dass ich nicht im Weg stehe, und ich bleibe nur eine Minute hier, ich muss nur schnell etwas Wichtiges nachsehen. Etwas wirklich Wichtiges!«

»Aber Sie stehen auf der linken Straßenseite. Das ist verboten!«

Der Mann stemmte die Hände in die Seiten und funkelte sie böse an.

Nora ballte die Hände zu Fäusten. So spät am Abend würde hier kein einziges Auto vorbeifahren, und wenn doch, würde es leicht durchkommen.

Der Mann starrte sie weiter an und zeigte mit dem Finger auf den Wagen. Nora überlegte erst, ob sie umparken sollte, aber die Zeit drängte. Wertvolle Zeit, die ihrem Großvater das Leben kosten konnte. Sie würde das Auto außerdem nicht einfach wenden können, denn es lag so viel Schnee, dass sie bei dem Versuch vermutlich stecken bleiben würde. Im Moment war sie einfach nur froh, dass sie es hierher geschafft hatte, ohne einen Unfall zu bauen.

»Sie haben im Prinzip recht, aber ich habe jetzt keine Zeit dafür. Es geht um Leben und Tod!«

»Bei den Verkehrsregeln geht es auch um Leben und Tod«, erwiderte der Alte spitz.

Nora fragte sich, was er wohl sagen würde, wenn er wüsste, dass sie ohne Führerschein fuhr. Sie drehte sich um und ging los.

»Sie gehen also einfach? Warten Sie nur! Jetzt rufe ich die Polizei!«

Nora, die begonnen hatte, sich durch den hohen Schnee zum See hinunterzukämpfen, drehte sich nicht einmal um, sondern hob nur die rechte Hand und winkte. Dabei musste sie der Versuchung widerstehen, dem Alten den Mittelfinger zu zeigen.

»Was für eine Frechheit«, hörte sie ihn schimpfen und entdeckte im selben Moment frische Fußspuren im Schnee.

Schnell war Nora wieder oben an der Straße, wo der Mann tatsächlich mit der Polizei telefonierte.

»Sagen Sie der Polizei, dass sie sich beeilen soll!«, rief sie. »Der Mann, den alle suchen, ist unten am Siljan-See!«

Kapitel 30

Nora stapfte zurück zum schneebedeckten Eis des Sees, wo Torsten zusammengesunken auf einer Bank am Ufer saß. Seine Augen waren geschlossen, die Baskenmütze war ihm über die Ohren gerutscht, und sein roter Pullover zeichnete sich scharf vor dem eisblauen Schnee ab. Nora zog sich die Jacke aus und legte sie um ihren Großvater, bevor sie in die Hocke ging, und versuchte, seinen Puls zu fühlen, was bei der Kälte nicht ganz einfach war. Zu ihrer Erleichterung spürte sie schließlich eine Bewegung. Es waren sehr schwache Schläge, aber sie waren da.

Nach wenigen Minuten waren sowohl die Polizei als auch der Krankenwagen vor Ort und halfen, Torsten auf eine Trage zu legen und ihn in Heizdecken zu wickeln. Dann schoben sie ihn schnell in das Transportfahrzeug und schlossen die Türen.

Ein schlaksiger Polizist blieb da und legte beschützend einen Arm um Noras Schultern, als der Krankenwegen fortfuhr.

»Wie haben Sie ihn gefunden?«, fragte er neugierig.

»Ich weiß es nicht genau. Es war eine flüchtige Erinnerung, von der ich gar nicht wusste, dass ich sie besaß. Sie war plötzlich da. Ich musste auf einmal daran denken, dass wir oft zum Baden hierhergekommen sind, als ich klein war. Meine Großeltern haben in der Kirche auf der anderen Seite des Flusses geheiratet. Das war einer der Lieblingsplätze meines Großvaters. Er saß oft auf genau dieser Bank, wenn er nachdenken musste. ›Der stille Platz am Wasser und die Natur rundherum lassen mich und meine Gedanken zur Ruhe kommen‹, sagte er oft.«

»Wahrscheinlich hat Ihre Erinnerung ihm das Leben gerettet«, sagte der Polizist. »Jetzt hoffen wir mal, dass das Ganze ein gutes Ende nimmt!«

Der Polizist lächelte sie an. Nora musste schlucken, als sie verstand, dass die Gefahr noch nicht vorüber war.

»Da bist du ja!«

Viktor hatte seinen Wagen in der Nähe unter einer Laterne geparkt und kam auf Nora zugerannt. Dabei hatte er auch nicht darauf geachtet, auf welcher Seite der Straße er parkte, stellte Nora fest.

»Viktor! Was machst du hier?«

»Ich habe von Vega erfahren, dass ihr ihn gefunden habt. Sie war mit Missing People unterwegs und hat versucht, dich anzurufen, als ihr klar wurde, dass dein Großvater derjenige war, den sie suchten. Und als sie dich nicht erreichen konnte, hat sie dann bei mir angerufen.«

»Davon habe ich gar nichts mitbekommen«, sagte Nora und fischte ihr Handy aus der Tasche.

»Ich habe auch versucht, dich zu erreichen, ich wollte dir natürlich helfen.«

Nora versuchte, ihr Handy zum Leben zu erwecken, musste aber feststellen, dass es vor Kälte ausgegangen war.

Da Viktor ihn böse anstarrte, nahm der Polizist endlich den Arm von ihrer Schulter.

»Ach, noch etwas«, sagte der Polizist, der auf seinen Wagen zuging. »Nachdem sie diesen Wagen zurückgebracht haben, sollten Sie eine Weile nicht mehr fahren.«

Nora schaute ihn erschrocken an.

»Diesmal sage ich nichts, aber wenn ich Sie das nächste Mal ohne Führerschein am Steuer erwische, muss ich das melden, verstanden?«

Nora nickte und richtete den Blick verschämt auf ihre Schuhspitzen.

Am darauffolgenden Tag besuchte Nora ihren Großvater im Krankenhaus. Er war stark unterkühlt und natürlich ziemlich mitgenommen, aber hatte sich den Umständen entsprechend gut erholt. Eine der Krankenschwestern erklärte, dass er sich die Erkältung des Jahrhunderts eingefangen hatte und daher einige Tage das Bett hüten müsste.

»Weißt du, was passiert ist?«, fragte Nora, als sie ihren Opa so gebrechlich wie einen kleinen Vogel im Krankenhausbett liegen sah.

Nora griff nach einer Decke, die über einer Stuhllehne hing, und legte sie auf Torstens Beine, über all die anderen Decken, die sich dort schon befanden.

Sie wollte gar nicht daran denken, wie kurz er davorgestanden hatte zu erfrieren. Alle Erinnerungen an ihn waren wieder klarer, das Gefühl, dass er sie im Stich gelassen hatte, war in den letzten Tagen hingegen schwächer geworden, auch wenn der Gedanke daran noch schmerzte.

»Ich bin wohl rausgegangen und habe mich zu dünn angezogen. Das wurde mir zumindest gesagt«, antwortete Torsten leise.

Das ist wohl ziemlich untertrieben. Was hast du dir eigentlich dabei gedacht, mitten im Winter runter an den See zu spazieren? Noch dazu ohne vernünftige Kleidung? Bist du verrückt geworden, wollte Nora schreien. Stattdessen sagte sie: »Was wolltest du denn da?«

Torsten ließ sich Zeit, bevor er antwortete: »Ich hatte das Bedürfnis, mich Alva nah zu fühlen. Sie ist wie ein Schatten, der irgendwo in meinem Hinterkopf herumspukt, den ich aber immer schwerer zu fassen bekomme. Dich wiederzusehen, hat so viele Erinnerungen geweckt.« Seine Stimme klang jetzt belegt. »Aus irgendeinem Grund erinnere ich mich besser an sie, wenn ich dort auf der Parkbank sitze, gegenüber von dem Ort, an dem wir uns die Treue geschworen haben … bis dass der Tod uns scheidet.«

Nora drückte Torstens Hand, lange und fest, und strich ihm über die Wange. Der Tod sollte noch ein bisschen warten, dachte sie. Sie hatten viel verlorene Zeit nachzuholen.

»In Zukunft kann ich dich fahren, wenn du dort hinwillst. Ich habe beschlossen, den Führerschein zu machen. Aber wir müssen bis zum Frühling warten, ja?«

Torsten nickte matt.

»Nora, ich habe nie einen Brief von dir bekommen. Und ich habe dir doch auch welche geschrieben«, murmelte er noch, bevor ihm die Augenlider zufielen.

Kapitel 31

Nora schreckte von einem plötzlichen Klopfen auf. Als sie erkannte, dass das Geräusch von der Haustür kam, streckte sie sich verschlafen nach ihrem Handy. Halb elf? Die Sicht vom Schlafboden aus war ziemlich begrenzt, aber als Nora das Gesicht gegen die kalten Holzlatten drückte, konnte sie dennoch durch das Fenster sehen, dass es Vega war, die draußen stand. Da konnte es ihr wenigstens egal sein, dass sie ungeschminkt war und ihre Haare wahrscheinlich wie die Stacheln eines Kaktus abstanden.

Nora stolperte die steile Treppe vom Schlafboden hinunter und drückte die Klinke hinab.

»Ich hoffe, ich habe dich nicht geweckt«, sagte Vega, ohne die Ironie in der Stimme zu verbergen. »Weißt du, wie spät es ist? Es ist fast schon Nachmittag!«

»Alles gut, komm rein.«

»Ich hoffe, du hast Zeit für ein gemeinsames Frühstück oder einen Brunch.«

»Ja, schon …«, sagte Nora und wurde bei dem Gedanken blass, dass ihr Kühlschrank wahrscheinlich leerer war als ein schwarzes Loch. »Ich hatte nur noch keine Zeit einzukaufen.«

»Aber ich. Ich habe auf dem Weg hierher ein paar Sachen besorgt.«

Nora lächelte und dachte daran, dass ihr Gehalt vielleicht schon auf ihrem Konto war. So bald wie möglich würde sie sich bei ihrer Freundin revanchieren. »Toll! Natürlich will ich mit dir frühstücken!«

Während sich Nora anzog, die Hände mit Seifenwasser füllte, ihr Gesicht darin badete und sich mit einer Bürste durchs Haar fuhr, deckte Vega Brot, Butter, Käse, Schinken, Saft, extra fetten Joghurt, Müsli und Beeren auf. Dann setzte sie Teewasser auf, machte heiße Schokolade und kochte Kaffee.

»Was für ein Glück für dich, dass ich dich manchmal besuche, so hast du neuen Kaffeesatz für deine Gesichtsmasken«, bemerkte Vega. »Aber nur dass du es weißt, zu Weihnachten bekommst du ein paar richtig gute Produkte von mir.«

Nora lachte und setzte sich auf einen der Küchenstühle. Sie hatte sich über eine Jeans und ein weißes Shirt einen weichen grünen Morgenmantel gezogen.

»Wie lieb von dir! Danke, dass du dich um mich und meine Haut kümmerst. Und wie schön du gedeckt hast. Das sieht wie ein Frühstück in einem Luxushotel aus«, freute sich Nora und sog den herrlichen Duft von frisch gebackenem Brot, Zitrusfrüchten und Kaffee ein.

»Du weißt schon, dass du überhaupt nicht gut für meinen Charakter bist«, erwiderte Vega und schüttelte den Kopf, als sie ein höchst Diät-unfreundliches Käsebrötchen in eine große Tasse heißer Schokolade tunkte, nachdem sie bereits Schinken, Käse und Joghurt mit Beeren verputzt hatte.

Nora musste wieder lachen und überlegte, ob sie ihrer Freundin sagen sollte, dass sie wohl kaum dafür belangt werden konnte, was Vega alles gekauft hatte, ließ es aber bleiben.

»Du darfst nicht vergessen, das Leben manchmal zu genießen«, sagte sie stattdessen.

Vega grinste schief. »Es gibt viele Arten zu genießen. Aber erzähl, was gestern noch passiert ist«, ermunterte sie ihre Freundin. »Bist du okay? Es hat ein bisschen gedauert, bis ich realisiert habe, dass wir nach deinem Großvater suchen, ich dachte, es ginge um irgendeinen alten Mann. Wenn ich gewusst hätte, dass es sich um deinen Opa handelt, wäre ich natürlich erst zu dir gefahren. Ich habe dann später versucht, dich anzurufen …«

Nora unterbrach sie und berichtete ihr von dem unfreundlichen Kerl mit Hund und davon, dass sie ohne Führerschein herumgefahren war. Darüber musste Vega herzlich lachen.

»Du bist ja verrückt!«

Nora sprach weiter und wollte gerade erzählen, dass Torsten behauptet hatte, er habe ihre Briefe nicht bekommen, als an der Tür ein lautes Klopfen zu hören war. Es kam so plötzlich, dass Vega fast vom Stuhl gefallen wäre.

»Kein Sorge, das ist wahrscheinlich Viktor«, lächelte Nora. »Ich fange an, mich daran zu gewöhnen, dass er unangemeldet hier auftaucht.«

Nora wurde ganz warm ums Herz, als sie seinen Namen sagte, aber sie nahm sich vor, ihn trotzdem daran zu erinnern, das nächste Mal ein wenig sanfter anzuklopfen. Sie drückte die Klinke hinunter und wollte etwas sagen, brachte aber kein Wort heraus. Es war tatsächlich Viktor, der sich draußen vor der Tür auftürmte. Er trug eine große Pelzmütze, eine gefütterte Weste und darunter einen grau-weiß gemusterten Wollpullover. Aber was Nora die Fassung verlieren ließ, waren wieder einmal seine Augen. In dem Moment, in dem sich ihre Blicke begegneten, spürte sie tausend Schmetterlinge im Bauch. Es fühlte sich an, als würden kleine Stromstöße durch ihren Körper gejagt, die bis in die Fingerspitzen pulsierten. Verlegen senkte sie den Blick und ermahnte sich selbst, sich zusammenzureißen. Nora begriff nicht, wie Viktor sie derart aus dem Gleichgewicht bringen konnte. Sie fühlte sich von ihm nicht nur physisch angezogen. Es kam ihr auch so vor, als würden sie sich nur durch Blicke auf einer seelischen Ebene begegnen. Sie dachte an das Gespräch, das sie geführt hatten. Wie einfühlsam und interessiert Viktor gewesen war, wodurch er auf eine Weise zu ihr durchgedrungen war, die es zwischen ihr und Jonas nie gegeben hatte. Viktor konnte auch klar seine Meinung sagen, genau wie Jonas, aber er war dabei nicht fordernd. Als sie und Jonas sich kennenlernten, war Nora zunächst unentschlossen und unsicher, ob sie überhaupt zusammenpassten, aber er hatte schnell die Initiative ergriffen und sich genommen, was er wollte. Nora hatte es in gewisser Weise angenehm gefunden, nicht selbst entscheiden zu müssen, und immerhin hatte es eine Zeitlang gut funktioniert, solange sie getan hatte, was Jonas erwartete. Mit Viktor war es ganz anders.

Die Gedanken, die Nora jetzt durch den Kopf schossen, waren für sie völlig neu. Bisher hatte sie nie so über Jonas gedacht, und über sich selbst im Übrigen auch nicht. Erst jetzt, wo sie jemanden hatte, mit dem sie Jonas vergleichen konnte, wurde ihr so vieles klar. Warum hatte sie Jonas die ganze Zeit über ihr Leben diktieren lassen? Er hat sogar bestimmt, was sie aß. War das wirklich das, was sie sich für sich vorstellte? Oder hatte sie sich selbst irgendwann aus den Augen verloren? Es war, als würde sie das alles nun zum ersten Mal von außen betrachten, und ihr wurde klar, dass es an der Zeit war herauszufinden, was sie selbst sich denn eigentlich vom Leben wünschte.

»Hallo, ihr beiden, tut mir leid, wenn ich störe«, sagte Viktor, als er sah, dass Nora nicht allein war.

Lag in seiner Stimme nicht ein Anflug von Enttäuschung?

»Komm rein«, forderte Nora ihn mit einer einladenden Geste auf und kehrte in die Wirklichkeit zurück.

»Tut mir leid, dafür habe ich gerade keine Zeit. Ich muss zum Schuppen und Feuerholz machen. Ich wollte nur hören, ob du auch welches brauchst, wenn ich schon dabei bin?«

Nora überschlug in Gedanken schnell ihren aktuellen Holzvorrat, der tatsächlich langsam zur Neige ging. Einzelne Scheite lagen in einem hübschen Korb aus Birkenrinde neben dem Kamin, aber der Stapel draußen an der Hauswand unter dem kleinen Blechdach war besorgniserregend schnell geschrumpft.

»Danke, Viktor. Sehr gern!«

»Vergesst nicht die Party heute Abend um acht. Wir baden im Fass, aber vorher wollen wir grillen. Ihr habt doch immer noch vor zu kommen, oder?«

Nora hatte Viktors Einladung komplett vergessen. Durch die Sache mit ihrem Großvater und seinem Verschwinden hatte sie an so viel anderes denken müssen. Aber jetzt. Allein der Gedanken, neben Viktor in einem Badefass zu sitzen, ließ ihren Puls schneller schlagen.

»Wir sind dabei«, antwortete Vega. »Was sollen wir anziehen?«

»Am besten Badesachen«, lachte Viktor. »Ansonsten einfach das, worin ihr euch wohlfühlt, und natürlich am besten warm. Wir feiern quasi draußen im Wald.«

»Dann sehen wir uns heute Abend«, sagte Nora.

Viktor hatte kaum die Tür hinter sich geschlossen, als Vega in Gelächter ausbrach und ein Kissen nach Nora warf.

»Nicht interessiert? Ganz klar … Weißt du, wie du ihn anschaust? Als hättest du einen ganzen Sternenhimmel in den Augen. Und ihm scheint es ja ziemlich wichtig zu sein, dass du heute kommst …«

»Ach, was«, erwiderte Nora verlegen und warf das Kissen zurück. »Ich weiß sowieso nicht, ob ich für eine neue Beziehung bereit bin. Nach Jonas …«

»Hör schon auf!«, unterbrach Vega sie, und ihr spielerischer Tonfall änderte sich abrupt. »Findest du nicht, dass Jonas schon einen ausreichend großen Teil deines Lebens eingenommen hat? Hat er nicht genug kaputt gemacht? Es ist Zeit, dass dein Leben endlich weitergeht! Du verdienst es, glücklich zu sein.«

Nora zuckte mit den Schultern und seufzte.

»Ich glaube ohnehin nicht, dass Viktor interessiert ist. Ich meine, er kann doch jede haben.«

»Ich wollte nur hören, ob du ein bisschen Holz brauchst …«, sagte Vega mit verstellter Stimme und einem

Gesichtsausdruck, der nicht einmal Nora entging. »Hast du immer noch nichts über Männer gelernt?«

»Er ist nur hilfsbereit«, erwiderte Nora und drehte sich weg. Aber innerlich musste sie lächeln.

Kapitel 32

Um kurz nach acht klopften Nora und Vega an die Tür des großen Hauses mit der gläsernen Front.

Wuff! Tortuga drängelte sich vorbei, sprang Nora an und schleckte ihr das Gesicht ab. Sein Schwanz drehte sich wie ein Propeller, und Nora konnte nicht anders, als laut loszulachen. Es war unmöglich, ihm zu widerstehen. Er schien einfach nicht nachgeben zu wollen, bis sie ihn mochte, und erstaunlicherweise begann sie genau das zu tun. Dass Tortuga ungeniert so viel Platz in Anspruch nahm oder an ihr hochsprang, machte ihr nichts mehr aus. Sie trug sowieso kein schickes Kleid. Viktor hatte gesagt, sie sollten sich bequem anziehen, deshalb hatte sie sich für eine Jeans und einen Strickpulli entschieden. Ihre Haare waren offen, und die Augen hatte sie nur mit etwas wasserfester Mascara geschminkt. Vega hatte sie dazu überredet, da sie ohnehin die meiste Zeit über in einem Badefass sitzen würden, und es weder hübsch noch ordentlich aussah, wenn alles im Wasser verlief. Aber ein wenig nackt fühlte Nora sich ohne Make-up trotzdem.

Viktor begrüßte beide mit einer Umarmung. Dabei spürte Nora seine Wärme an ihrer Haut. Einen Augenblick lang ruhte sein Kinn an ihrer Wange, oder zumindest kam es Nora so vor. Sie sog seinen Rasierwasserduft ein – er roch nach Wald und Nadelholz, vermutlich Zeder, und Nora fühlte sich plötzlich geborgen.

»Du duftest gut«, sagte er und schob bei der Umarmung behutsam ihre Haare beiseite.

»Du riechst auch nicht so schlecht«, murmelte Nora.

»Und hier ist ein kleines Mitbringsel«, sagte Vega und steckte die Hand in die Tüte, die sie dabeihatte.

»Ach, das ist doch nicht nötig«, wehrte Viktor ab, aber Vega hatte schon eine Flasche Prosecco herausgezogen und sie ihm in die Hand gedrückt.

»Danke.« Viktor stellte die Flasche auf den Tisch.

Nora bemerkte, dass sich in seinem Blick etwas veränderte. Es passierte so schnell, dass jemand anderes es vermutlich nicht bemerkt hätte. Aber Nora war sich sicher. Als wäre ein dunkler Schatten vorbeigezogen, und als er nach der der Flasche gegriffen hatte, sah es fast so aus, als hätte er sich daran verbrannt. Als sie darüber nachdachte, fiel ihr auf, dass sie keinen Wein getrunken hatten, als sie zum Essen hier gewesen war. Viktor hatte Mineralwasser mit Zitrone serviert. War das ein Zufall? Vielleicht trank er einfach keinen Alkohol? Nicht, dass es sie störte. Aber es machte sie neugierig. Vielleicht würde sie ihn bei Gelegenheit danach fragen.

»Hallo, ich bin Stina«, sagte eine Frau mit einem kühlen Lächeln und streckte die Hand aus. Sie trug einen engen schwarzen Rock, ein schwarzes Spitzenoberteil und eine dazu passende Handtasche. Nora nahm ihre Hand, stellte sich vor und versuchte, sich nichts aus Stinas arroganter Miene zu machen.

»Und das sind Harri und Kim«, sagte Viktor.

Harri war mittelgroß und ein wenig untersetzt, außerdem war sein lockiges Haar so hellblond, dass es an Softeis erinnerte. Er hatte einen finnischen Akzent und die netteste Stimme, die Nora je gehört hatte. Sie mochte ihn sofort, seine ganze Erscheinung schrie unmittelbar nach Mumin-Troll. Kim war durchtrainiert, schwarzhaarig und schien asiatische Wurzeln zu haben. Er zeigte beim Lächeln seine makellosen weißen Zähne und fuhr sich mit der Hand durch das zurückgekämmte Haar.

»Ich kann euch versichern, dass das ein netter Abend wird. Das wird es in Viktors Gesellschaft immer«, sagte Kim.

Nora entging nicht, dass Stina wie eine Taube gurrte und ihre Haare hin und her warf, wenn sie mit Viktor sprach. Aber es war schließlich nicht so, dass sie Besitzansprüche an ihn hätte geltend machen können, ermahnte Nora sich selbst.

Nachdem sie Hamburger und Gemüsespieße am privaten Grillplatz unten am See gegessen hatten, war es Zeit, ins Bad zu steigen. Nora wunderte sich darüber, wie man mitten im Winter eine Grillparty feiern konnte. Sie und Vega halfen den anderen, Teller und das übrig gebliebene Essen ins Haus zu tragen, während Viktor ihnen etwas austeilte, das wohl eine Bademütze sein sollte, dem Material und der Farbe nach aber eher an Moos erinnerte.

»Es ist gefährlich, den Kopf nicht zu bedecken, wenn es im Wasser warm ist und draußen kalt«, erklärte Viktor. »Ich weiß nicht, ob es ein Ammenmärchen ist oder nicht, aber manche behaupten sogar, dass man eine Hirnhautentzündung bekommen kann, wenn man ohne Kappe badet.«

»Unser vernünftiger Viktor! Jetzt willst du uns also zwingen, dieses Ding aufzusetzen? Damit sehen wir aus wie Tannenzapfen«, kicherte Stina.

»Ich finde, es erinnert mehr an etwas anderes, mit diesem Teil, das in der Mitte absteht«, sagte Kim und grinste.

Stina saß lange auf der Kante des Fasses und posierte, wohl um sicherzugehen, dass alle ihre gut gebauten Rundungen in dem knappen Bikini sahen, bevor sie auch endlich ins Wasser sprang. Mit einer zusätzlichen Person im Fass mussten die anderen zusammenrutschen und saßen dadurch so dicht beieinander, dass Noras Haut die von Viktor berührte.

Er beugte sich zu ihr und flüsterte: »Wie schön du bist.«

Stina stieg wieder aus dem Wasser und nahm Anlauf.

»Hej Ho!«, rief sie, damit niemand ihren erneuten Auftritt in Form einer Wasserbombe verpasste.

Während das Wasser nach allen Seiten spritzte, überlegte Nora, ob sie wohl richtig gehört hatte. Hatte Viktor ihr gerade ein Kompliment gemacht? Die Schmetterlinge im Bauch flatterten wild durcheinander.

»Ich hoffe, sie schwimmt gegen das Heizelement«, flüsterte Vega in Noras anderes Ohr.

Stina kam wieder an die Oberfläche, schnaubte wie ein Pferd und quetschte sich zwischen Nora und Viktor.

Trotz Stinas Darbietung verbrachten sie eine nette Zeit im Wasser, genau wie Kim vorausgesagt hatte. Viktor achtete darauf, dass alle sich wohlfühlten, und sie unterhielten sich gut. Stina war zwischenzeitlich sogar richtig lustig, zumindest solange sie die Finger von Viktor ließ. Sobald sie ihn anfasste, konnte sich Nora nicht mehr auf das konzentrieren, was sie sagte. Und Stina schien jemand zu sein, der die Menschen, mit denen sie sprach, gerne berührte. Genauso machte sie es bei Harri und Kim, aber das bemerkte Nora kaum. Stina erzählte, wie sie einmal mit Kollegen in einer Kolonne Motorschlitten gefahren war. Ein großer, aufgedrehter Kollege saß hinter ihr auf dem Schlitten und lehnte sich bei jeder Kurve in die falsche Richtung. Da der Schnee locker war, und sie bei einer Gelegenheit abbremsen mussten, war das Schneemobil umgestürzt. Daraufhin war sie von den anderen Kollegen gestichelt und als Anfängerin bezeichnet worden. An dieser Stelle mussten Kim und Harri laut lachen.

»Was für ein Glück, dass ihr nicht unter dem Motorschlitten eingeklemmt wurdet«, sagte Kim.

»Will jemand noch etwas trinken?«, fragte Viktor.

Vier Hände fuhren hoch.

»Ich kann dir helfen«, bot Stina an.

Nora, die gerne ein paar Minuten allein mit Viktor gewesen wäre, hatte sich gerade auch anbieten wollen.

»Nicht nötig«, erwiderte Viktor. »Bleibt ruhig im Wasser.«

»Dann bring aber die Gitarre mit«, rief Stina ihm hinterher.

Viktor schüttelte den Kopf und drehte sich um. »Ein andermal.«

»Doch, komm schon, bring die Gitarre mit!«, rief auch Harri.

»Hundert zu eins, dass er es nicht macht«, sagte Kim zu Harri, als Viktor außer Hörweite war. »Viktor spielt sehr gern, aber niemals, wenn man es von ihm verlangt«, erklärte er den anderen.

Viktor war schnell wieder da. Er trug ein Tablett mit Cider in hohen Plastikgläsern, und Harri hob verwundert die Augenbrauen, als er die Gitarre sah, die über Viktors Schulter hing.

»Du schuldest mir hundert Kronen«, bemerkte Harri zu Kim mit einem Lächeln, als hätte er gerade den Jackpot geknackt.

Kim schlug spielerisch mit der Faust auf das Wasser, sodass es spritzte, während Nora Vega insgeheim für den Tipp mit der wasserfesten Wimperntusche dankte. Zum jetzigen Zeitpunkt hätte man sie sonst wahrscheinlich mit dem Joker in Batman verwechseln können.

»Wenn ich spielen soll, müsst ihr euch vorher alle einmal im Schnee wälzen«, sagte Viktor und grinste.

Nora dachte erst, das sei ein Spaß.

»Das ist gut für die Blutzirkulation und sorgt für eine rosige Haut. Komm schon!«, ermunterte Vega sie.

Nora wusste, dass Vega niemals Nein zu einer Herausforderung sagte, und wollte ihr nicht nachstehen. Die anderen hievten sich bereits aus dem Wasser.

Es brannte und stach wie von tausend Nadeln, als Nora keuchend neben den anderen im Schnee landete. Danach sprang sie schnell zurück ins Wasser, wo die Haut noch stärker zu brennen begann. Während Kim und Harri vergnügt prusteten und jaulten, schnappte Nora nach Luft. So ungefähr musste sich der elektrische Stuhl anfühlen, dachte sie. Viktor hingegen lachte so, dass ihm die Tränen kamen, aber dann hielt er seinen Teil der Abmachung ein und begann, an der Gitarre zu zupfen. Es zeigte sich, dass er eine Stimme hatte, die einen in ihren Bann zog, sie war dunkel und zugleich melodisch.

Nora ließ den Blick über seine Finger gleiten, während sie über die Saiten fuhren, was Vega natürlich sofort bemerkte.

»Du wünschst dir gerade, dass du diese Gitarre wärst. Gib es zu!«, flüsterte Vega.

Nora schlug ihr spielerisch auf die Schulter. »Hör auf!«, sagte sie und wechselte schnell das Thema. »Habt ihr bemerkt, wie beliebt diese traditionellen Kurbitsmalereien hier sind?«, fragte sie stattdessen die anderen. »Alle scheinen irgendwo so ein Fantasiegewächs zu haben. Auf einer Hauswand, einem Gemälde, einem Kissen. Manche haben sogar ein Kurbits-Tattoo, habe ich gesehen. Ist das nicht verrückt?« Nora lächelte.

Stina, die immer noch draußen lag, neben dem Fass Schneeengel machte und bei Viktors Liedern mitsang, wurde still und setzte sich auf. Nora erkannte sofort, dass sie beleidigt aussah, und fragte sich, was sie Falsches gesagt haben könnte, als Stina ihre Wade in die Luft hob und die Tätowierung an ihrem Knöchel zeigte. Es war ein Kurbits-Tattoo.

Wieso habe ich das nicht vorher gesehen, fragte sich Nora entsetzt. So wie Stina posiert hatte …

Nora wäre vor Scham am liebsten sofort aus dem Fass gestiegen, um sich so schnell wie möglich aus dem Staub zu machen!

»Also, ich fühle mich gekränkt«, sagte Stina.

Nora entblößte ihre Zähne in dem Versuch zu lächeln und wollte gerade irgendetwas zu ihrer Entschuldigung hervorbringen, als Stina anfing zu lachen.

»Ich mache doch nur Spaß! Ich liebe mein Kurbits-Tattoo!«

Dann sprang sie wieder ins Wasser, und im selben Moment schien alles vergessen. Nora ließ die Schultern sinken und amtete erleichtert aus. Aber genau in dem Moment war eine Stimme zu hören, die sowohl das Gelächter als auch die Gitarre übertönte.

Eine Stimme, die Nora nur allzu gut kannte.

»So, hier bist du also!«

Ein Mann um die dreißig in einem schicken Mantel, mit Seitenscheitel und ordentlich geputzten Schuhen stand plötzlich am Beckenrand.

»Und mit wem haben wir es hier zu tun?«, wollte Viktor wissen und hörte auf zu spielen.

»Ich heiße Jonas und bin Noras Freund.«

Kapitel 33

Nora, die gerade noch mehr als bereit gewesen war, das Bad zu verlassen, wäre jetzt am liebsten untergetaucht und hätte alles um sich herum ausgeblendet. Jonas! Was wollte er hier? Und wie hatte er sie gefunden? Sie hatte so sehr darauf geachtet, nichts in den sozialen Medien zu posten, was sie hätte verraten können. Und jetzt stand er hier und lächelte sie an, als wäre nichts passiert. Als wären sie immer noch ein Paar.

»Komm aus dem Wasser, Nora. Wir müssen reden.«

Jonas' Stimme klang zwar sanft, aber etwas an seinem Tonfall bereitete ihr Angst. Konnte sie so tun, als würde sie ihn nicht kennen?

»Lange nicht gesehen, Jonas«, sagte Vega kühl.

Somit war diese Alternative ausgeschlossen …

Jonas nickte Vega kurz zu, ließ Nora aber dabei nicht aus den Augen. Er hielt ihren Bademantel hoch und sah Nora mit solcher Bestimmtheit an, dass sie sich nicht traute, ihm zu widersprechen. Sie wollte hier auch keine Szene machen, also stieg sie wie ein gehorsames Hündchen aus dem Wasser.

Viktor saß regungslos mit der Gitarre in der Hand da. Die ausgelassene Stimmung war wie weggeblasen, niemand sagte etwas. Nicht einmal Stina. Vega wirkte verbissen, ihre Augen blickten finster, und der Mund war ein schmaler Strich. Sie schaute Nora an und schüttelte warnend den Kopf. Als Nora dennoch aufstand, legte sie ihr beschützend eine Hand auf die Schulter, aber Nora machte sich frei.

»Tut mir leid! Ich muss!«

Nora vermied es, Viktor anzusehen, als sie an ihm vorbeiging.

Sobald Nora ihre Sachen angezogen hatte, die sie über dem Arm nach Hause getragen hatte, ohne die eisige Kälte zu spüren, holte sie tief Luft und versuchte sich innerlich zu wappnen, bevor sie Jonas ins Haus ließ.

»Endlich! Weißt du, wie kalt es draußen ist? Ich hätte doch auch drinnen warten können«, fuhr er sie hart an. »Warum hast du nicht auf meine Anrufe reagiert?«

Nora sagte nichts. Sie hatte ihn nicht hergebeten. Sie wollte ihn nicht hier haben, und sie wollte ihn ganz sicher nicht ohne Kleider am Leib in ihr Haus lassen.

»Hier versteckst du dich also? Ich habe dich vermisst«, redete er weiter, jetzt auf einmal in einem ganz anderen Ton und mit einer samtweichen Stimme.

Jonas beugte sich vor und strich ihr über die Wange. Nora schluckte, roch seinen Duft – den Duft eines Parfums, das sie ihm selbst gekauft hatte und den sie früher geliebt hatte. Derselbe Duft hatte in seinen Kleidern gehangen, als sie zögernd mit einer Schere in der Hand vor dem Schrank gestanden hatte. Jetzt verband sie diesen Geruch mit Verrat, und sie verspürte Übelkeit. Jonas sah sie mit dem gleichen intensiven

Blick an wie damals, als sie sich in ihn verliebt hatte, und ohne dass sie es wollte, brachte er sie damit vollkommen durcheinander. Jonas' schmale Nase und sein glatt rasiertes Gesicht waren nur wenige Zentimeter von ihrem entfernt. Ihr kam in den Sinn, dass sie so nahe beieinanderstanden wie zwei Personen, die in einem Film vertraulich miteinander sprachen. Unnatürlich nahe. Und bevor sie Zeit hatte zu reagieren, drückte er seine Lippen auf ihren Mund. Sie erkannte den vertrauten Geschmack, und für einen kurzen Moment vergaß sie Zeit und Raum, doch schnell holte die Wirklichkeit sie wieder ein. Sie befreite sich aus seinem Griff und rückte von ihm ab.

Nora hatte gewusst, dass dieser Zeitpunkt irgendwann kommen würde – der Moment, an dem sie Jonas wiedersehen würde. Aber sie hatte den Gedanken daran, so gut es ging, von sich geschoben, versucht, ihn zu verdrängen. Dennoch stand er jetzt hier, ob sie es wollte oder nicht, und das hatte sie einen Moment lang aus dem Gleichgewicht gebracht. Nora fühlte, wie ihre Schläfen pulsierten und sich die Welt zu drehen begann. Sie sank auf einen Stuhl und zwinkerte ein paarmal, zwang sich, sich zu fokussieren. Jonas setzte sich auf das Sofa und nahm die Hütte in Augenschein. Ungläubig zog er die Augenbrauen hoch.

»Hier wohnst du?«

»Mir gefällt es«, entgegnete Nora und war selbst überrascht, wie sehr sie es meinte.

»Ja, aber das ist ein Sommerhaus. Willst du deine kleine Auszeit nicht langsam beenden?«

»Auszeit? Hältst du das für eine Auszeit?«

Jonas kommentierte ihre Frage nicht, sondern lächelte nur kühl.

»Du könntest mir nach der langen Reise wenigstens eine Tasse Tee anbieten«, sagte er stattdessen und deutete mit einem Kopfnicken Richtung Herd. »Du trinkst doch immer noch Tee, oder nicht? Du und ich, wir haben einiges zu bereden, zum Beispiel, warum du einfach verschwunden bist.«

Aus lauter Routine tat Nora, was er sagte, ging zum Herd und setzte Teewasser auf. Dabei spürte sie, wie Wut in ihr aufstieg.

»Du weißt doch, dass ich euch gesehen habe!«, sagte sie kühl, wobei sie Jonas den Rücken zudrehte. Jetzt oder nie.

Jonas räusperte sich. »Meinst du … im Büro?«

»Nein, im Restaurant! Das weißt du doch! Ich war schließlich dort!«

»Ach, das«, sagte er und lachte offenbar erleichtert auf. »Ja, das war vielleicht nicht gerade das beste Timing, aber so etwas passiert eben. Es hatte nichts zu bedeuten, und wie du weißt, bin ich ein Mann.«

Nora schüttelte demonstrativ den Kopf.

»Nein, so etwas passiert nicht einfach. Man gibt dem nach. Und was heißt schon schlechtes Timing? Meinst du, weil ich zufällig da war und euch ertappt habe? Und dann willst du es darauf schieben, dass du ein Mann bist? Das ist lächerlich. Soll das heißen, alle Männer haben einen schlechten Charakter?« Nora spürte, dass ihre Wangen heiß wurden.

»Ich würde nie mit Lydia zusammenwohnen wollen. Und im Übrigen ist es vorbei«, fuhr Jonas fort und stand auf.

»Ach, so heißt sie also«, hakte Nora nach. »Hat sie dich so schnell durchschaut?«

Warum hatte er vorhin eigentlich das Büro erwähnt? Ach, nein, sie wollte es gar nicht wissen. Es spielte ohnehin keine Rolle mehr.

»Wie gesagt, es ist vorbei. Du bist so schön, wenn du dich aufregst! Ich mag es, wenn du so leidenschaftlich bist!«

Jonas klang siegessicher und machte einen Schritt auf Nora zu. Jetzt stand er wieder so nah vor ihr, dass sie die Wärme spüren konnte, die von seinem Atem ausging. Er legte die Hand auf ihre Schulter und massierte sie leicht. Die andere Hand ließ er ihren Rücken hinuntergleiten. Nora hatte mehrfach darüber nachgedacht, wie es wohl wäre, Jonas wiederzusehen. Wie sich seine Berührungen anfühlen würden. Jetzt wusste sie es.

»Fass mich nicht an!«, sagte sie und ging rückwärts Richtung Tür. Sie dachte nicht daran, sich noch einmal einwickeln zu lassen.

»Immer mit der Ruhe«, erwiderte Jonas.

»Wie hast du mich überhaupt gefunden?«

»Spielt das eine Rolle?«

»WIE hast du mich gefunden?«

»Soziale Medien.« Jonas lächelte sie an.

»Soziale Medien …? Aber ich habe nichts gepostet.« Nora biss sich auf die Lippe.

»Nein, aber nur, weil du noch im vorigen Jahrhundert lebst, machen die anderen das nicht auch. Außerdem bin ich Experte, was Daten angeht, hast du das vergessen?«

Vega natürlich, dachte Nora und biss sich noch fester auf

die Lippe, bohrte regelrecht die Zähne hinein. Sie hatte irgendwann von ihnen beiden ein Foto gemacht und sie sicher getaggt. Außerdem wusste sie, dass Vega ein äußerst großes Netzwerk hatte, das zu zwei Dritteln aus Ex-Freunden bestand und der Rest aus Verwandten, Freunden, Bekannten, süßen Polizisten und Feuerwehrmännern sowie allen anderen Personen, die ihr über den Weg liefen.

»Ich möchte, dass du zurückkommst, Nora. Nach Stockholm, zu mir«, sagte Jonas. »Ich habe dich vermisst. Wirklich! Ich habe uns vermisst!«

Nora spürte, wie sich ihr Blickfeld zu einem schmalen Tunnel verengte. Sie konzentrierte sich darauf, ruhig zu atmen, während die Gedanken durch ihren Kopf rasten. Sie hatte kämpfen müssen, um die Kraft aufzubringen, Jonas zu verlassen, und sie war anschließend stolz gewesen, dass sie es geschafft hatte, wenn auch nur mit Mühe und Not. Und jetzt wollte er in ihr Leben zurück.

Niemals! Das wird nicht passieren, wollte sie schreien, aber sie brachte keinen Ton heraus.

Warum fiel es ihr so schwer, zu diesem Mann Nein zu sagen? Welche unerklärliche Macht hatte er über sie? Und warum machte sich ein winzig kleiner Teil von ihr immer noch etwas aus ihm? Sie konnte doch wohl keine Gefühle mehr für ihn haben, oder doch? Dieser Gedanke, der ihr äußerst unangenehm war und vollkommen überraschend für sie kam, traf sie mit voller Wucht. Ein anderer Teil von ihr verspürte aber weiterhin Verachtung, dessen war sie sich sicher.

»Ich weiß nicht …«, stammelte Nora. »Ich brauche Zeit, um darüber nachzudenken.«

»Das ist ja wohl nichts, worüber man nachdenken muss. Du brauchst nur Ja zu sagen«, meinte Jonas.

Nora schloss die Augen.

»Komm schon! Du kannst doch dieses Kaff hier nicht unserem Leben in Stockholm vorziehen?«

»Ich brauche mehr Zeit!«

Jonas sah sie unzufrieden an. »Ich nehme mir heute Abend ein Hotelzimmer, und dann muss ich zurück in die Stadt. Ich melde mich.«

Jonas ging auf Nora zu, blieb kurz stehen und drückte ihr einen leichten Kuss auf die Wange.

Als er zur Tür hinaus war und das Teewasser kalt wurde, stand Nora immer noch an derselben Stelle und hielt sich die Wange. Genau wie schon einmal hatte sich der Kuss wie eine Ohrfeige angefühlt.

Kapitel 34

Drei Tage waren vergangen. Nora hatte ihren Großvater täglich besucht, manchmal hatte er geschlafen, hin und wieder hatten sie geredet. Aber Viktor hatte sie nicht zu Gesicht bekommen. Zuerst hatte sie geglaubt, er sei verreist, aber als sie Tortuga aus der Ferne bellen hörte und Licht hinter Viktors Fenstern sah, begriff sie allmählich, dass er ihr aus dem Weg ging. Einerseits wollte Nora gerne zu ihm und ihm erklären, dass die Sache mit Jonas ein Missverständnis war. Denn sobald Jonas von der Bildfläche verschwunden war, hatte ihr Hirn wieder normal funktioniert.

Jonas war ein abgeschlossenes Kapitel und würde es auch bleiben. Sie musste nur noch einmal den Mut aufbringen, es ihm zu sagen. Ihr Handy meldete sich ständig. Jonas schickte eine Nachricht nach der anderen, die sie alle noch nicht beantwortet hatte. Es war ein Trost zu wissen, dass er zumindest wieder in Stockholm war.

Wenn sie zu Viktor hinüberging, um ihm alles zu erklären, würde sie sich damit jedoch auch verwundbar machen. Wie würde er reagieren, wenn sie ihm erzählte, dass der Mann, der einfach aufgetaucht war und behauptet hatte, ihr Freund zu sein, in Wirklichkeit ihr Ex war? Würde er sich nicht fragen, warum sie ihm das erzählte? Und wollte sie, dass er es verstand? Die Wahrheit war, dass sie nicht aufhören konnte, an Viktor zu denken. Aber was empfand er für sie? Was hatte sie schon zu bieten? Viktor konnte doch alles haben!

Nora war frustriert darüber, dass Jonas nur aufzutauchen brauchte und das Selbstvertrauen, das sie sich in den letzten Wochen erarbeitet hatte, in sich zusammenfiel. Die Erinnerungen an seine harten Worte waren wieder hochgekommen. Sie kniff die Augen zusammen und zog sich die dicke Decke über den Kopf.

Nachdem sie lange darüber gegrübelt hatte, kam Nora zu dem Schluss, dass es am besten wäre, wenn sie und Viktor sich zufällig begegneten und wenn das Gespräch dann einfach natürlich auf Jonas fiel. Deshalb ging sie öfter als sonst draußen spazieren, aber Viktor glänzte durch Abwesenheit. Zudem hatte sie bald anderes, woran sie denken musste. Ihr Chef Rikard rief nämlich an und erklärte, dass die Person, für die Nora eingesprungen war, ihre Elternzeit-Pläne geändert hatte und bald zurückkommen würde. Rikard bedauerte das und versprach, dass sie bis dahin alle zusätzlichen Schichten bekommen würde, aber dass sie sich wohl oder übel nach einer anderen Arbeit umschauen müsste. Nora fühlte sich, als hätte ihr jemand den Boden unter den Füßen weggezogen.

In den letzten Tagen hatte Vega mehrfach versucht, Nora zu erreichen, aber Nora hatte nicht reagiert. Als sie endlich einen Anruf annahm, war ihre Freundin sauer.

»Warum bist du nicht ans Telefon gegangen? Ich habe mir ernsthaft Sorgen gemacht! Ich traue diesem Jonas kein bisschen über den Weg …«

»Es tut mir furchtbar leid! Ehrlich! Aber ich brauchte einfach Zeit zum Nachdenken«, erklärte Nora.

Sie ließ den Staublappen sinken, mit dem sie gerade die Küchenschränke gewischt hatte, und setzte sich auf das Sofa.

»Ich hoffe, ihr hattet trotzdem noch einen schönen Abend«, sagte Nora, während sie die Daumen drückte und hoffte, dass Vega den Köder schlucken würde.

Und das tat sie.

»Nein, natürlich nicht! Nachdem du abgehauen bist, war die Stimmung ziemlich gedrückt. Nicht einmal Stina konnte den Abend retten, auch wenn sie zweifellos alles getan hätte, um auf sich aufmerksam zu machen.«

»Und wie hat Viktor reagiert?«

»Er war weiterhin nett, aber hat sich zurückgezogen und war sehr schweigsam. Ich würde sagen, es ist ziemlich offensichtlich, dass er etwas für dich empfindet.«

»Glaubst du wirklich?«, wollte Nora wissen.

Vega seufzte tief am anderen Ende der Leitung.

»Ich wollte eigentlich direkt an dem Abend noch zu dir rübergehen, aber dann dachte ich, dass es wohl das Beste wäre, wenn du und Jonas Zeit hättet, über alles zu reden. Denn du hast die Sache hoffentlich beendet? Du hast ihm doch keine neue Chance gegeben?«, fragte Vega.

Nora wollte gerade antworten, als sie jemanden durch das Fenster kommen sah. Sobald sie Viktor erkannte, machte ihr Herz einen Satz.

»Ich muss leider aufhören. Ich melde mich später. Versprochen!«

Nora beendete das Gespräch und zwang sich, die Tür nicht aufzureißen, bevor Viktor nicht angeklopft hatte. Dann zählte sie leise und ließ mindestens drei Sekunden verstreichen, bis sie die Tür öffnete.

»Ach, Viktor, hallo«, sagte sie etwas abwartend, obwohl sie ihm am liebsten um den Hals gefallen wäre. Seinen Duft eingesogen hätte. Ihre Hände auf seine breiten Schultern gelegt und seine Wärme gespürt hätte.

»Hej«, erwiderte Viktor, dessen Bart etwas länger war als sonst.

Er lächelte, aber es erreichte nicht seine Augen. Seine warmen braunen Augen, die sonst funkelten, wirkten mit einem Mal distanziert, und ein leichter Alkoholgeruch schlug Nora entgegen, obwohl es noch früh am Tag war.

»Danke für den Abend neulich«, sagte sie unsicher, »es war wirklich nett.«

»Schon gut«, wehrte er ab. »Ich muss für ein paar Tage verreisen und wollte fragen, ob du mir mit Tortuga helfen kannst? Tja, und mit Barbossa auch. Diesmal habe ich genug Katzenfutter besorgt.«

»Ja, das kann ich schon machen, aber du …«

Viktor unterbrach sie, indem er die Hand in die Hosentasche steckte und einen Umschlag herauszog, den er ihr in die Hand drückte, wobei er es sorgsam vermied, sie zu berühren.

»Als Dank für deine Hilfe. Das ist echt nett von dir!«

Nora wollte noch mehr sagen, aber kam nicht dazu, denn Viktor hatte sich bereits umgedreht.

»Du weißt ja, wo der Schlüssel ist. Hol Tortuga einfach, sobald du Zeit hast«, rief er, bevor er um das Haus herum verschwand.

Etwa eine Stunde später ging Nora mit schweren Schritten zu Viktors Huas hinüber. Selbstverständlich hatte sie nichts dagegen, nach Viktors Haustieren zu schauen. Nicht mehr. Wider Erwarten begann Nora sie zu mögen, sogar Barbossa, und da sie die nächsten Tage nicht so viel Arbeit hatte wie sonst, würde ihr ein bisschen Gesellschaft guttun. Aber das Gespräch, das sie gerade geführt hatten …

Würde es in Zukunft so sein? Wären sie nur gewöhnliche Nachbarn? Es hatte sich doch immer so angefühlt, als wäre da mehr zwischen ihnen.

Nora zog den Umschlag aus der Tasche und starrte verwundert auf eine mehr als großzügige Anzahl an Scheinen. Das Geld könnte sie wirklich gut gebrauchen, aber das war es letztlich nicht, was sie wollte. Sie wollte ihn. Nora seufzte und kickte in eine Schneewehe. Doch nach wenigen Sekunden kam ihr ein Gedanke, der ihre Schritte wieder leichter werden ließ. Sie wusste genau, was sie mit dem Geld anstellen würde, und auch, wo sie anfangen wollte.

Nachdem Nora mit Tortuga spazieren gegangen war, zog sie sich extra warm an und fuhr mit dem Rad zu Siljans Konditorei. Das Fahrrad stellte sie auf dem kleinen Platz in der Nähe ab. Im Café saßen bereits zahlreiche Menschen mit roten Wangen und unterhielten sich, während im Hintergrund stimmungsvolle weihnachtliche Musik aus den Lautsprechern erklang. Der Duft nach Glögg, Kaffee und Pfefferkuchen verstärkte die Weihnachtsstimmung noch. Nora stellte sich in die Schlange, und als sie an der Reihe war, bestellte sie zwei Hefebrötchen mit Kardamom. Sie zählten zu den besten, die sie je gegessen hatte. Das Brot war so süß, dass es eher wie Kuchen schmeckte, und Vega wäre sicherlich der Meinung gewesen, dass sie genauso gut einen Löffel Zucker hätte essen können, doch das war ihr egal. Wenn man schon dick wurde, dann sollte man den Weg dorthin wenigstens genießen.

»Für hier oder zum Mitnehmen?«, fragte das Mädchen mit der weißen Schürze.

»Zum Mitnehmen. Und außerdem bitte noch zwei große Pfefferkuchenherzen!«

Nora hatte beschlossen, Torsten zu besuchen, und wollte nicht mit leeren Händen bei ihm auftauchen.

Eine Viertelstunde später stellte sie ihr Rad vor dem Seniorenheim Blåbärsstigen ab. Torsten war nach den schrecklichen Strapazen in der Kälte wieder im Heim zurück, und Nora war ein bisschen in Sorge, ob er sie heute wiedererkennen würde. In den letzten Tagen hatte er immer öfter das Gefühl für Raum und Zeit verloren.

Aber Noras Sorge war unbegründet. Torsten strahlte, als er sie mit der Bäckertüte in der Hand sah.

»Nora, du bist wieder da!«

Ihr wurde ganz warm ums Herz, als sie Torsten in seinem Bett liegen sah. Die Erinnerungen an ihre Kindheit – wie sie zusammen zum Stall gefahren waren, unten in Barkdal Wurst gegrillt hatten oder in Tällberg Eis gegessen – stiegen wieder in ihr auf. Ihr kam der verwirrende Gedanke, wie unerwartet das alles für sie war: der Umzug hierher, und dass der wiederum dazu geführt hatte, dass sie ihren Großvater wiedergefunden hatte. War das wirklich nur ein Zufall? Wie auch immer die Dinge lagen, es kam ihr so vor, als würde ihr Herz endlich heilen, obwohl ihr Großvater sie jahrelang aus seinem Leben ausgeschlossen hatte. Nora begann zu akzeptieren, dass sie niemals erfahren würde, warum.

Was sie allerdings wusste, war, dass sie allmählich begann, hier Wurzeln zu schlagen, obwohl Leksand für sie anfangs nur eine Notlösung gewesen war. Die Natur und die Menschen hatten es ihr angetan. Genauso wie das kleine Häuschen mit der Glasveranda. Langsam fühlte es sich wie ein Zuhause an, obwohl Nora nicht einmal wusste, wie lange sie dort noch würde wohnen können. Sie musste eine neue Arbeit finden, und zwar schnell. Was, wenn ihr am Ende nichts anderes übrig blieb, als zurück in ihre Stockholmer Wohnung zu ziehen?

»Wie traurig du aussiehst! Genau wie deine Mutter, wenn etwas sie belastete. Erzähl mir, was los ist!«, sagte Torsten und klopfte mit der Hand auf seine Decke und rutschte zur Seite, um ihr Platz zu machen.

Nora versuchte zu lächeln. »Alles in Ordnung«, log sie, weil sie ihren Großvater nicht mit düsteren Gedanken belasten wollte. Sie war schließlich hier, um ihn aufzuheitern.

»Komm, setz dich her und erzähl mir alles!«, ermahnte Torsten sie. »Ich habe sowieso nichts vor.«

Nora lachte über seinen Kommentar und tat, was er sagte. Zögernd begann sie, von allem zu erzählen, was passiert war, seit sie hierhergezogen war. Ihr Großvater legte tröstend seine Hand auf ihre.

»Das Leben ist wie eine Überraschungstüte. Manchmal bekommt man ein süßes Karamellbonbon, manchmal einen sauren Drops. Wenn du nur wüsstest, wie schwer das Leben immer wieder gewesen ist. Aber du darfst nicht aufgeben! Du musst deinem Herzen folgen!«

»Ja, aber vor allem brauche ich einen Job«, seufzte Nora.

Torsten streckte sich, um ihr über die Wange zu streichen.

»Da musst du es wohl selbst anpacken.«

Nora sah ihn forschend an.

»Was meinst du damit? Soll ich mich etwa selbständig machen?«

Torsten zwinkerte ihr zu, unterdrückte aber gleichzeitig ein Gähnen.

»Warum nicht? Du bist doch so tüchtig.«

Nora bemerkte, dass Torstens Wangen im Laufe des Gesprächs blasser geworden waren, deshalb umarmte sie ihn und stand auf. In dem Moment wurde ihr klar, wie sehr sie ihren Großvater schätzte. Er war vielleicht müde, aber er war nicht so alt und tattrig, wie sie sich ältere Menschen manchmal vorgestellt hatte. Er hatte sie überrascht und ihr gezeigt, dass er in dieser für sie so bewegenden Zeit sowohl ein guter Zuhörer als auch eine Stütze war. Der Rat, den er ihr gegeben hatte, war einfach, aber tief im Innersten wusste sie, dass er recht hatte. Nur bei der Sache mit der Selbständigkeit war sie sich nicht so sicher. So etwas würde sie niemals schaffen.

Den gesamten Heimweg über war Nora in Gedanken versunken. In den letzten Wochen hatte sich eine Tür zu ihrem

Herzen geöffnet, von der sie gedacht hatte, sie würde für immer verschlossen bleiben. Sie hatte noch nie so offen mit jemandem sprechen können wie mit Viktor. Bei ihm konnte und durfte sie so sein, wie sie wirklich war. Und sie wollte so gerne herausfinden, was er zu verbergen hatte. Aber würde sie sich jemals trauen, ihn danach zu fragen? Und dann stand ja auch noch das unangenehme Gespräch mit Jonas bevor.

Zu Hause angekommen, lief Nora unentwegt im Kreis herum und öffnete alle paar Minuten den Schrank, in dem sie ihre Essensvorräte aufbewahrte. Tortuga war ihr dicht auf den Fersen und beobachtete neugierig, was sie da trieb. Nein, offensichtlich lag dort kein Schokoladenstückchen, das sie sich in den Mund schieben könnte. Auch fünf Sekunden später nicht. Selbst nicht nach der vierzehnten Runde. Trotzdem erwartete sie jedes Mal, dass wie durch Zauberhand ein Stück Schokolade im Schrank auftauchen würde.

Unruhig machte sich Nora in ihrer kleinen Küche zu schaffen, unentschlossen, was sie tun sollte. Sie verschob den Toaster ein wenig, sodass er nun parallel zum Küchenschrank stand, surfte eine Weile im Internet und suchte mit schwindender Hoffnung nach einem neuen Job. Dann ging sie wieder zum Küchenschrank.

Nein, jetzt muss ich mich wirklich zusammenreißen, dachte Nora verärgert. Es musste doch etwas Sinnvolles geben, das sie tun konnte. Etwas, mit dem sie sich beschäftigen konnte, sodass sie an etwas anderes dachte und ihre Laune sich besserte. Da fiel ihr wieder ein, was sie mit dem Geld in dem Kuvert von Viktor anstellen wollte. Außer ihrem Großvater Gebäck zu kaufen und ein wenig für die Miete beiseitezulegen, war ihr in den Sinn gekommen, dass sie endlich versuchen könnte, es sich in dem kleinen Häuschen etwas gemütlicher einzurichten. Anfangs hatte sie gedacht, das würde sich nicht lohnen, aber jetzt fühlte sie sich bereit. Und sie hatte auch schon ein paar Ideen, wie sie das mit wenig Geld bewerkstelligen konnte.

Sofort begann Nora, eine Einkaufsliste zu erstellen. Außerdem würde sie die Nähmaschine hervorholen. Dann noch etwas Farbe und Sorgfalt, und man würde das Haus kaum mehr wiedererkennen.

Kapitel 35

Claes saß in seiner Dachgeschosswohnung in Stockholm und gähnte. Es war Sonntag und schon nach Mitternacht, nicht verwunderlich also, dass er müde war, er hatte heute Morgen schon um sechs Uhr angefangen zu arbeiten. Der Vorteil am Autorendasein bestand darin, dass er nie die Angst vor einem untätigen Sonntag verspüren musste. Andererseits war dann wohl der Nachteil, dass er vor allen anderen Tagen Angst hatte. War das, was er schrieb, gut genug? Würde es ihm wirklich gelingen, dieses Mammutprojekt zu Ende zu bringen? Würden seine Leser es zu würdigen wissen, wie viel Zeit, Energie und Herzblut er hineingesteckt hatte? Ganz zu schweigen von den Rezensenten. Und würde er die quälende Zeit der Redaktion überstehen, in der jeder Buchstabe umgedreht wurde …?

Claes schob ein übrig gebliebenes Stück Pizzarand in den Karton zurück, der noch auf dem Schreibtisch lag. Zu kochen, während er sich mitten in einem Schreibprojekt befand, kam für ihn nicht infrage, daher aß er meistens Fertigpizza oder einen Teller Dickmilch. Er hob nicht den Blick vom Bildschirm seines Laptops, wenn es nicht unbedingt notwendig war, und unterbrach seine Arbeit nur, um auf die

Toilette zu gehen. Wieder gähnte er und streckte sich dabei. Die Zeit war so schnell vergangen. Claes lehnte sich in seinem Schreibtischstuhl zurück und lächelte zufrieden. Er hatte nicht viel übrig für diejenigen, die sich penibel an ihren Acht-Stunden-Tag hielten. Es ging doch darum, alles aus sich herauszuholen, sich seinem Handwerk hinzugeben. Er verstand die Autoren nicht, die nur schrieben, wenn sie sich inspiriert fühlten. Auf die Art entstanden doch keine Bücher. Nein, Disziplin war gefragt. Allerdings war es so viel einfacher jetzt, wo er die Inspiration endlich wiedergefunden hatte, das musste er zugeben. In den letzten Jahren war sie eindeutig Mangelware gewesen, jedenfalls bis zu der Begegnung mit Torsten.

Claes hatte abwechselnd gelacht und geweint, während er seine Notizen ins Reine geschrieben hatte. Ja, ein erwachsener Mann! Er hatte geweint. Aber Torstens trauriges Gesicht, als er von seiner Schwester Rut erzählt hatte oder davon, wie er seine Tochter bei dem Autounfall verloren hatte, hatten sich in ihm festgesetzt. Und dann waren da ja noch diese Briefe …

Claes spürte, wie ihm die Augenlider erneut zufielen, weshalb er die Arme auf dem Tisch überkreuzte und den Kopf darauf ablegte. Er wollte nur kurz die Augen schließen, danach würde er das Buch zu Ende schreiben. Seine Lektorin, Gunilla, hatte ihm bereits grünes Licht gegeben. Nach all dem Leid, das Torsten erlebt hatte, konnte Claes nur hoffen, dass er im wirklichen Leben ein glückliches Ende finden würde.

Kapitel 36

Barbossa kam wie immer und begrüßte Nora, indem er sich an ihre Beine schmiegte. Sie ging in die Hocke und tätschelte ihm das weiche Fell, woraufhin er zufrieden schnurrte.

Auch wenn sich Viktors Haus inzwischen einigermaßen vertraut anfühlte, mochte Nora es nicht, dort hinzugehen, wenn er nicht da war. Die große luftige Küche mit den Eichenschränken kam ihr so verlassen vor ohne ihn.

Sie füllte Barbossas Futternapf, wechselte das Wasser aus und säuberte das Katzenklo. Barbossa strich wieder um sie herum und schnurrte zufrieden. Nora musste darüber lachen und strich ihm noch einmal über den Rücken.

»Sieh mal, was du mit mir machst, wo ich doch gar keine Katzen mag. Zumindest normalerweise nicht.«

Nora wollte gerade wieder gehen, als sie auf einen Gedanken kam. Auch wenn sie mittlerweile relativ oft hier gewesen war, hatte sie den oberen Stock noch nie betreten. Es würde doch wohl nicht schaden, wenn sie die Gelegenheit nutzte, sich ein wenig umzuschauen? Sie zögerte einen Moment. Vielleicht war es nicht ganz in Ordnung, im Haus eines anderen einfach so herumzuschnüffeln, aber auf der anderen Seite war Viktor ja nicht da. Und er hätte bestimmt nichts dagegen.

Nora gab ihrer Neugier nach und sprang zwei Stufen auf einmal nehmend die Treppe hinauf. Im Flur vor ihr gab es mehrere weiß lasierte Türen, die in verschiedene Zimmer führten. Nora spähte ins erste Zimmer hinein, das vermutlich ein Gästezimmer war mit einem gigantischen begehbaren Kleiderschrank. Dem größten, den sie je gesehen hatte. Nora ging ins Zimmer hinein und sah große Spiegel, die sich vom Boden bis zur Decke erstreckten und in jedes Ballettstudio in New York gepasst hätten. Im nächsten Raum befand sich ein Billardtisch mit Gemälden an der einen Wand und Bücherregalen an der anderen. In einer Ecke standen ein Ohrensessel und daneben ein Beistelltisch aus Mahagoni. In dem protzigen Badezimmer, das fast so groß war wie das im Erdgeschoss, gab es auf einem glitzernden Mosaikfußboden ein Jacuzzi. Der Wasserhahn neben dem schalenförmigen Waschbecken sah aus wie eine Glasscheibe, aus deren Mitte ein Stiel hervorragte, und als Nora ihn ausprobierte, floss ein Strahl heraus, der sich wie ein Wasserfall teilte.

In der Ecke des Raumes standen grüne Palmen neben weißen Statuen, die Toga trugen, was dem Raum ein italienisches Flair verlieh. Nora hob erstaunt die Augenbrauen und lachte. Das war das protzigste Bad, das sie je gesehen hatte. Sie fragte sich, wem das Haus wohl gehörte. Viktor hatte schließlich erzählt, dass er es nur hütete.

Das Bad lag direkt im Anschluss an ein enormes Schlafzimmer, das Viktors zu sein schien. Zumindest erahnte sie Spuren seines Rasierwassers, als sie die Tür öffnete, und sog den Duft tief ein.

In der Mitte des Raumes stand ein großes Doppelbett mit

einem Gestell aus Eiche. Die Wände waren weiß gestrichen, bis auf eine Wand mit einem großen dunkelgrünen, herzförmigen Blatt. Auf dem Boden lag ein passender grüner Teppich. Es stand nichts Unnötiges herum, nur eine Jeans und ein Pullover hingen über einem Stuhl. Alles schien hier seinen Platz zu haben, wirkte aber nicht so pedantisch wie bei ihr und Jonas in der Wohnung. Einfach nur aufgeräumt.

An Viktors Zimmer grenzte ein Balkon. Nora hatte nie bemerkt, dass es auf dieser Seite des Hauses auch einen gab, obwohl sie mehrmals daran vorbeigegangen war. Allerdings war es meist dunkel gewesen, wie an dem Tag, als sie Barbossa gesucht hatte. Im Frühling morgens hier oben zu sitzen und seinen Tee zu trinken, mit Blick auf die Berge und die Tannen, stellte sie sich sehr schön vor.

Nora schob den Gedanken schnell beiseite und wollte gerade gehen, als sie rechts neben der Tür einen Eichenschrank entdeckte. Eine Tür war nur angelehnt. Vorsichtig zog Nora sie auf und sah zu ihrer Überraschung, dass der Schrank vollgestopft war mit Preisen, Silberpokalen und Medaillen. Auf einem der Pokale war die Figur eines Eishockeyspielers abgebildet. Nora nahm ihn in die Hand und spürte sein Gewicht.

Ein plötzliches Miauen ließ sie zusammenschrecken, wobei sie sich fast den Kopf an der Schranktür angeschlagen hätte. Eilig stellte Nora den Pokal zurück und verließ das Zimmer. Nachdem sie Barbossa ein letztes Mal getätschelt hatte, schloss sie die Haustür und lief schnell nach Hause.

Zu Hause wartete Tortuga. Er kam direkt auf Nora zugelaufen, legte ihr die Vorderpfoten auf den Bauch und begann, ihr das Gesicht abzuschlecken. Erst als sie ihn kraulte, hörte er auf und legte sich eingerollt direkt um ihre Füße.

»Tortuga. Ich war doch nur zehn Minuten weg. Ich habe dich schon nicht vergessen!«

Wuff! Er stand auf, ging um sie herum und knuffte ihr mit der Schnauze in die Kniekehlen.

»Du meinst also, es wäre Zeit für einen Spaziergang?«

Nora, die noch nicht dazu gekommen war, ihre Jacke auszuziehen, schlüpfte zurück in die Winterstiefel, und die beiden gingen hinaus. Tortuga rannte rasend schnell los und schnüffelte an Büschen und Bäumen. Da ging auch Nora etwas schneller und genoss dabei die frische Luft. So dumm war es vielleicht doch nicht, einen Hund zu haben, dachte sie.

Sobald sie wieder zu Hause waren, hatte Nora allerdings schon wieder anderes im Kopf. Tortuga, der hinter ihr ins Haus geschlüpft war, sprang unterdessen eilig auf das Sofa und schüttelte sich den Schnee ab.

»Nein, nicht da!«, rief Nora.

Die Ermahnung hatte den gewünschten Effekt, denn Tortuga sprang sofort in einer fließenden Bewegung vom Sofa. Offensichtlich hatte er eingesehen, dass er etwas Dummes getan hatte.

Das Sofa war voller Schnee und dem Sand, den Nora neulich aus einer grünen Kiste an der Hauptstraße geholt und damit den Zugang zum Häuschen gestreut hatte, um auf dem Eis nicht auszurutschen. Während Nora den Schmutz wegbürstete, beschnupperte Tortuga alles, was es im Zimmer so gab.

»Hauptsache, du pinkelst nicht auf die Pflanzen«, brummte Nora. Dann breitete sie eine Decke auf dem Sofa aus und wollte sich gerade daraufsetzen, aber Tortuga war schneller.

»Sag mal, du glaubst wohl, du bist der Mittelpunkt der Erde? Was soll ich jetzt nur mit dir machen?«

Im Moment hatte sie allerdings keine Lust, mit dem Hund zu streiten, und ließ ihn deshalb liegen. Stattdessen setzte sie sich neben ihn, was er als Aufforderung verstand, sich an sie zu drücken und ihr seinen Hals entgegenzustrecken.

»Willst du gestreichelt werden?«

Nora stöhnte, musste dann aber lächeln. Sie musste sich eingestehen, dass er widersprüchliche Gefühle in ihr auslöste. Tortuga war ein ganz spezieller Hund, sehr intensiv und anhänglich. Irgendwie tröstete sie seine Wärme, und egal wie sehr er manchmal nervte, so wünschte sie sich insgeheim, sie hätte etwas mehr von seinem Selbstvertrauen. Er war auf seine Art so selbstsicher, dass sie sich in diesem Moment vornahm, selbst auch mehr Platz einzunehmen.

Am nächsten Morgen stand Nora früh auf, und nach einer Tasse Tee, einer Scheibe getoastetem Brot mit Marmelade und einer Runde mit dem Hund, beschloss sie, den Malerpinsel zur Hand zu nehmen. Im Haus zu streichen, während Tortuga gleichzeitig herumsprang, erwies sich als echte Herausforderung, aber Nora wollte nicht länger warten. Es half ihr, die quälenden Gedanken im Zaum zu halten, und außerdem hatte der Vermieter ihr im Prinzip freie Hand gelassen. Da es Nora bald leid war, Tortuga zu sagen, er solle nicht so wild herumtoben, nahm sie ihn stattdessen an die Leine. Zuerst sah er beleidigt aus, aber nach einer Weile legte er sich auf dem Sofa zurecht und knabberte an einem Knochen.

Die Wände und die Küchenstühle sollten weiß werden. Das schmale Treppengeländer, das nach oben zum Schlafboden führte, wollte sie braun lasieren. Die Farbe würde zu den neuen Sitzkissen passen, die sie für die Stühle nähen wollte, und zu den transparenten Gardinen, die sie bereits aufgehängt hatte. Zusammen mit dem Blumenarrangement und einer Lichterkette, die sie im Secondhandladen gefunden hatte, würde das Häuschen in neuem Glanz erstrahlen.

Die Wände hatte sie schnell gestrichen. Während die erste Schicht Farbe trocknete, machte Nora mit den Stühlen weiter, was deutlich länger dauerte. Sie hatte gerade fertig gemalt und den Deckel wieder auf die Farbdose gedrückt, als sie Viktors Wagen oben an der Straße vorbeifahren hörte.

»Nicht eine Sekunde zu früh«, sagte sie laut, während sie einen Blick in den Spiegel warf und ein bisschen weiße Farbe wegwischte, die auf ihrer Nasenspitze gelandet war. »Und du hast dich eigentlich ganz gut benommen«, sagte sie zu Tortuga und klopfte ihm zärtlich auf den Kopf. Nora löste die Hundeleine, die sie am Couchtisch befestigt hatte. »Komm, Tortuga! Zeit, nach Hause zu gehen!«

Auch Tortuga war Viktors Ankunft nicht entgangen, und er zog so stark an der Leine, dass Nora ihn schließlich das letzte Stück frei laufen ließ. Viktor war gerade dabei auszuladen und stand hinter dem offenen Kofferraum seines Kastenwagens, als Tortuga ihn erreichte. Viktor wurde von dem glücklichen Hund so überrumpelt, dass er sich in einen Schneehaufen setzte.

»Aber Tortuga, was habe ich über das Anspringen gesagt? Runter mit dir!«, schimpfte Viktor mit Wärme und Strenge in der Stimme.

Nora musste lachen.

»Hilfst du mir mal kurz?«

Nora sah, dass noch jemand aus dem Wagen gestiegen war. Es war Kim.

»Hallo, Nora«, sagte Kim fröhlich, als er sie kommen sah.

Viktor klopfte sich geniert den Schnee ab und nickte ihr mit einer Miene zu, die Nora nur schwer deuten konnte.

»Ich hoffe, Tortuga war nicht allzu anstrengend.«

»Überhaupt nicht«, erwiderte Nora. »Aber ich glaube, meine bescheidene Hütte ist auf Dauer etwas zu klein für ihn.«

»Gut. Gleich bin ich bei dir«, sagte Viktor. »Ich trage nur schnell die Sachen rein.«

Noras Blick fiel auf Viktors Hände, die nach einem Werkzeugkasten griffen, bevor er sich umdrehte und im Haus verschwand. Nora wollte ihm gerade hinterhergehen und die Tür schließen, als Kim den Kopf schräg legte und sie ansah.

»Was für ein abruptes Ende unserer Party neulich. Wo wir es doch so nett hatten«, sagte er.

»Ja, für mich kam es auch ziemlich überraschend«, erwiderte Nora kurz.

»Und wie schade, dass du schon einen Freund hast.« Er grinste. »Denn ansonsten hättest du mit mir ins Kino gehen können.«

»Er ist überhaupt nicht mein …«, begann Nora.

Mit einem Mann ins Kino zu gehen, den sie kaum kannte, war nichts, worauf Nora besonders große Lust hatte, nicht einmal, wenn sie lediglich als Freunde gingen. Aber als sie im selben Moment Viktors Schritte auf der Treppe hörte, kam ihr eine Idee. Sie hatte sich immerhin vorgenommen, die Dinge selbst in die Hand zu nehmen.

»An welchen Film hattest du denn gedacht?«, fragte sie, so laut sie konnte.

»Vergiss nicht, dass wir in einem kleinen Dorf wohnen. Das Angebot ist ziemlich begrenzt. Hier laufen nur zwei, drei verschiedene Filme pro Woche. Aber das macht nichts. Aktuell ist sowieso nur der neueste *Mission Impossible* sehenswert. Sonst muss man nach Borlänge oder Falun fahren, aber was soll das bringen?«

»Habe ich was verpasst?«, wollte Viktor wissen, der gerade zur Tür herauskam.

»Ich habe Nora ins Kino eingeladen. Natürlich nur, wenn du nichts dagegen hast?«, erklärte Kim ihm.

Nora spürte aus den Augenwinkeln Viktors brennenden Blick, traute sich aber nicht, ihn anzuschauen. Jetzt würde sie erfahren, ob er doch etwas für sie empfand. Das war wirklich ein cleverer Schachzug gewesen.

»Ihr zwei? Ins Kino?« Viktor klang aufrichtig überrascht. »Nein ... Warum sollte ich etwas dagegen haben?«

»Willst du vielleicht mitkommen?«, fragte Kim, aber man hörte, dass er auf eine negative Antwort hoffte.

Viktor schüttelte den Kopf. »Nein, ich habe viel zu tun. Ich muss ein paar Sachen reparieren.«

In dem Moment, als er das sagte, bekam sein Blick etwas

Abwesendes. Reflexartig fuhr seine Hand an die Schläfe, bevor er ins Haus ging und Nora und Kim allein zurückließ.

»Aber wir gehen nur als Freunde, oder?«, fragte Nora, der es wichtig war, von Anfang an für klare Verhältnisse zu sorgen.

»Freunde? Ja, natürlich«, erwiderte Kim und grinste. »Ich hole dich kurz nach sieben ab. In Ordnung?«

»Fängt das Kino nicht erst um acht an?«

»Doch, aber ich muss noch Tickets kaufen. Man kann sie nicht vorbestellen, wir müssen uns also brav anstellen. Halb Leksand wird vermutlich da sein, also wird es viele Leute zum Quatschen geben.«

Nora wusste nicht, was schlimmer war. Einen ganzen Film anschauen zu müssen, den sie eigentlich nicht sehen wollte, noch dazu mit einem Kerl, den sie kaum kannte. Oder dass Viktor gezeigt hatte, dass er nichts für sie empfand. Sie hatte noch nicht einmal die Möglichkeit gehabt zu erklären, wie die Dinge mit Jonas lagen, aber offensichtlich spielte das auch keine Rolle mehr.

Kapitel 37

Am Ende war Nora mehr als froh darüber, wieder zu Hause zu sein. Kim war nett und großzügig gewesen, er hatte nicht mit Komplimenten gegeizt und darauf bestanden, sie einzuladen. Außerdem war er strahlend guter Laune gewesen und, als der Film anfing, so aufgedreht, dass er sich quasi durch den gesamten Film hindurchgelacht hatte.

Nora schüttelte den Kopf bei der Erinnerung daran, dass Kim sich ständig zu ihr hinübergebeugt hatte, um Kommentare abzugeben: »Diese Kampfszene ist aus dem James-Bond-Film *Der Morgen stirbt nie* kopiert«, »der da hat in *Batman* mitgespielt, wie heißt er noch gleich …«, »hm, diese Filmmusik erinnert an das Intro von …«

Die Leute in der Reihe vor ihnen hatten sich umgedreht und sie böse angestarrt, was Kim nicht einmal zu bemerken schien. Zumindest kümmerte es ihn nicht.

Nora hatte ihn flüsternd gebeten, mit der Analyse des Films bis nach dem Ende zu warten, und dann manisch an ihrem Getränk genuckelt, während sie versuchte, sich auf das große Finale auf der Leinwand zu konzentrieren.

Wenn sie daran dachte, was dann passiert war, wurde Nora jetzt noch rot. Denn erst nach ein paar Minuten hatte sie bemerkt, dass ihr Nachbar zur Rechten sie anstarrte. Sie überlegte erst, zurückzustarren, bis ihr klar wurde, was er nicht aus den Augen ließ, und zwar ihre Hände! Da begriff sie, dass sie nach dem falschen Getränk gegriffen hatte. Ihr eigenes stand nämlich immer noch in der linken Armlehne.

Zum Glück war es sehr dunkel im Kinosaal, denn ihre Wangen waren hochrot geworden und hatten sicher zu den Rücklichtern des Motorrads auf der Leinwand gepasst. Nora bat den jungen Mann mindestens dreiundzwanzigmal um Entschuldigung, bevor sie sich an der ganzen Reihe Sitzender vorbeischob, um ein neues Getränk zu kaufen, aber da hatte der Kiosk bereits geschlossen. Hier kaufte man Popcorn und Getränke *vor* dem Film. Gerade als sie sich zurückgeschlichen hatte, ging das Licht an. Der Film war zu Ende und Nora völlig fertig.

Auf dem Heimweg hatte Kim das Gespräch auf Küsse beim ersten Date gebracht. Dabei waren sie nur im Kino gewesen, und Nora hatte ihm im Vorfeld recht deutlich, wie sie fand, zu verstehen gegeben, dass es sich für sie nicht um ein Date handelte, aber das schien für ihn keine Rolle zu spielen.

»Es tut mir leid, wenn du dachtest, dass … ja, du weißt schon, du und ich.«

Kim wurde plötzlich ganz still. Aber nur für einen kurzen Moment.

»Ach, schon in Ordnung. Es ist nicht das erste Mal. Manchmal weiß man nicht genau, was das mit dem ›bloß Freunde‹ bedeutet.«

Nora brummte diplomatisch, verstand es allerdings nicht. Was war daran schwer zu verstehen?

»Ich glaube, mir fehlt dieser Radar, den man braucht, um Gefühle richtig deuten zu können«, seufzte er.

Das war ein ungewöhnlich einsichtiger Kommentar von Kim, dachte Nora, während er den höheren Gang einlegte.

»Aber wenn ich einfach nur warte, bleibe ich vielleicht bis zum Ende meines Lebens allein. Wie uncool wäre das denn?«

»Früher oder später triffst du bestimmt die Richtige«, sagte Nora, die zu ahnen begann, dass sich unter Kims Oberfläche doch mehr verbarg. Trotzdem war sie nicht interessiert.

»Er ist ein Glückspilz, dieser Viktor«, meinte Kim.

»Was meinst du damit? Warum Viktor?«, wollte Nora wissen. Ihr Herz fing auf einmal an, wie wild zu klopfen. Wieso war Viktor ein Glückspilz? Wollte Kim damit sagen, dass er jemanden kennengelernt hatte?

Aber bevor Kim die Frage beantworten konnte, hatten sie die kleine Straße erreicht, die zu Noras Haus hinunterführte. Er stellte den Motor ab und drehte sich zu Nora um.

»Aber wir können doch zumindest Freunde bleiben, oder?«, fragte Kim. »Ich finde, du bist eine tolle Frau.«

»Ja, natürlich! Und danke fürs Mitnehmen! Und für die Gesellschaft!«

Nora meinte, was sie sagte. Kim war lustig, und Freunde konnte man nie genug haben. Sie kannte schließlich auch nicht so viele Leute hier, aber sie war emotional auch erschöpft. Jetzt freute sie sich darauf, ins Bett zu gehen. Sie wollte vorher nur noch eine Tasse Tee trinken.

Nora stellte die Tasse mit den Rosen auf der Küchenarbeitsplatte ab und gähnte laut. Auf ihrer Armbanduhr sah sie, dass es bereits halb elf war. Der Duft und das Aroma von Lavendel hingen noch in der Luft, und Nora fand, dass das Abspülen bis morgen warten konnte. Sie putzte sich die Zähne, wusch sich, zog ihre Strickjacke aus und wollte gerade nach ihrem Schlafanzug greifen, als sie plötzlich etwas verspürte, von dem sie eine Gänsehaut bekam. Das Gefühl, beobachtet zu werden. Sie schnappte nach Luft, und Adrenalin wurde durch ihren Körper gepumpt. Draußen vor dem Fenster war es pechschwarz. Stand dort etwa jemand? Das musste eine Einbildung sein. Aber da das Gefühl blieb, machte Nora schnell einen Schritt auf die Haustür zu und schloss ab. In der Stadt war es selbstverständlich gewesen abzuschließen, aber hier auf dem Land taten das nur wenige. Obwohl es eigentlich dennoch zu ihrer abendlichen Routine gehörte, war sie in den letzten Tagen nachlässig geworden. Nora holte tief Luft und schaltete die Außenlampen ein.

Kaum hatte das Licht die Dunkelheit draußen erhellt, sah sie ihn. Vor einem der Fenster stand Jonas, das Gesicht gegen die Scheibe gedrückt. Nora keuchte auf.

»Was treibst du da?«, rief sie eher wütend als ängstlich.

»Ich bin hier, um dich zu sehen, natürlich. Aber du warst nicht zu Hause, also habe ich eine Runde gedreht und komme gerade zurück. Ich wollte eben anklopfen.«

Nora zögerte. Es war zwar viel zu spät, aber auch sehr kalt draußen.

»Lässt du mich endlich rein?«, rief Jonas durch das Fenster.

Niemals! NIEMALS lasse ich dich rein.

»Na gut, dann komm.«

Nora zögerte noch einen kurzen Augenblick, als sie den Schlüssel im Schloss drehte und die Klinke hinunterdrückte. Warum konnte er sie nicht einfach in Ruhe lassen? Gerade jetzt, wo sie endlich dabei war, ihr Leben wieder in den Griff zu bekommen.

Jonas trat ein und schloss die Tür. Dann schlang er die Arme um sie, und Nora zitterte unter der eisigen Umarmung.

»Ich bin so froh, dich zu sehen, Liebling! Warum hast du denn meine Nachrichten nicht beantwortet? Das wäre doch so viel einfacher gewesen, als mich zu zwingen, noch einmal herzukommen.«

Auch wenn seine Stimme sanft klang, lag ein drohender Unterton darin.

»Aber ich gehöre dir nicht«, sagte Nora leise und versuchte, sich ihr Zittern nicht anmerken zu lassen. »Nicht mehr.«

»Darüber haben wir doch gesprochen. Menschen machen Fehler. Was passiert ist, ist passiert. Aber jetzt finde ich, ist es an der Zeit für dich, mit mir nach Hause zu kommen. Ich weiß, dass du das im tiefsten Innersten auch willst.«

Nora fuhr sich nervös mit der Hand durch das Haar und strich sich eine Strähne hinter das Ohr. Sie wusste jetzt, was sie wollte, aber wie sollte sie die Botschaft für einen Mann verpacken, der noch nie im Leben ein Nein akzeptiert hatte? Nora holte tief Luft und sah Jonas fest an.

»Du und ich. Natürlich haben wir gute Zeiten gehabt, aber wir haben keine gemeinsame Zukunft.«

Sie war selbst überrascht darüber, wie beherrscht sie klang, sah aber, dass Jonas den Kiefer anspannte.

Lange sagte er nichts, doch dann zischte er: »Nach allem, was wir gemeinsam durchgemacht haben? Das kann nicht dein Ernst sein?«

Und nach allem, was du mir angetan hast, dachte Nora. Sie wunderte sich darüber, dass Jonas immer noch zu denken schien, er hätte nichts falsch gemacht.

»Aber wir haben eine gemeinsame Wohnung«, sagte Jonas. »Mach es uns doch nicht so schwer! Muss ich dich anflehen? Ist es das, was du willst?«

Nora machte sich innerlich stark. Jetzt oder nie. »Wie gut, dass du die Sache mit der Wohnung ansprichst. Ich glaube auch, dass es Zeit ist, dass wir darüber sprechen.«

In Jonas' Gesicht veränderte sich etwas. Sein Lächeln gefror, er presste die Lippen aufeinander. Die funkelnden Augen verwandelten sich in zwei glühende Kohlen. Nora schluckte und musste all ihren Mut zusammennehmen, um nicht zurückzuweichen. Sein finsterer Blick machte ihr furchtbar Angst.

»Ja, da hast du wohl recht«, sagte er, wobei die Sanftheit nun vollkommen aus seiner Stimme verschwunden war. »Was die Wohnung angeht, habe ich ein Schreiben mitgebracht. Wenn du nicht mit mir zurückgehen willst, ist es nur fair, dass du mir die Wohnung überschreibst. Du bist abgehauen und hast mir damit ohnehin schon die Verantwortung übertragen.«

Nora traute ihren Ohren nicht. »Meinst du das ernst?«

Hatte Jonas das die ganze Zeit über so geplant? War er deswegen hier? Um ihr die Wohnung wegzunehmen? Nora bekam kaum noch Luft, sie musste mit sich kämpfen, um aufrecht stehen zu bleiben.

»Wenn du mir die Wohnung überträgst, brauchst du mich nie wieder zu sehen. Sonst verspreche ich dir, dass wir uns noch einige Male treffen werden!«

Diese Drohung war nicht falsch zu verstehen.

»Aber ich habe die Wohnung gekauft«, wand Nora in einem letzten Versuch ein, die Ruhe zu bewahren.

»Ja, aber jetzt, wo ich meinen Job nicht mehr habe, brauche ich die Wohnung. Und du wirst mir dabei nicht im Weg stehen!« Den letzten Satz spuckte er fast aus.

So standen die Dinge also. Er hatte seinen Job verloren und war jetzt hier, um sich an das Einzige zu klammern, was ihm noch blieb. Nora bekam es mit der Angst zu tun, als sie die Wut in seinen Augen sah. Das war genau die Reaktion, die sie befürchtet hatte. Vorsichtig machte sie einen Schritt auf die Haustür zu. Jonas folgte ihr wie ein Panther und überholte sie im nächsten Moment in einer schnellen Bewegung, sodass er zwischen ihr und der Tür landete.

»Du gehst nirgendwohin! Wenn du nicht unterschreibst … Tja, wer weiß, was dann passiert?«

Jonas machte noch einen Schritt, diesmal auf Nora zu, und jetzt stand er so nah vor ihr, dass ihre Gesichter nur wenige Zentimeter voneinander entfernt waren. Dann hob er die Hand und holte aus. Nora konnte nicht flüchten.

Aber bevor seine Hand auf ihre Wange traf, reagierte Nora blitzschnell und platzierte einen kräftigen Tritt zwischen seine Beine. Jonas krümmte sich zusammen und sank wimmernd zu Boden.

»Du verdammte Schlampe … ich töte …«, keuchte er.

Nora nahm sich nicht die Zeit, das Ende des Satzes abzuwarten. Stattdessen warf sie sich auf die Klinke und riss die Haustür auf.

Kapitel 38

»HILFE!«, schrie Nora, während sie davonrannte. Sie wusste nicht, ob irgendjemand sie hören konnte. Es war schon spät, und in keinem der Fenster brannte mehr Licht.

Die Tür ihres Hauses flog mit einem heftigen Schlag auf. Jonas hatte die Verfolgung aufgenommen. Hinter ihr näherten sich schnelle Schritte. Der kalte Wind trieb ihr Tränen in die Augen, als Nora über ihre Schulter blickte. Vielleicht konnte sie es bis zu Viktors Haus schaffen? Aber war er überhaupt da? Und würde er ihr die Tür öffnen?

Nora hätte sich nicht umdrehen dürfen, denn dieser eine Augenblick, in dem sie nicht voll konzentriert war, reichte aus, damit sie ins Rutschen geriet. Nora fuchtelte mit den Armen in der Luft, verlor aber dennoch das Gleichgewicht und fiel der Länge nach in den Schnee. Jonas hatte sie fast eingeholt, sie hörte schon seinen keuchenden Atem.

In dem Moment entdeckte sie Viktor, der den Weg entlangrannte. Jonas hingegen, der ganz auf Nora fokussiert war, sah Viktor nicht kommen. Deswegen wurde er völlig überrumpelt, als Viktor ihn mit einer blitzschnellen Bewegung beiseitestieß, sodass er ein, zwei Meter durch die Luft flog, bevor er in einer Schneewehe landete. Nora hatte Viktor noch nie so wütend erlebt. Jonas blieb zunächst ganz still liegen. Einen kurzen Schreckmoment fragte sie sich, ob er tot sei, aber dann hörte sie ihn jammern.

»Bist du okay«, wollte Viktor von ihr wissen und half ihr auf die Beine.

Nora war überhaupt nicht okay, aber sie war zu schockiert, um zu weinen, als Viktor sie an sich drückte.

»Er hat versucht, mir etwas anzutun, weil ich mich weigere, ihm meine Wohnung zu überschreiben«, keuchte sie. »Dabei würde ich das sogar tun, wenn er dann endlich aus meinem Leben verschwinden würde.«

»Was sagst du da?« Viktor ließ Nora los und vergewisserte sich, dass Jonas nicht gerade versuchte abzuhauen, bevor er weitersprach: »Vega hat mich gestern angerufen und mir alles über Jonas erzählt. Dass du ihn längst verlassen hättest und wie sehr sie ihm misstrauen würde. Sie hat mich außerdem gebeten, ein Auge auf dich zu haben für den Fall, dass so etwas wie das hier vorkommen sollte.«

Nora sah, dass er die Hände zu Fäusten ballte.

»Ich muss zugeben, dass ich nach dem Gespräch ein wenig recherchiert habe. Es ist immer gut zu wissen, mit wem man es zu tun hat … Das war es übrigens, womit ich heute Abend beschäftigt war, während du dich mit Kim amüsiert hast.«

War das etwa ein Lächeln, das sie da auf Viktors Gesicht abzeichnete, jetzt mitten in dem ganzen Ärger? Was genau war denn so lustig?

»Du hast recherchiert?«, hakte sie nach.

Viktor sprach in einem ernsteren Ton weiter und deutete gleichzeitig auf Jonas, der immer noch reglos im Schnee lag.

»Wusstest du, dass er schon mal wegen Erpressung und Nötigung angezeigt wurde?«

Nora schüttelte verwirrt den Kopf.

»Es tut mir leid, dass ich mich da eingemischt habe«, sagte Viktor, »aber Vega hat keine Ruhe gegeben, bevor ich ihr nicht versprochen habe, auf dich aufzupassen. Tja, wie auch immer ich das anstellen sollte. Es war reines Glück, dass ich dich gehört habe.«

Nora sah Viktor an, sie konnte den Blick nicht von ihm abwenden.

»Wie leicht du ihn außer Gefecht setzen konntest«, sagte Nora bewundernd, während sie versuchte, die neuen Informationen zu verarbeiten. »Glaubst du, er hat sich etwas gebrochen?«

»Nein, noch nicht. Aber wenn er dich noch einmal bedroht, können wir das gerne ändern.«

Viktor ging zu Jonas und sagte etwas, das Nora nicht hören konnte. Daraufhin murmelte Jonas eine Antwort, wobei seine Bewegungen vermuten ließen, dass er sich so fühlte, als sei er mit einem Zug zusammengestoßen.

»Dann viel Glück euch! Ihr beide verdient einander wirklich!« Jonas' Worte trieften vor Sarkasmus, als er Nora einen letzten Blick zuwarf und zu seinem Wagen humpelte, der ein Stück entfernt an der Straße parkte.

Nora blieb noch eine ganze Weile stehen und sah ihm hinterher, sogar noch, als der Wagen schon zwischen den Bäumen verschwunden war. Sie wusste nicht, ob sie Jonas jemals wiedersehen würde, sie wusste nur, dass das, was sie einmal für ihn empfunden hatte, endgültig vorbei war.

Dabei spürte sie weder Hass noch Verachtung. Eigentlich empfand sie vor allem Mitleid, aber letztlich musste er die Verantwortung für sein Leben selbst übernehmen. Sie hatte nicht vor, weiterhin daran teilzuhaben.

Kapitel 39

Viktor stand schweigend neben Nora unter dem sternenklaren Nachthimmel. Er ließ ihr die Zeit, die sie brauchte. Nachdem Jonas verschwunden war, war auch die Müdigkeit, die Nora zuvor verspürt hatte, wie weggeblasen. Wie sollte sie nach dieser Sache auch einschlafen können? Außerdem waren ihre Strümpfe durchnässt und ihre Füße zu Eisklumpen gefroren.

»Wir müssen reden«, sagte Nora zu Viktor.

»Das finde ich auch. Hast du jetzt Zeit?«, erwiderte Viktor. Er musterte sie mit einem warmen, aber etwas besorgten Blick. »Wir können zu mir gehen.«

»Zu mir ist es näher«, gab Nora zurück. »Und außerdem habe ich keine Schuhe an.«

»Soll ich dich tragen?«

Nora lächelte und schüttelte den Kopf. Übertreiben musste man es ja nicht.

»Aber es wäre schön, ins Warme zu kommen.«

Viktor legte ihr seine Jacke um die Schultern. »Okay, ich komme mit, solange du erlaubst, dass ich mich um dich kümmern darf. Das ist nur fair nach allem, was du durchgemacht hast.«

Nora marschierte los. »In Ordnung. Aber ich bin keine Porzellanpuppe, dass das klar ist.«

»Vollkommen. Ich sehe dich auch mehr als Amazone.«

»Ja, bestimmt …«, kicherte Nora.

»Also, du und Kim?« Viktor hob ein paarmal belustigt die Brauen, woraufhin Nora die Augen verdrehte.

»Nein, wirklich nicht. Aber er ist ganz lustig. Und dieser Kinobesuch – an den werde ich mich sicher noch lange zurückerinnern.« Nora dachte an Kims Kommentare und natürlich den Zwischenfall mit dem Getränk.

»Ich hoffe, er hat den Film nicht komplett zerredet«, lachte Viktor.

Nora musste grinsen. »Ihr wart offensichtlich auch schon mal zusammen im Kino!«

Zu Hause zog Nora die nassen Strümpfe aus, während Viktor Teewasser aufsetzte und ein Feuer im Kamin machte. Im Schein der Flammen goss er dann kochendes Wasser auf zwei Beutel Lakritztee, und der frische Duft breitete sich schnell im Raum aus.

Nora setzte sich auf das Sofa, und Viktor wickelte sie in eine Decke, bevor er sich neben sie setzte und ihre Füße auf seinen Knien platzierte. Behutsam begann er, sie zu massieren, und als das Blut wieder hineinströmte, stach es so sehr, dass Nora sich auf die Lippe beißen musste, um nicht laut loszuschreien.

»Für einen Nachbarn bist du gar nicht so übel«, sagte sie.

Von seiner Berührung spürte sie ein Kribbeln im Bauch. Viktor beantwortete ihre Bemerkung mit einem Lächeln.

»Bevor wir über alles sprechen, was vorgefallen ist, muss ich dir sagen, wie beeindruckt ich bin, was du aus diesem Haus hier gemacht hast. Was für eine Verwandlung! Es ist alles so hell und schön geworden!« Er ließ seinen Blick über die weiß getünchten Wände schweifen, die durchsichtigen Gardinen, die Blumen auf dem Tisch und die Lichterkette darüber. »Und in meinem Beruf bekomme ich viel zu sehen«, fügte er hinzu. »Du hast Altes und Neues kombiniert, spielst mit Farben und Details, und das mit kleinen, einfachen Mitteln, da würde jeder Profi vor Neid erblassen. Was für ein Talent du hast!«

»Findest du?«, fragte Nora, und ein Lächeln breitete sich auf ihrem Gesicht aus.

Sie hätte nicht gedacht, dass es so viel Spaß machen würde, das Häuschen zu verschönern, noch dazu mit so kleinem Budget. Und sie war selbst zufrieden mit dem, was sie zustande gebracht hatte.

»Danke!«, sagte sie.

»Ich bin nur ehrlich.«

Sie legte ihre Hand auf seinen Arm. »Aber ich meine es wirklich, Viktor. Danke! Für das Kompliment, aber vor allem auch dafür, dass du mir vorhin zu Hilfe gekommen bist. Wenn du mich nicht gehört hättest und nicht rechtzeitig gekommen wärst …« Sie verstummte und zog ihre Hand weg, bevor sie weitersprach: »… ich weiß nicht, wie es dann geendet hätte.«

»Ja, es war ein Glück, dass Tortuga und ich ausgerechnet heute Abend noch so spät draußen waren«, sagte Viktor. »Ich wollte gerade wieder rein, als ich dich gehört habe.

Aber die Sache mit Jonas. Ist das etwas, worüber du reden möchtest?«

Nora wiegte den Kopf von einer Seite zur anderen. »Na ja, also … Vielleicht sollte ich wirklich darüber sprechen.«

Sie holte tief Luft und begann zu erzählen. Viktors Miene wurde immer besorgter, und als sie ihre finanzielle Situation erwähnte, wirkte er geradezu bestürzt.

»Aber wie kommst du denn nur mit einem Halbtagsjob zurecht?«

»Das ist nicht gerade einfach«, erwiderte Nora. »Und es wird in Zukunft leider nicht besser, wenn ich noch weniger Stunden arbeiten werde. Die Vertretungszeit ist demnächst vorbei. Aber es wird noch einzelne Schichten geben, die ich übernehmen kann, bis ich etwas anderes gefunden habe. Ich hätte ehrlich gesagt nicht gedacht, dass es so schwierig werden würde, Arbeit zu finden.«

»Uns wird schon etwas einfallen, du wirst sehen«, machte Viktor ihr Mut. »Eine Möglichkeit wäre natürlich, die Wohnung zu verkaufen. Ich meine, deine Wohnung in Stockholm. Damit hättest du doch ein gutes Startkapital, oder?«

»Das Geld gehört vor allem der Bank, aber klar, wahrscheinlich hat sie auch ziemlich an Wert gewonnen.«

Viktor schwieg und strich sich mit der Hand über das Kinn. »Wenn du dich entschließen solltest, die Wohnung zu verkaufen, kann ich dir jemanden empfehlen, der dir dabei hilft.«

»Das wäre nett! Im Prinzip habe ich mich schon entschieden.«

»Wirklich?«

»Ja. Eigentlich schon vor einer Weile. Mittlerweile ist das mein Zuhause, ich mag die Menschen hier.«

»Stimmt, wir sind richtig nett, oder?« Viktor zwinkerte ihr zu. »Durch meine Arbeit habe ich Kontakt zu Handwerkern, aber auch zu Maklern und Anwälten.«

»Du ahnst nicht, wie hilfreich das für mich wäre! Aber wie soll ich mich dafür erkenntlich zeigen?«

Viktor lehnte sich zurück und verschränkte die Hände hinter dem Kopf. »Wie wäre es mit ein paar Tipps?«

»Tipps?« Womit würde sie ihm denn schon helfen können?

»Tja, also, ich arbeite gerade an einem Bauprojekt für einen Kunden. Aber ich weiß mit der Inneneinrichtung nicht richtig weiter, und etwas sagt mir, dass du mir möglicherweise damit helfen könntest.« Nora war sofort Feuer und Flamme und griff nach Block und Stift. »Zeig mir, wie weit du schon bist!«

»Klar, aber ich meinte natürlich nicht, dass wir das jetzt sofort angehen müssen.«

»Aber ich bin furchtbar neugierig. Du kannst doch wenigstens eine grobe Skizze machen, damit ich Zeit habe, mich vorzubereiten.«

Viktor zuckte mit den Schultern und fertigte dann eine Zeichnung an. Nora begann daraufhin sofort, sich Notizen zu machen, und spürte, wie einige Ideen in ihr Form annahmen. Als sie Viktor davon erzählte, nickte er zustimmend und stellte einige Fragen.

»Wie ich gesagt habe, Nora, du hast wirklich Talent! Das könnte sich sehr gut umsetzen lassen.«

Nora zuckte ein wenig verlegen mit den Schultern und lenkte das Gespräch in eine andere Richtung. »Jetzt weißt du im Grunde alles über mich und darüber, warum ich hier bin. Kannst du nicht auch ein bisschen mehr von dir erzählen? Zum Beispiel über deine Pokale im Schlafzimmer? Denn das sind doch wohl deine, oder?«

Im selben Moment, in dem Nora das sagte, wurde ihr klar, dass sie gerade zugegeben hatte, herumgeschnüffelt zu haben. Verlegen senkte sie den Blick.

»Ich habe sie gesehen, als ich da war, um Barbossa zu füttern«, fügte sie schnell hinzu.

Dann bemerkte sie, dass Viktor sich verkrampft hatte, und bereute ihre Direktheit sofort.

»Aber wenn du nicht darüber reden willst, ist es natürlich völlig in Ordnung.«

Viktor machte einen gequälten Eindruck. »Ich spreche normalerweise nicht über meine Hockeykarriere ... weil sie der größte Reinfall meines Lebens war«, antwortete er schließlich.

Nora betrachtete den Mann vor sich. Den Mann mit den Lachfältchen, die selbst dann zu erahnen waren, wenn er so ernst war wie jetzt. Seine Augen blickten warm und zugleich verletzlich. Sie hoffte, er würde weitersprechen.

»Ich habe mehrere Jahre lang professionell Hockey gespielt. Ich bekam einen richtigen Traumvertrag.«

Nora dachte daran, wie Viktor Jonas eine verpasst hatte, und konnte sich ihn problemlos in Hockeyausrüstung auf dem Eis vorstellen. Deswegen war er sicher so durchtrainiert.

»Am Anfang lief es gut. Ich galt als ungewöhnlich talentiert, und in den Zeitungen wurde ein ziemliches Aufheben darum gemacht. Ständig rannte ich zu irgendwelchen Pressekonferenzen und verbrachte viel zu viel Zeit mit diesem Medienhype und damit, vor Kameras zu posieren. Aber es gab nichts Besseres für mich, als auf dem Eis zu stehen, und ich hatte einige richtig gute Jahre.« Viktor lächelte freudlos, bevor er weitersprach: »Aber dann passierte es. Ich hatte mich freigelaufen und stand allein vor dem Torwart, als einer aus der gegnerischen Mannschaft mich direkt von der Strafbank aus einholte und mit dem Schläger voll am Bein erwischte. Ich verlor das Gleichgewicht und hatte keine Chance auszuweichen, sondern flog mit dem Kopf voraus ins Tor, wo der Torwart über mich fiel. Wir bekamen einen Freistoß. Aber als mein Mannschaftskamerad das Tor erzielte und das Publikum applaudierte, war ich nicht dabei. Ich hatte mir mehrere Zähne ausgeschlagen und lag bewusstlos in der Kabine, umgeben von Ärzten. Es stellte sich heraus, dass ich eine heftige Gehirnerschütterung hatte, und das war nicht meine erste. Sobald ich mich einigermaßen erholt hatte, versuchte ich, wieder aufs Eis zu gehen, aber jedes Mal, wenn ich mich anstrengte, kamen die Kopfschmerzen. Kopfschmerzen, die so heftig waren, dass es sich anfühlte, als würde das Gehirn aus dem Schädel gedrückt. Das war das Ende meiner Karriere. Ich hatte meine ganze Jugend über so hart trainiert und eigentlich noch ein paar gute Jahre vor mir, aber nun war plötzlich Schluss. Das Einzige, was heute noch da ist, ist die Leere … und die Kopfschmerzen, die immer wiederkehren, manchmal in den ungünstigsten Momenten.«

Viktor schien fast vergessen zu haben, dass Nora neben ihm saß. Mit leerem Blick starrte er aus dem Fenster. Nora musste schlucken. Sie fühlte mit ihm und begann zu begreifen, woran es lag, dass Viktor manchmal mitten im Gespräch abwesend wirkte. Und warum er sie neulich nicht geküsst hatte. Sie hatte geglaubt, dass sie sich sein Interesse nur eingebildet hatte. Doch so war es nicht.

»Danke, dass du es mir erzählt hast. Das tut mir furchtbar leid …«

Viktors sonst so hünenhafter Körper war in sich zusammengesunken. Es war deutlich zu sehen, dass es schmerzhaft für ihn gewesen war, darüber zu sprechen, und nach einem kurzen Blick auf die Armbanduhr stellte Nora fest, dass es weit nach Mitternacht war. Sie legte eine tröstende Hand auf sein Bein, direkt oberhalb seines Knies. Es war schön, dass sie miteinander gesprochen hatten und wieder Freunde waren. Aber in Wahrheit wollte sie so viel mehr sein. Sie wollte ihm nahe sein. Ihre Hände über seine breiten Schultern und seinen Rücken wandern lassen, mit ihren Fingern über seine Bartstoppeln streichen und seine weichen Lippen auf ihren spüren. Jeden Zentimeter von ihm erforschen.

»Es ist Zeit für mich zu gehen, damit du schlafen kannst«, murmelte Viktor. »Das war ein ziemlich anstrengender Abend.« Er gähnte, aber das Funkeln in seinen Augen war wieder da. »Schlaf gut, Nora, und träum was Schönes.«

Viktor beugte sich vor und drückte einen leichten Kuss auf ihre Wange. Von der Wärme seines Atems richteten sich die Härchen auf ihren Armen auf. So kalt sich der Kuss von

Jonas auf ihrer Wange angefühlt hatte, so warm war der von Viktor. Das Gefühl breitete sich von den Zehen bis zum Haaransatz aus, um dann in sie hineinzukriechen.

Mit einem letzten Blick auf Viktor schloss Nora die Tür.

Kapitel 40

Ein paar Tage später hatte Nora wieder eine Schicht im Lebensmittelgeschäft, aber da sie erst um elf Uhr begann, gönnte sie es sich, lange auszuschlafen, bevor sie sich auf das Fahrrad schwang und sich auf den Weg zur Arbeit machte. Die Sonne hatte sich gerade bis über die Baumwipfel hinaufgekämpft, wodurch sie den Frost auf den Ästen zum Glitzern brachte. Nora spürte eine angenehme Kälte auf ihren Wangen, während sie über ihren nächsten Schritt nachdachte.

Die Suche nach einem Job war bereits in vollem Gange, aber bisher hatte sich noch nichts ergeben. Immerhin hatte sie gestern endlich ihren Chef in Stockholm angerufen und gekündigt. Das war ihr zwar schwergefallen, aber jetzt fühlte sie sich, als hätte man ihr eine Last von den Schultern genommen.

Auf der Höhe von Gärde, einem der vielen Dörfer mit den idyllischen rot-weißen Holzhäusern, begann ein Gedanke Gestalt anzunehmen, der ihren ganzen Körper vor Erwartung zum Kribbeln brachte. Nora wusste, dass diese Idee ihr schon während ihres letzten Besuchs bei Torsten gekommen war, und mittlerweile war der Wunsch, etwas zu tun, wofür sie wirklich brannte, immer stärker geworden.

Konnte sie sich nicht einer Sache widmen, auf die sie wirklich Lust hatte? Etwas machen, worin sie gut war. Aber Nora wollte nichts überstürzen, im Moment würde ihr ein Job, mit dem sie ihren Lebensunterhalt verdienen könnte, erst einmal ausreichen. Außerdem musste sie ihre Wohnung in Stockholm verkaufen, das würde auch seine Zeit dauern. Aber zumindest hatte sie nun einen Plan!

»Hallo, Nora!«, sagte Rikard, als sie den Laden betrat.

»Du siehst aus, als könntest du ein bisschen Hilfe gebrauchen«, erwiderte Nora.

An der Glastür stand ihr Chef und schwenkte einen Wischmopp, den er Nora dankbar in die Hand drückte, um stattdessen einen Kunden zu bedienen, der an der Kasse wartete.

»Danach musst du dich nur um das Lager kümmern«, rief er ihr hinterher.

Weihnachten rückte näher, und die Tage im Laden wurden hektischer. Am Ende des Arbeitstages blieben dafür Safrangebäck und Pfefferkuchen übrig, die Nora mitnehmen durfte. Da Vega versprochen hatte, heute bei ihr vorbeizukommen, kam ihr das sehr gelegen. Vega wollte nicht, dass Nora mehr als nötig auf den glatten Straßen mit dem Fahrrad herumfuhr, und war deshalb ganz begeistert gewesen, als Nora gesagt hatte, sie wolle im Frühling den Führerschein machen. Sie hatte ihr auch sofort angeboten, sie auf ein paar Probefahrten mitzunehmen. Voller Vorfreude auf den Besuch der Freundin kaufte Nora noch eine Flasche Glühwein und Rosinen. Mandeln hatte sie zur Not noch zu Hause im Küchenschrank – eine sichere Sache für jeden Ernährungsfanatiker, falls Vega heute darauf bestehen sollte. Dann meldete sie sich bei Rikard ab und ging zu ihrem Fahrrad.

»Nora, Darling! Wie schön, dich zu sehen«, rief Vega, als sie das Häuschen betrat.

Obwohl Vega mit dem Auto gekommen war, hatte sie gerötete Wangen und strahlte um die Wette mit der grellen Handtasche, die sie über die Schulter trug.

Nora umarmte ihre Freundin zur Begrüßung.

»Tritt ein in meine bescheidene Hütte.«

»Bescheiden? Wow! Du untertreibst eindeutig. Wie hast du das denn hinbekommen?«, staunte Vega und sah sich um.

»Das hat mehr Spaß gemacht, als ich gedacht hätte«, erwiderte Nora.

»Und es duftet nach Weihnachten«, bemerkte Vega.

Das stimmte. Nora hatte den Glühwein erhitzt und Pfefferkuchen und safrangelbe Lussekatter aufgetischt.

»Ich weiß nicht, ob du schon gehört hast, dass Jonas hier war?«, begann Nora, während sie den dampfend heißen Glögg in die mit Rosen verzierten Tassen goss.

»Natürlich habe ich das!«, entgegnete Vega und griff sich mit beiden Händen theatralisch in die Haare. »Viktor hat mich heute angerufen und es mir erzählt.«

»Viktor hat dich angerufen?«, wunderte sich Nora und fühlte einen Funken Eifersucht.

»Ja. Ich bin offenbar nicht der einzige Mensch, der sich Sorgen um dich macht«, erwiderte Vega. »Das ist fast schon gruslig. Als hätte ich irgendwie gespürt, dass Jonas zurückkommen würde. Und wie du weißt, traue ich diesem Kerl kein Stück über den Weg. Deswegen habe ich Viktor angerufen, er wohnt immerhin direkt neben dir.«

»Das war also der einzige Grund, warum du ihn angerufen hast? Du wolltest ihn vor Jonas warnen?«, fragte Nora skeptisch.

Vega blies auf ihren Glühwein, bevor sie vorsichtig daran nippte. »Ehrlich gesagt fand ich, dass ihr unbedingt miteinander reden solltet. Auch wenn du es dir selbst gegenüber noch nicht eingestehen magst, sehe ich doch, wie du strahlst, wenn er in der Nähe ist. Ich wollte nicht, dass Jonas zwischen euch steht. Du und Viktor, ihr verdient eine ehrliche Chance.«

Nora fiel ein, dass sie die Mandeln vergessen hatte, also leerte sie rasch den Inhalt der Tüte in eine Schale und stellte sie zu den anderen Leckereien auf den Tisch.

Offenbar hatte sich Vega aus reiner Sympathie eingemischt, aber Nora gefiel es trotzdem nicht. Sie wollte das in ihrem eigenen Tempo angehen. Andererseits wusste sie nicht, wie der Abend geendet hätte, wenn Vega nicht Viktor angerufen hätte und er ihr zu Hilfe geeilt wäre.

»Danke für dein Mitgefühl«, sagte Nora aufrichtig zu Vega, die sich nach den Mandeln ausstreckte. »Wir haben gestern tatsächlich noch miteinander geredet, und es fühlt sich sehr gut an, wieder befreundet zu sein.«

»Befreundet? Seid ihr wirklich nur Freunde?«, fragte Vega und richtete sich auf.

Nora wurde rot.

»Wenn du Viktor als einen Hund beschreiben müsstest, welche Rasse würde am ehesten auf ihn zutreffen?«, wollte Vega wissen.

»Was für eine Frage ist das denn?«, lachte Nora und verdrehte die Augen.

»Ich meine es ernst.«

Nora biss sich auf die Lippe und überlegte eine Weile. »Wenn ich Viktor mit einem Hund vergleichen müsste, wäre er wohl am ehesten ein Bernhardiner. Ein Hund mit großen freundlichen Augen, der dich aus dem Schnee rettet.«

Jetzt war Vega diejenige, die lachte.

»Zufrieden?«, fragte Nora.

»Ich hab's gewusst«, nickte Vega amüsiert. »Und das ist übrigens genau der Typ Mann, den du brauchst.«

»Du glaubst also, dass ich gerettet werden muss?« Nora beugte sich vor.

»Nein, so habe ich das nicht gemeint, im Gegenteil. Du bist stärker, als du denkst. Aber ein Bernhardiner ist auch ein treuer Kerl. Groß, warm, einer zum Kuscheln.«

Nora lächelte über den Vergleich ihrer Freundin, wurde dann aber ernst. »Wusstest du, dass Viktor Hockey gespielt hat?«, fragte sie.

»Nein, wieso?« Vega steckte sich wieder ein paar Mandeln in den Mund, schielte dabei aber auf die Safranschnecken, die genau vor ihrer Nase auf einem Teller lagen. Schließlich nahm sie sich eine und überließ die Pfefferkuchen Nora.

»Ich dachte nur, weil du über die Leute hier ganz gut Bescheid weißt. Und er ist ja auch von hier.«

Vega dachte nach, bevor sie sagte: »Stimmt, aber ich glaube, Viktor ist ein paar Jahre jünger als ich. Während der Schulzeit hatte ich nur Augen für die älteren Jungs. Die anderen beachtete ich gar nicht. Und beim Ausgehen habe ich ihn auch nie irgendwo getroffen, allerdings hat er wohl auch nicht lange hier gewohnt, oder? Zumindest als Erwachsener nicht, meine ich.«

»Okay, verstehe. Aber sprich ihn bitte nicht auf diese Hockey-Geschichte an. Er redet nicht gerne darüber.«

Vega zuckte mit den Schultern. »Klar!«

»Wie geht es dir denn überhaupt?«, wollte Nora nun wissen, die es leid war, immer nur über sich und ihr Leben zu sprechen. Außerdem hatte sie bemerkt, dass Vega etwas auf dem Herzen hatte. Es musste einen Grund dafür geben, warum sie wie die Sonne gestrahlt hatte, als sie vorhin zur Tür hereingekommen war.

»Ach, gut. Bei der Arbeit ist alles wie immer. Ich behandle am laufenden Band Mitesser und zupfe Augenbrauen.«

Nora sah sie belustigt an. »Und …?«

»Okay, du hast recht! Es gibt da jemanden.«

Nora musste lächeln. »Habe ich es doch gewusst! Ein neuer Mann?«

»Ja, und es ist jemand, den du kennst«, gestand Vega geheimnisvoll.

Nora schnappte nach Luft, und das Lächeln verschwand aus ihrem Gesicht. Sie konnte die wenigen gemeinsamen Bekannten, die sie hatten, an einer Hand abzählen, aber derjenige, der ihr am deutlichsten vor Augen stand, war natürlich Viktor.

»Willst du nicht wissen, wer es ist?«, fragte Vega aufgeregt.

Nora versuchte zu lächeln, aber es gelang ihr nur, eine Grimasse zu ziehen. »Mm.«

»Ich hatte ein Date mit Kim! Eigentlich sind wir schon so gut wie zusammen.«

»Mit Kim?« Nora blinzelte.

»Ja. Ich weiß, er ist ein bisschen draufgängerisch, aber so witzig. Ich habe noch nie in meinem Leben so viel gelacht wie mit ihm. Wir haben uns heute Morgen zufällig im Fitessstudio getroffen und den ganzen Tag miteinander verbracht. Warum sollte ich warten, wenn es sich richtig anfühlt? Er sieht das offensichtlich genauso.«

Nora versuchte zu verdauen, was Vega ihr da gerade erzählte, und schüttelte den Kopf über sich selbst. Wie hatte sie nur auf die Idee kommen können, dass Vega sich auf eine Beziehung mit Viktor einlassen würde? Ihre Freundin ahnte doch, was sie für ihn empfand. Aber hatte sich Vega tatsächlich so schnell in Kim verliebt? Schließlich war sie erst gestern mit ihm im Kino gewesen. Sie wusste im Grunde genommen, dass Vega ziemlich verrückt nach Männern war und nicht lange zögerte, sich in eine neue Beziehung zu stürzen. Aber das war nun wirklich schnell gegangen.

Nora lachte. Sie musste daran denken, dass Kim sie vorsichtig nach ihrer Kuss-Philosophie beim ersten Date gefragt hatte. Jetzt wusste sie zumindest, wie Vega zu dieser Frage stand.

»Herzlichen Glückwunsch, das ist ja toll!«, sagte Nora schließlich und umarmte die Freundin. »Aber du passt auf ihn auf, ja?«

»Ich? O ja, natürlich. Jetzt habe ich meinen eigenen Jackie Chan. Und den gebe ich nicht wieder her«, erwiderte Vega und lachte.

Nora wollte ihr gerade noch einen Glühwein anbieten, als die Freundin auf das Fenster zeigte.

»Und da kommt auch schon dein Bernhardiner«, sagte Vega und zwinkerte ihr verschwörerisch zu.

Nora fuhr sich schnell mit der Hand durch die Haare, bevor sie zur Tür ging, um zu öffnen.

»Du siehst fantastisch aus«, versicherte ihr Vega grinsend.

»Hej, Nora«, wurde sie von Viktor begrüßt.

Die Art, wie er ihren Namen sagte, versetzte die Schmetterlinge in ihrem Bauch in Bewegung.

»Hallo!«

»Ich wollte nur vorbeischauen und sehen, wie es dir geht.«

»Tja, den Umständen entsprechend gut. Danke noch mal, dass du für mich da warst!«

»Nichts zu danken …«, gab Viktor zurück, wurde aber von Vega unterbrochen, die ihn vom Wohnzimmer aus begrüßte.

»Hallo, Viktor!«

»Ah, du hast Besuch.«

Genau wie beim letzten Mal meinte Nora, einen Anflug von Enttäuschung in seiner Stimme zu hören. Zumindest hoffte sie das.

»Ja, dann will ich gar nicht länger stören«, sagte Viktor. »Ich wollte nur nach dir sehen und schauen, ob es dir gut geht. Und dann wollte ich … wissen, ob du dir etwas Besonderes zu Weihnachten wünschst?«

Nora schüttelte den Kopf. »Wie lieb von dir, aber nein. Ich wünsche mir eigentlich gar nichts.«

Das war vielleicht nicht ganz richtig. Ihr würden mindestens hundert Sachen einfallen, die sie bräuchte, aber sie konnte nichts zurückschenken.

Viktor zuckte mit den Schultern und machte sich bereit, wieder zu gehen, aber bevor Nora die Tür schließen konnte, drehte er sich noch einmal um.

»Ach, da war noch was. An Weihnachten veranstalte ich eine kleine Party für alle Heimkehrer. Habt ihr Lust zu kommen?«

»Heimkehrer?«, fragte Nora nach, doch dann wurde ihr klar, was gemeint war. Es war einfach ein Fest für Freunde, die früher in Leksand gewohnt hatten und über die Feiertage zu Besuch kamen.

»Es wird eine Kostümparty mit dem Motto *Fluch der Karibik*«, erklärte Viktor enthusiastisch.

»Was auch sonst«, lachte Nora und dachte an Tortuga und Barbossa, die nach einem Ort und einer Figur aus dem Film benannt waren.

Vega wirkte geradezu euphorisch. »Natürlich kommen wir! Ich wurde übrigens schon von Kim eingeladen!«

»Dann war er aber schnell! Er weiß selbst erst seit gestern davon«, sagte Viktor lachend und wandte sich dann noch einmal an Nora. »Außerdem dachte ich, es wäre Zeit, dich der Person vorzustellen, der das Haus gehört, sie kommt nämlich auch.«

Nora lächelte ihn an. »Okay, wir kommen!«

Kapitel 41

Es waren nicht mehr viele Tage bis Heiligabend, und Nora musste immer öfter an ihren Vater denken. Sie wollte nur ungern allein feiern, hatte aber auch keine große Lust, mit Vega und ihrer Familie zusammen zu sein. Seit Nora hierhergezogen war, hatten sie und ihr Vater nur ein paarmal miteinander telefoniert. Jetzt fiel ihr auf, wie sehr sie ihn vermisste. Peter war über ihren plötzlichen Umzug zunächst ziemlich erstaunt gewesen und hatte wissen wollen, was dahintersteckte. Nora wollte in der Sache mit Jonas nicht ins Detail gehen, hatte aber zugegeben, dass sie kein Paar mehr waren und dass sie aus der Stadt wegwollte, um ein bisschen Abstand zu gewinnen. Peter hatte anders reagiert, als Nora erwartet hatte, und ihr daraufhin erklärt, was er tatsächlich von Jonas hielt. Allerdings war er nicht gerade begeistert davon, dass sie ausgerechnet nach Dalarna gezogen war, da er mit diesem Ort selbst gemischte Gefühle verband. Er sprach es nicht laut aus, aber Nora hörte es an seiner Stimme. Der Ort erinnerte ihn zweifellos an den Unfall und das zerrüttete Verhältnis zu ihrem Großvater.

Nora setzte sich auf das Sofa und suchte auf dem Handy die Nummer ihres Vaters heraus. Nachdem es viermal geklingelt hatte, war am anderen Ende seine vertraute Stimme zu hören.

»Ja, hallo.«

»Hallo, Papa. Ich bin's!«

»Ach, Nora! Wie schön, dass du anrufst! Ich habe gerade daran gedacht, mich bei dir zu melden.« Im Hintergrund war ein Scheppern zu hören. »Warte, ich muss nur kurz …«

»Was machst du? Es klingt, als hättest du ein ganzes Trommelorchester bei dir.«

»Ob du es glaubst oder nicht, aber ich bin gerade dabei, Sahnebonbons zu machen. Ich bin nicht sehr geübt darin, mit Töpfen und Pfannen umzugehen, aber ich versuche es zumindest«, erklärte er.

Nora wusste, dass ihr Vater alles andere als ein Sternekoch war. Meistens kaufte er Fertiggerichte, aber ein paar Dinge konnte er, wie zum Beispiel griechischer Salat oder gebackene Kartoffeln mit Krabbencocktail.

Hinterher konnte sie nicht mehr genau sagen, wie es ihr gelungen war, ihn zu überreden, aber als das Gespräch beendet war, hatte er eingewilligt, an Heiligabend zu ihr zu kommen und eine Nacht zu bleiben. Schon in wenigen Tagen würde sie ihren Vater endlich wiedersehen!

Am Morgen des Heiligabends stand Nora früh auf. Sie hatte viel vorzubereiten und die Zeit, bis sie ihren Vater oben an der Straße in Empfang nehmen sollte, verging schnell. Nora erkannte seinen Peugeot schon von Weitem und winkte. Er blieb an der Hauptstraße stehen, um dort zu parken, und Nora lächelte, als sie seine wohlbekannte, schlaksige Gestalt aus dem Wagen steigen sah. Der sonst so wilde Haarschopf war zu einem ordentlichen Seitenscheitel gekämmt, die etwas zu weite Hose schaute unter einem grauen Mantel hervor und verriet, dass er zu Ehren des Fests einen Anzug trug.

Peters Gesicht strahlte, als Nora mit raschen Schritten auf ihn zulief und ihn umarmte. Als sie ihn das letzte Mal gesehen hatte, trug er einen Bart, aber jetzt war er glatt rasiert. Und obwohl er sich darüber zu freuen schien, sie zu sehen, fand Nora, dass seine Augen etwas traurig wirkten.

»Wie elegant du bist! Ich erkenne dich ja kaum wieder! Willkommen!«

»Frohe Weihnachten, mein Schatz!«

Peter überreichte ihr ein Geschenk, das in rotes Papier eingewickelt und mit einer grünen Schleife versehen war.

»Danke! Ich habe auch ein Geschenk für dich, aber zuerst gehen wir rein ins Warme. Hast du eigentlich keine Winterstiefel mit?«

Nora sah belustigt auf die schwarzen Lackschuhe ihres Vaters hinunter, mit denen er über den Schnee rutschte, und musste daran denken, dass sie selbst vor etwas mehr als einem Monat ähnlich gekleidet gewesen war. Inzwischen konnte sie sich nicht mehr vorstellen, ohne ihre dicken Winterstiefel aus dem Haus zu gehen.

Peter zuckte mit den Schultern und lachte.

»Nein, die habe ich tatsächlich nicht! Ich hatte völlig vergessen, wie viel Schnee es hier geben kann. Im Übrigen war es nicht ganz einfach, hierher zu finden, weißt du. Glücklicherweise gibt es das Navigationssystem.«

»Aber jetzt bist du da!«

Nora ging die kleine Treppe zur Glasveranda hinauf und drückte geräuschvoll die Haustür auf.

»Hier wohne ich.«

Sie betraten das Häuschen, wo sie ein verführerischer Duft aus dem Ofen empfing, in dem ein Safranauflauf gerade fertig gebacken war. Keiner von ihnen aß besonders gerne Janssons Versuchung, das traditionelle weihnachtliche Fischgratin, deshalb hatten sie das Rezept mit der Zeit ein bisschen variiert, sodass es jetzt mehr einem Kartoffelgratin mit Safranschnecken ähnelte. Der Geruch ließ ihnen beiden das Wasser im Mund zusammenlaufen.

Nora bemerkte, wie Peter sich in dem kleinen Häuschen umsah, wo sie im offenen Kamin Feuer gemacht und den Tisch weihnachtlich mit Hyazinthen, Kerzen und Moos dekoriert hatte. An der Treppe, die zum Schlafboden hinaufführte, hingen rote Weihnachtskugeln an einem zarten goldenen Band. Peter brummte beeindruckt, und als sie ihre Winterjacken ausgezogen hatten, sank er auf das Sofa.

»Was für ein gemütliches kleines Häuschen du da ergattert hast. Richtig hübsch! Ich muss sagen, ich bin wirklich beeindruckt.«

Nora lächelte und dachte daran, wie es ausgesehen hatte, als sie eingezogen war, und vor allem, wie kalt es gewesen war.

»Als du erzählt hast, dass du in einem kleinen Ferienhaus am Wald wohnst, hatte ich ein ganz anderes Bild im Kopf«, fuhr Peter fort. »Ich bin wirklich erleichtert, dass du kein Plumpsklo hast.«

»Hör mal, du Städter. Man kann sich an vieles gewöhnen«, lachte Nora.

»Du hast ja sogar eine Glasveranda mit Seeblick«, sagte er. »Wie schön es sein muss, dort im Frühling zu sitzen …«

Ihr Vater verstummte und runzelte die Stirn. Nora war klar, woran er dachte.

»Ich werde dich in Stockholm besuchen kommen. Versprochen.«

»Du hast also beschlossen zu bleiben?«

»Ja, das habe ich«, antwortete Nora.

»Aber bist du dir ganz sicher? Das ging alles so schnell.«

»Ich hatte ehrlich gesagt keine Ahnung, dass es mir hier so gut gefallen würde. Aber ja, ich will hier wohnen.« Nora wickelte sich eine Haarsträhne um den Finger, ließ sie dann wieder los und sah ihren Vater an.

»Deine Arbeit im Büro. Willst du die wirklich aufgeben? Du hast doch so hart gearbeitet, um das zu erreichen.«

Nora sah ihren Vater liebevoll an. Er war mitfühlend und besorgt. »Am Anfang habe ich mir freigenommen, aber inzwischen habe ich gekündigt. Mein Chef war natürlich nicht begeistert, aber er hat mich verstanden und mir viel Glück gewünscht.«

»Aber was willst du stattdessen tun? Wirst du weiterhin in diesem Lebensmittelgeschäft arbeiten, von dem du gesprochen hast?«

Nora schüttelte den Kopf und lächelte. »Es ist okay, dort zu arbeiten, es hat sogar Spaß gemacht, aber die Vertretungszeit ist vorbei.« Sie nahm all ihren Mut zusammen, bevor sie weitersprach. »Ich will mich selbständig machen.«

»Was? Wirklich?« Peter sah sie mit hochgezogenen Augenbrauen an.

»Ja, als mir der Gedanke das erste Mal kam, habe ich ihn noch beiseitegeschoben, aber in den letzten Tagen wurde er konkreter. Ich habe vor, Möbel und andere Einrichtungsgegenstände zu renovieren, die ich dann verkaufe.«

»Ich zweifle nicht an deinen Fähigkeiten, ich weiß, dass du Talent hast, aber wirst du davon leben können? Bist du dir da wirklich sicher?« Ihr Vater klang ehrlich besorgt.

»Was heißt schon sicher. Ich hoffe einfach, dass es klappt! Und wenn ich es nicht versuche, bereue ich es irgendwann. Gibt es nicht diesen Spruch: Man bereut nur Dinge, die man nicht getan hat?« Nora fuhr sich mit der Hand durch das Haar. »Ich habe schon ein paar Ideen und will so viel wie möglich gebraucht kaufen. Bevor ich hierhergezogen bin, hatte ich kaum ein Bewusstsein dafür, aber es wird viel zu viel weggeworfen. Es gibt unzählige schöne Sachen, die man noch benutzen kann, und ich brauche nicht viel. Der Umwelt tun wir damit auch einen Gefallen.«

Peter nickte, er war offenbar beeindruckt, und die Sorgenfalte zwischen seinen Augen schien ein wenig kleiner geworden zu sein. »Klingt so, als hättest du einen Plan.«

»Ja. Am Anfang werde ich nicht so viel investieren müssen, und zur Not kann ich mir auch noch einen zusätzlichen Job suchen.«

Was sich nicht gerade als einfach erwiesen hatte, aber das sagte sie lieber nicht.

»In jedem Fall spüre ich, dass ich etwas gefunden habe, wofür ich brenne, das ich unbedingt machen will.«

Peter kratzte sich am Kopf. »Ich muss zugeben, dass das alles ziemlich plötzlich kommt, aber es gefällt mir, dass du deinen eigenen Weg gehen willst. Das ist mutig, und egal was du machst, ich bin unglaublich stolz auf dich!«

Nora spürte, wie gut ihr seine Worte taten. Sie war sowohl froh als auch erleichtert über die Unterstützung ihres Vaters und darüber, dass er ihre Entscheidung nicht verurteilte. Denn sie wollte diese Idee in jedem Fall umsetzen.

»Zeit, Geschenke auszupacken«, sagte Nora. Dann stand sie auf, holte ihr Weihnachtsgeschenk und überreichte es ihrem Vater.

Peter riss das Papier auf, und zum Vorschein kam ein weiß bemalter Brotkasten mit bunten Schmetterlingen.

»Ich hoffe, es erinnert dich nicht allzu sehr an meine Bastelarbeiten aus der Schulzeit … Weißt du noch? Die aus dem Handarbeitsunterricht«, sagte Nora und knetete nervös ihre Hände.

Peter lachte laut auf. »Vielleicht ein bisschen. Aber ehrlich gesagt ist das der hübscheste Brotkasten, den ich je gesehen habe.«

Im Paket ihres Vaters fand sich ein Set aus weißen Wollstrümpfen, Mütze und Handschuhen.

»Bei der Auswahl hat mir jemand geholfen«, erklärte er, als Nora bemerkte, wie schön die Sachen zusammenpassten, obwohl sie aus verschiedenen Kollektionen stammten.

»Das dachte ich mir fast«, lächelte sie und zwinkerte ihm zu. »Hat dein neuer Look auch damit zu tun?«

Peter senkte verlegen den Blick. Die Schüchternheit hatte sie ganz eindeutig von ihm geerbt. »Ja, vielleicht.«

Dann erzählte er vom Leben in Stockholm, wo er immer noch gerne bei der Post tätig war. Er berichtete außerdem, dass er sich inzwischen öfter mit einer Gruppe von Männern traf, mit denen er abends Karten spielte, und dass einer von ihnen eine Schwester hatte, die auch nett war. Sehr nett sogar. Sie hieß Gunilla und arbeitete als Lektorin. Momentan hatte sie die Aufgabe, unter den Autoren aufzuräumen, die nicht mehr erfolgreich genug waren, was eine äußerst undankbare Aufgabe war, die sie eigentlich nicht übernehmen wollte. Und ja, sie hatte ihm geholfen, die Geschenke für Nora auszusuchen. Als Peter das fragende Gesicht seiner Tochter sah, fügte er hinzu, dass sie nur Freunde seien.

»Ihr verspielt doch hoffentlich nicht alles, was ihr habt, du und die anderen Kerle?«, wollte Nora besorgt wissen.

»Nein, überhaupt nicht. Es sind kleine Einsätze, und wir sind nur unter uns. Es geht mehr darum, zusammen zu sein.«

Nora stellte das Essen auf den Tisch: Safranauflauf, Grünkohl, Fleischbällchen und Hering. Als sie so viel gegessen hatten, dass sie keinen Bissen mehr hinunterbekamen, begann Nora zögernd von dem Wiedersehen mit Torsten zu erzählen und bemerkte, wie Peter sich versteifte.

»Ihr habt euch also getroffen?«, fragte er mechanisch.

»Ja, und es gibt etwas, das ich nicht verstehe, etwas, wonach ich dich fragen muss. Es geht um die Briefe, die ich ihm geschrieben habe.«

Wenn Peter vorhin schon ein wenig blass gewesen war, wurde er nun kreidebleich.

»O Nora! Es tut mir so leid. Ich habe es schon oft genug bereut. Das habe ich wirklich. Aber damals wollte ich dich schützen, und je mehr Zeit verging, desto schwieriger wurde es.«

Nora schnappte nach Luft. Würde sich ihre schlimmste Vermutung bestätigen? War es tatsächlich die Schuld ihres Vaters, dass sie den Kontakt zu ihrem Großvater verloren hatte? Natürlich wusste sie, dass Peters Beziehung zu Torsten kein besonders gutes Ende gefunden hatte. War es etwa möglich, dass ihr Vater die Briefe nie eingeworfen hatte? Er arbeitete schon damals bei der Post, es war also eine Selbstverständlichkeit gewesen, dass er die Briefe mitnahm. Und hatte ihr Großvater ihr vielleicht tatsächlich geschrieben? Nora hatte Torstens Behauptung zunächst als Versuch abgetan, sich herauszureden.

Nora starrte auf den leeren Teller. Ihr Vater hatte ihr verboten, ihren Großvater anzurufen, das wusste sie noch. Und da er nichts dagegen gehabt hatte, dass sie ihm schrieb, und weil sie ihren Vater nicht verletzen wollte, hatte sie sich damit abgefunden.

»Das kann nicht dein Ernst sein?«, brachte sie hervor, als sie schließlich aufsah. Nora ballte die Hände zu Fäusten und grub die Fingernägel in die Handflächen. Hinter ihren Lidern begann es zu brennen.

Ihr Vater sackte in sich zusammen und mit hängendem Kopf und belegter Stimme gestand er: »Du weißt nicht, wie wütend und ungerecht Torsten war. Am Anfang habe ich versucht, mit ihm zu reden, aber dann habe ich es irgendwann aufgegeben. Für mich schien es damals das Beste zu sein, ihn für immer aus unserem Leben auszuschließen.«

Nora sah ihren Vater an, wie er da auf dem Sofa saß. Ihre Gefühle waren vollkommen in Aufruhr, sie war mehr als bestürzt. Wie hatte ihr Vater ihr das nur antun können? Dass er für sich selbst diese Entscheidung getroffen hatte, konnte sie verstehen, aber wie hatte er einfach über ihren Kopf hinweg über sie bestimmen können? Immerhin war sie schon vierzehn Jahre alt gewesen.

Nora stand auf und ging ans Fenster. Sie blickte auf den schneebedeckten See jenseits der Glasveranda und auf die weiter entfernt liegenden Häuser und den Wald auf der anderen Seite.

Auch wenn sie außer sich war, begriff Nora, dass ihr Vater sie aus seiner eigenen seltsamen Überlegung heraus vermutlich hatte beschützen wollen. Peter hatte es im Leben auch nicht einfach gehabt, der Tod seiner Frau hatte ihn hart getroffen. Nach dem Autounfall hatte er nie den Versuch unternommen, eine andere Frau kennenzulernen, und auch wenn er nie darüber sprach, wusste Nora, dass er sehr stark unter Schuldgefühlen litt. Es war nicht schwer zu erraten, dass er die Verantwortung für das übernahm, was passiert war. Manchmal dachte Nora, ihr Vater würde sich selbst bestrafen und glauben, er hätte es nicht verdient, jemals wieder glücklich zu sein. Sie schüttelte den Kopf. Der Unfall und die auseinandergegangene Beziehung zu Torsten waren auch nichts, worüber Nora gern gesprochen hatte. Es hatte sie zu sehr geschmerzt, aber dadurch, dass sie ihren Großvater wiedersah, begann die Wunde zu heilen. Zumindest bis jetzt, wo alle Heimlichkeiten ans Tageslicht gekommen waren.

Nora seufzte und sah zu ihrem Vater, der dasaß und mit den Fingern auf sein Bein trommelte. Sie hatte allen Grund, wütend auf ihn zu sein, aber sie wusste auch, dass er ihr niemals absichtlich wehtun würde – auch wenn er genau das getan hatte.

»Nora, ich hoffe, du kannst mir verzeihen!«

Sie legte den Kopf schief und spürte, dass das Brennen in den Augen nachließ, aber so leicht wollte sie es ihm nicht machen. »In Ordnung, aber dann will ich, dass du mich begleitest und ihn besuchst.«

Peter riss die Augen auf. Lange sagte er kein Wort. »Du möchtest also, dass ich, oder wir«, korrigierte er sich, »Torsten besuchen? Ausgerechnet ihn? Nein! Das ist keine gute Idee. Überhaupt keine gute Idee.«

Nora war davon ausgegangen, dass es nicht leicht werden würde, ihren Vater zu überreden, hatte aber nicht vor, in diesem Punkt nachzugeben. Sie wusste, dass sie noch mehr an sein schlechtes Gewissen appellieren konnte, entschied sich aber für eine andere Taktik.

»Das würde mir wirklich viel bedeuten. Nur dieses eine Mal.«

»Ach, ich weiß nicht ...« Peter wand sich auf dem Sofa.

»Aber es ist doch Weihnachten! Bitte, tu's für mich, ja?« Nora sah ihren Vater flehend an. Sie wusste, dass er diesem Blick noch nie hatte widerstehen können. Und auch diesmal schien es zu funktionieren, stellte sie zufrieden fest, als Peter mit einem Seufzer nachgab.

»Na gut. Ich begleite dich. Aber du musst mir versprechen, dass es ein kurzer Besuch wird.«

Kapitel 42

Im Seniorenheim erhellte sich Torstens Gesicht, wie immer, wenn er Nora sah. Ihr fiel auf, dass er ungewohnt munter wirkte.

»Frohe Weihnachten, Großvater«, sagte Nora und umarmte ihn. Er drückte sie mit seinen sehnigen Händen an sich.

Hinter ihr stand Peter stocksteif da, und als Nora Torsten begrüßt hatte, trat sie einen Schritt beiseite.

»Großvater, hier ist jemand, der dich gerne sehen würde«, sagte sie behutsam.

Einen Moment lang wirkte es so, als würde Peter am liebsten die Flucht ergreifen. Er schaute rasch zum Ausgang, blieb aber stehen. Dann holte er tief Luft, streckte die Hand aus, machte aber gleich darauf Anstalten, sich zurückzuziehen. Etwas in Torstens eingefallenen Augen bewirkte jedoch, dass er einlenkte, weil er mitten in der Bewegung innehielt.

»Peter, wie sehr ich gehofft habe, dich noch einmal zu sehen«, sagte Torsten und legte seine Hände über diejenigen seines Gegenübers, bevor Peter sie fortziehen konnte. »Setz dich!«

Nora ging hinaus und schloss leise die Tür hinter ihnen.

Sie vermutete, dass die beiden viel zu bereden hatten, und blieb ungeduldig im Flur sitzen. Die beiden Männer in diesem Raum gehörten zu den wichtigsten Menschen in ihrem Leben. Sie bildeten ihre Familie.

Die Minuten verstrichen, unruhig ging Nora auf und ab, bis sich schließlich die Tür öffnete und ihr Vater den Kopf herausstreckte.

»Wie gut, dass du noch da bist. Torsten hat nach dir gefragt.«

Man sah, dass ihr Vater geweint hatte, und als er an ihr vorbeiging, umarmte er sie kurz.

»Ich warte am Eingang auf dich.«

Nora ging zu Torsten hinein und setzte sich neben sein Bett, wo ihr Großvater mit leerem Blick vor sich hin starrte.

»Ich mache ihm keine Vorwürfe«, sagte er leise. »Ich war lange Zeit sehr wütend und verbittert. Ich gab ihm die Schuld an Alvas und Marias Tod und war in dieser Zeit sicher kein Mensch, der leicht zu ertragen war. Aber ich war am Boden zerstört. Alles, wofür ich gelebt hatte … Als ich versuchte, die Dinge wieder geradezubiegen, war es zu spät. Peter wollte mich nicht mehr in euer Leben lassen. Der Fehler liegt also genauso bei mir.«

»Ja. Aber jetzt wissen wir wenigstens, was mit den Briefen passiert ist. Wir haben uns beide geschrieben, ohne eine Antwort zu bekommen.« Nora musste schlucken. »Aber ist jetzt alles in Ordnung? Habt ihr euch ausgesprochen?«, fragte sie hoffnungsvoll.

Torsten nickte und stieß einen so tiefen Seufzer aus, dass seine Schultern sogar im Liegen noch tiefer sanken, während seine Augen gleichzeitig anfingen zu funkeln. »Ja, der alte Groll ist vergeben.«

Die Wärme seiner Augen traf Nora und strömte in sie hinein. Erleichtert richtete sie sich auf, steckte dann die Hände in einen Beutel und holte eine Geschenktüte heraus, in der sich mehrere selbst gemachte Präsente fanden. Zuerst legte sie eine Orange, die mit Nelken gespickt war, auf Torstens Nachttisch, dann überreichte sie ihm ein Blumengesteck aus grünem Moos, Hyazinthen und bunten Weihnachtskugeln. Danach eine Duftkerze mit Zimtstangen und zum Schluss eine Fotografie von Alva, die sie in einem der Kartons gefunden hatte, die mit dem Umzugswagen gekommen waren. Nora hatte lange nach dem perfekten Silberrahmen gesucht, der es wert war, dieses Foto einzufassen.

»Ich hoffe, du magst den Geruch nach Weihnachten«, sagte Nora.

»Danke, Nora. Danke für alles! Ich wünschte, ich hätte etwas, das ich dir geben kann.«

»Du hast mir schon so viel gegeben. Noch mal frohe Weihnachten, Großvater! Wir sehen uns bald wieder!«

Nach dem Besuch bei Torsten fragte Nora eine Krankenschwester, ob sie ihren Großvater über Weihnachten mit nach Hause nehmen durften, aber ihr wurde abgeraten. Auch wenn er kurzzeitig munter gewirkt hatte, ging es ihm noch nicht gut genug, um solch einem Ausflug gewachsen zu sein.

Nora und ihr Vater kamen gerade rechtzeitig nach Hause, um die Weihnachtssendung mit Donald Duck im Fernsehen zu sehen. Zwar nur auf dem Handy, denn Nora besaß keinen

Fernseher, aber immerhin im Livestream. Wie bei so vielen anderen Familien in Schweden war das eine Tradition, an der sie über die Jahre festgehalten hatte, außer zu der Zeit, als sie mit Jonas Weihnachten gefeiert hatte.

Donald Duck war genau das, was Nora nach all den Aufregungen des Tages brauchte. Sie fühlte sich vollkommen erschöpft. Nach der Sendung zogen Peter und sie dicke Jacken an und machten einen Spaziergang. Sie kamen nicht sehr weit, bis sie auf das Ehepaar Larsson stießen. Nora bemerkte, dass sie ungewohnt fröhlich schienen, und Frau Larsson erzählte für ihre Verhältnisse quasi freudestrahlend – zumindest zeigten ihre Mundwinkel nicht nach unten –, dass ihre Kinder dieses Jahr zu Besuch waren. Bevor sie weitergingen, wünschten sie sich gegenseitig frohe Weihnachten.

»Ich bin wirklich froh, hier zu sein«, sagte ihr Vater auf dem Rückweg. »Schon allein um dich zu treffen, hat es sich gelohnt.«

Er wurde still, aber Nora ahnte, dass er noch etwas sagen wollte, und wartete geduldig.

»Das, was nach diesem Autounfall passiert ist …« Peter suchte nach Worten.

»Du musst nicht darüber sprechen«, erwiderte Nora, die ihren Vater nicht weinen sehen wollte. Denn wenn er weinte, würde sie ihre Tränen ebenso wenig zurückhalten können, und sie wusste nicht, ob sie noch mehr ertragen konnte.

»Doch, ich möchte es gerne. Ich habe diese Gefühle viel zu lange zurückgehalten. Torsten hat gesagt, dass es ihm leidtut, dass er mir das Gefühl gegeben hat, ich sei schuld an dem gewesen, was passiert ist. Und er hat auch gesagt, dass er mir vergibt. Ich wusste nicht, dass es sich so gut anfühlen würde, diese Worte zu hören. Natürlich hatte ich auch einiges, worum ich um Verzeihung bitten musste. Dinge, auf die ich nicht stolz bin.« Er schluckte schwer.

»Ich verzeihe dir wegen der Briefe. Vielleicht hilft es dir auch, das zu hören«, sagte Nora.

Peter drückte ihre Hand. »Danke, darüber bin ich sehr froh. Aber das Schwerste ist wohl dennoch, sich selbst zu verzeihen. Nach allem, was heute war, habe ich aber immerhin das Gefühl, dass ich es vielleicht versuchen könnte.«

Als Nora am nächsten Tag aufwachte, war ihr Vater bereits aufgestanden. Er hatte seinen Schlafsack zusammengerollt und es geschafft, Frühstück zu machen, ohne sie zu wecken. Er hatte Brot und Marmelade gefunden und Hafergrütze gekocht, die allerdings eher an Kleister erinnerte als an etwas Essbares. Aber das behielt Nora für sich. Stattdessen beobachtete sie belustigt, wie er versuchte, Feuer im Kamin zu machen. Bei den Pfadfindern war er wohl auch nie gewesen.

»Warte, ich helfe dir«, bot sie an.

Peter lachte. »Ist es so offensichtlich, dass ich alleine nicht zurechtkomme?«

»Na, bevor du das Haus abfackelst …«, erwiderte Nora lachend.

Beim Frühstück bemerkte Nora, dass ihr Vater etwas auf dem Herzen hatte. Er hatte seine Grütze im Gegensatz zu seinem üblichen Tempo mit dreifacher Geschwindigkeit in sich hineingeschaufelt, und tatsächlich hatte Nora richtig geraten.

»Ich habe die halbe Nacht wach gelegen und nachgedacht. Und ich bin zu dem Entschluss gekommen, dass ich nicht eine Minute länger verschwenden will. Wir leben schließlich nur einmal.«

Nora nickte ihm aufmunternd zu.

»Ich sollte endlich nach vorne sehen. Und zwar sofort. Es gibt da jemanden, zu dem ich fahren muss.«

»Jetzt?«, fragte Nora lächelnd. »Und du redest nicht zufällig von dieser Gunilla?«

Peter sah sie überrascht an. »Ja, die meine ich. Sie weiß nicht, was ich für sie empfinde, aber ich denke, es ist an der Zeit, es ihr zu sagen, und dann sehen wir einfach, was passiert.«

Nora musterte ihren Vater nachdenklich. Sie war es nicht gewohnt, ihn so zu sehen. In seinen Augen war ein besonderes Funkeln aufgetaucht. War er endlich bereit, die Vergangenheit hinter sich zu lassen? Sie hoffte inständig, dass es so war. Es war an der Zeit, ein neues Kapitel aufzuschlagen.

Kurze Zeit später winkte Nora ihrem Vater oben an der Straße zum Abschied zu. Zu sehen, dass da ein Funke Hoffnung in seinen Augen aufgeblitzt war, machte auch sie froh. Sie hatte ihm mit Gunilla viel Glück gewünscht und war seinetwegen fast ein bisschen nervös, bis ihr einfiel, dass es wichtigere Dinge gab, an die sie jetzt denken musste. Zum Beispiel, was sie zur *Fluch-der-Karibik*-Party anziehen sollte.

Kapitel 43

Schon von Weitem konnten Nora und Vega hören, dass das Fest bei Viktor in vollem Gange war. Die Filmmusik von *Fluch der Karibik* ertönte aus den Lautsprechern. Viktor hatte Teile der Fassade mit der Kulisse eines Piratenschiffs dekoriert, und als Nora und Vega ihre Jacken aufgehängt hatten, stellten sie fest, dass das gesamte Erdgeschoss umgeräumt war. Es fühlte sich an, als wären sie mitten in der Karibik gelandet. Über der Abzugshaube und der Kücheninsel, aus der eine Bar mit Barhockern geworden war, befand sich ein Strohdach. Auf dem Küchenboden lag eine meeresblaue Plane, die mit Sand bedeckt war. Hier und da standen halbe Kokosnüsse mit Strohhalmen, die ein grünes Getränk enthielten. Auf einer Platte lagen glasierte Pfefferkuchen in Form von Seeräubern mit Säbeln. Inmitten der ganzen Karibik gab es teilweise aber auch traditionellere Weihnachtsdekoration, wie eine Krippe, die im Fenster stand. Allerdings trug das Jesuskind einen Piratenhut und Josef, Maria und die Heiligen Drei Könige Baströckchen. In einem anderen Fenster stand ein Wichtel, der statt eines Sackes eine Schatztruhe in den Händen hielt. Der Stern auf der Spitze des Weihnachtsbaums war gegen eine Kokosnuss eingetauscht worden, und in den Zweigen hingen Ananasscheiben und funkelnde Münzen an langen Schnüren. Nora grinste. Viktor hatte wirklich all sein Herzblut hineingesteckt.

»Wow!«, entfuhr es Vega, bevor sie beim Geschmack des Kokosnussdrinks das Gesicht verzog. Er war süß und blubberte, als würde man Schleim trinken.

»Viktor scheint kein Weinliebhaber zu sein«, stellte Nora fest und musste daran denken, dass sie bei ihm zum Essen bisher Wasser und Cider serviert bekommen hatte.

Als Viktor in einem Jack-Sparrow-Kostüm mit Rastalocken und einem dreieckigen Piratenhut auftauchte, konnte sich Nora vor Lachen kaum halten.

»Wenn man etwas macht, dann richtig«, erklärte Viktor und strahlte sie an, bevor er die neu eingetroffenen Gäste begrüßte.

»Du siehst gut aus als Pirat«, sagte Nora, als er sich wieder ihnen zuwendete, wobei sie sich fragte, was er wohl noch richtig gut konnte. Bei dem Gedanken begann ihr Herz zu klopfen, und ihre Wangen wurden rot.

»Du auch«, erwiderte er mit funkelnden Augen.

Vega hatte sich um das Make-up gekümmert und ein paar Anziehsachen mitgebracht, die sie nicht mehr tragen wollte. So war sie mit einer vollen Tasche bei Nora eingetroffen, die den halben Tag hinter der Nähmaschine verbracht und am Ende zwei wirklich hübsche Kostüme zustande gebracht hatte. Ihr Outfit bestand nun aus einer roten Piratenhose, einer weißen Bluse mit Puffärmeln und einer schwarzen geschnürten Weste. Vega hatte Nora überredet, eines ihrer Kleider so umzunähen, dass es nun einen Ausschnitt bis zum Bauchnabel hatte.

Nachdem sie alle Gäste begrüßt hatten, schnappte sich Vega Kim, der in seinem Piratenkostüm extrem gut aussah. Zumindest war das Vegas Meinung, wie sie Nora verschwörerisch zuraunte, bevor sie Kim zu dem Mistelzweig zog, der genau unter der Treppe hing.

Nora beschloss, die beiden allein zu lassen, und setzte sich an den Esstisch, wo gerade darüber diskutiert wurde, wie es war, nach Leksand zurückzuziehen. Eine Frau namens Malin, die zu Viktors altem Freundeskreis gehörte, hatte diesen Schritt offenbar vor einigen Jahren schon gemacht.

»Das Erste, was ich gefragt wurde, als ich zurückkam, war, zu welcher Familie ich gehöre«, erzählte sie. »Es kam mir so vor, als wollten Leute, die ich nicht einmal kannte, mich in eine Schublade stecken. Niemand wollte wissen, ob ich studiert habe oder welche Blumen in meinem Fenster stehen. Was hier zählt, ist die Familie.«

Nora musste lächeln. So war es ihr auch ergangen, als sie im Laden gearbeitet hatte. Die Leute hier waren neugierig, wenn sie jemanden nicht einordnen konnten, auch wenn in letzter Zeit immer mehr Menschen aus ganz Schweden in die Region zogen, vor allem Unternehmer, die verschiedene Firmen hier ansiedeln wollten. Nora hatte erkannt, dass die Neugier vor allem daher rührte, dass so viele zurückzogen. Vielleicht war es die Hoffnung, alte Freunden wiederzusehen? Das war charmant, konnte mitunter aber auch ganz schön unangenehm werden. Dafür achtete man hier auch mehr aufeinander, als Nora es aus der Großstadt gewohnt war. Wie zum Beispiel der Briefträger, der sie eingeholt hatte, nur um zu sagen: »Ich habe gesehen, dass Sie noch einen Brief in der Hand haben. Ich habe den Briefkasten zwar schon geleert, kann ihn aber gerne noch mitnehmen, wenn Sie wollen«, oder die Busfahrer, die manchmal auf Leute warteten, die gerade noch angerannt kamen, so wie Gullan im Leopardendress es getan hatte.

Wenn sich nun alle in der Großstadt plötzlich grüßen würden? Alle, die man im Bus oder in der U-Bahn traf? Das Kleinstädtische hatte ohne Frage seinen Charme, auch wenn Nora ab und zu das Angebot an Restaurants oder Geschäften von Stockholm vermisste.

»Wo wir gerade von neu Zugezogenen sprechen. Woher kennst du Viktor?«, wollte Malin neugierig wissen und sah Nora an.

Nora wählte die kürzeste Antwort: dass sie jetzt die nächste Nachbarin war.

»Und du?«, fragte sie zurück.

»Wir sind in dieselbe Klasse gegangen«, antwortete Malin.

»Dann kennst du ihn also schon lange?«, fragte Nora in der Hoffnung, ein bisschen mehr zu erfahren.

»Ja. Er war immer schon beliebt und konnte sich seine Freundinnen aussuchen. Aber er war nicht leicht zu haben, musst du wissen. Wobei ich in der Siebten immerhin einen Kuss von ihm ergattern konnte.«

Nora verzog unfreiwillig das Gesicht.

»Aber heute sind die Frauen wohl eher auf etwas anderes aus.« Malins Gesicht bekam einen harten Ausdruck, und sie schien Nora von oben bis unten zu mustern.

»Wieso? Was meinst du?«, wunderte sich Nora, deren Magen sich bei Malins Worten verkrampft hatte.

»Es gibt viele, die nur sein Geld wollen.«

Nora versuchte zu begreifen. Aber bevor sie die Gelegenheit hatte, Malin danach zu fragen, wurde sie von Viktor unterbrochen.

»Ich hoffe, ihr habt Spaß«, sagte er, während er auf sie zuging und dabei den Gang von Jack Sparrow nachahmte.

Nora stellte fest, dass Viktors Augen aufgeregt funkelten. Das hier gefiel ihm, das war ihm deutlich anzusehen. Er war ganz er selbst und schien gerne Leute um sich zu haben, was noch eine Eigenschaft war, die ihr an ihm gefiel. Sie selbst fühlte sich in einer kleineren Runde meist wohler, aber heute Abend hatte sie sich bisher ganz gut amüsiert. Abgesehen von dem seltsamen Gespräch, das sie gerade mit Malin geführt hatte.

Nora zuckte zusammen, als Viktor sie vorsichtig am Arm packte und mit sich zog. »Bist du bereit, die Hauseigentümerin zu treffen?«

Sie nickte. »Ich muss zugeben, dass du mich neugierig gemacht hast.«

Nora bemerkte, wie aufgeregt Viktor war. Und im selben Moment überfiel sie ein ungutes Gefühl. Warum diese ganze Heimlichtuerei? Wen würde sie jetzt eigentlich kennenlernen? Mehr konnte sie nicht denken, bevor eine große weiße Limousine vor dem Haus vorfuhr. Ein Chauffeur im Smoking stieg aus und öffnete die Beifahrertür, wo kurz darauf schwarze Stilettos zum Vorschein kamen und darüber ein wohlgeformtes Bein. Dem Wagen entstieg schließlich eine atemberaubend schöne Frau in einem engen roten Kleid und mit ebenso roten Lippen in ihrem ebenmäßigen Gesicht. Ihre dunklen Haare waren elegant hochgesteckt. Nora schnappte nach Luft.

»Hallo, Viktor!«, rief die Frau und winkte fröhlich.

Viktor eilte zu ihr und bot ihr seinen Arm an, woraufhin die Frau ihn auf die Wange küsste, bevor sie sich bei ihm einhakte. Nora fühlte sich, als hätte ihr jemand einen Hieb in den Magen verpasst, und auf einmal spielte sich die ganze Sache mit Jonas und seiner Untreue wieder vor ihrem inneren Auge ab. Sie spannte die Lippen an, damit sie nicht anfingen zu zittern.

»Wie herrlich, Viktor! Du hast mir eine eigene Limousine besorgt. Ich war vollkommen überrascht. Manchmal verwöhnst du mich einfach viel zu sehr.«

»Ich finde, das hast du dir mehr als verdient. Immerhin hast du fast die gesamte Partyplanung übernommen. Aber wo ist dein Kostüm?«

Er musterte sie unzufrieden, während sie ihn liebevoll ansah.

Nora spürte, wie sich ihr Hals zusammenschnürte und ihr Herz gleichzeitig so heftig schlug, dass sich die Welt zu drehen begann. Sie versuchte, klar zu denken, aber alles in ihr war in Aufruhr. Was sie gerade über Viktor gehört hatte, hallte in ihr nach: wie wählerisch er war, wie viele um seine Gunst konkurrierten und dass manche ihn nur des Geldes wegen wollten. Hatte sie sich nur eingebildet, dass zwischen ihnen mehr war? Dass es eine fast magnetische Anziehung zwischen ihnen gab? Zumindest von ihrer Seite aus war das so. Aber offenbar spielte sie nicht in seiner Liga.

Warum um alles in der Welt wollte Viktor sie dieser Frau

vorstellen, die gerade aus der Limousine gestiegen war und aussah wie ein Model? Es war nicht zu übersehen, dass er sie sehr gernhatte. Nora brachte das alles überhaupt nicht zusammen, und auch wenn zwischen ihr und Viktor nichts passiert war, fühlte sie sich betrogen.

Sobald die anderen ins Haus gegangen waren, zog sie deshalb ihre hochhackigen Schuhe aus und rannte barfuß nach Hause. Die Tränen ließen sich nun nicht länger zurückhalten.

Kapitel 44

Am nächsten Morgen wurde Nora von einem Summen und einem leisen Klingelton geweckt. Es war ihr endlich gelungen, an ihrem Handy die Melodie von ›We're not gonna take it all‹ gegen ein diskreteres Klingeln einzutauschen. Trotzdem störte es sie jetzt.

Nora setzte sich in ihrem Bett auf und rieb sich verschlafen die Augen, bevor sie sich nach dem Handy ausstreckte und den Anruf entgegennahm. Als sie die ernste Stimme von Schwester Kajsa aus dem Altenheim am anderen Ende hörte, war sie auf einen Schlag hellwach. Nora war sofort klar, dass etwas passiert war, und nahm sich nicht die Zeit, auf den Bus zu warten, als Kajsa sie fragte, ob sie kommen könne. Rasch zog sich Nora an und schwang sich auf ihr Fahrrad.

Nach einer rasanten Fahrt, bei der sie fast ihr Leben riskiert hätte, wurde sie von der Pflegerin am Eingang zum Seniorenheim in Empfang genommen. Schwester Kajsa lächelte, aber ihre Augen blickten besorgt.

»Wie gut, dass Sie so schnell kommen konnten. Wir glauben nicht, dass Torsten noch lange hat. Vor einer Weile hat er darum gebeten, einen Pfarrer zu sehen, und in solchen Situationen rufen wir immer die Angehörigen an, also in dem Fall Sie, damit sie sich verabschieden können.«

Nora musste schlucken. Es war, wie sie befürchtet hatte. Ihr Großvater Torsten stand kurz davor einzuschlafen. Ihr wurde schwindelig, und hinter ihren Augenlidern brannte es.

»Aber ich verstehe das nicht. Er wirkte doch gestern noch so munter?«

»Das ist nicht ungewöhnlich, wenn es auf das Ende zugeht. Der Körper bäumt sich noch einmal auf. Ein Endspurt sozusagen.« Kajsa legte eine tröstende Hand auf Noras Schulter.

»Danke, dass Sie mir Bescheid gesagt haben.«

Sie hatte doch gerade erst ihren Großvater zurückbekommen! Aber sie wollte jetzt nicht weinen. Sie würde stark sein, redete sie sich ein, und ohne weiter nachzudenken, öffnete sie die Tür.

Und da lag er in seinem Bett. Ihr Großvater. Der Mann, auf den sie so lange böse gewesen war, dass sie jeden Gedanken an ihn versucht hatte zu verdrängen. Erst in den letzten Wochen war er wieder zu ihr durchgedrungen und hatte sich einen Platz in ihrem Herzen erkämpft. Als sie sah, wie klein und gebrechlich er wirkte, verkrampfte sich ihr Magen. Seine Augen waren geschlossen, die Atmung ging flach, aber regelmäßig. Auf Zehenspitzen tastete sich Nora an sein Bett heran und zog vorsichtig einen Stuhl mit sich, um sich neben ihn zu setzen. Torsten schien das Kratzen des Stuhls gehört zu haben, denn er schlug die Augen auf.

»Nora …«

Seine Stimme klang müde und rasselnd.

»Ja, ich bin da«, sagte sie und musste mehrmals schlucken, um den Kloß loszuwerden, der in ihrem Hals wuchs.

Sie legte ihre Hand auf seine runzligen Finger, die kälter waren als gewöhnlich. Noch einmal schluckte sie.

»Ich bin so müde, weißt du … Ich habe versucht, wach zu bleiben, weil ich dich sehen wollte.« Alle Wörter kamen nur langsam und sehr mühsam über seine Lippen.

Zärtlich strich Nora mit der Hand über seine Wange. »Spar dir deine Kräfte«, sagte sie zu ihm. »Jetzt bin ich an der Reihe, dir etwas zu sagen. Denn ich möchte, dass du weißt, wie glücklich ich bin, dass wir uns wiedergefunden haben. Wie viel du mir bedeutet hast, sowohl als ich klein war als auch jetzt. Du hast mir so viel Freude geschenkt!«

Nora spürte, wie seine kalte Hand die ihre drückte.

»Du brauchst mich nicht zu trösten«, röchelte er. »Ich fühle mich bereit. Es war … eine Pfarrerin hier. Sie hat gesagt, dass meine Sünden jetzt … vergeben sind und dass ich bald an einem besseren … Ort bin.«

»Du musst das nicht erzählen«, sagte Nora, die nicht wusste, ob sie bereit war, es zu hören.

»Ich habe große Teile meines Lebens mit … der Schuld gelebt. Zum ersten Mal … fühle ich mich frei. Und ich weiß, dass Alva dort oben ist und auf … mich wartet.«

Nora fehlten die Worte. Der Kloß in ihrem Hals verwandelte sich in Tränen, die ihr haltlos über die Wangen rannen. Torsten machte es tatsächlich. Er nahm Abschied von ihr.

Unzählige Gedanken schwirrten durch ihren Kopf, als sie sich vorbeugte und ihren Kopf auf seine Brust legte. Konnte man wissen, wann es an der Zeit war zu sterben? Konnte man fühlen, wann das Leben einen verließ? Nora fragte sich, was Torsten jetzt wohl durch den Kopf ging. Dachte er an Dinge, die er bereute, getan zu haben? Oder bereute er, was er *nicht* gemacht hatte?

Sie hatte in einem Artikel gelesen, dass die meisten Menschen auf dem Sterbebett bereuten, dass sie zu viel gearbeitet und die Familie vernachlässigt hatten. Nora selbst war vor einigen Wochen auf einem Zebrastreifen am Hauptbahnhof in Stockholm fast überfahren worden, als sie auf dem Weg zum Zug nach Dalarna gewesen war. Am Steuer hatte ein kräftiger Mann gesessen, der sie nicht gesehen zu haben schien. Wahrscheinlich war es ein Wunder, dass ihr nichts passiert war, und der Kerl hatte nicht einmal angehalten und gefragt, wie es ihr ging. Aber sie erinnerte sich nicht mehr daran, was sie in dem Moment gedacht hatte. Es war nicht so, dass ihr gesamtes Leben an ihr wie ein Film vorbeigezogen war.

Torsten hatte ein schweres Leben geführt und viel erdulden müssen. Aber in diesem Augenblick sah er friedlich aus. Sein Gesicht strahlte beinahe. Er hatte gegen seine Dämonen gekämpft und ging am Ende als Sieger hervor.

Nora konnte am Ende nicht sagen, wie lange sie an seinem Bett gesessen hatte, wie oft eine Krankenschwester hereingekommen und ihn gewendet und nach ihm geschaut hatte. Als es draußen begann, dunkel zu werden, hörte sie, dass Torstens Atmung immer beschwerlicher wurde und die Pause zwischen den Atemzügen länger. Schließlich hörte sie ganz auf.

Nora hätte nicht gedacht, dass sie noch Tränen übrig hatte, trotzdem weinte sie so, dass es sie schüttelte, und als sie sich die Haare wegstrich, die ihr ins Gesicht gefallen waren, merkte sie, dass sie ganz feucht geworden waren.

Wenn sie die Augen schloss, sah sie Torsten und Alva, ihre Großeltern, zusammen. Glücklich! Frei! Sie wusste nicht, ob es wirklich so war, aber Torstens Glaube daran und seine friedliche Ruhe, als er endlich mit sich selbst versöhnt schien, hatten sie tief beeindruckt. Nora war sehr erleichtert darüber, dass ihr Großvater auf diese Weise einschlafen durfte. Sie beugte sich vor, küsste ihn auf die Stirn und verabschiedete sich von ihm. Als sie die Tür hinter sich zuziehen wollte und noch ein letztes Mal zurücksah, fiel ihr plötzlich auf, wie sehr sich der Raum in letzter Zeit verändert hatte. Weihnachtliche Blumen standen da, das Wohnzimmer war hübsch mit Lametta und Weihnachtssternen dekoriert, und auf dem Schreibtisch stand eine große Schale mit Weihnachtsgebäck und Zimtschnecken. Die Kissen und die Bettdecken kamen ihr feiner vor als sonst, es wirkte alles ein bisschen wie auf einem Erste-Klasse-Flug. Nora wunderte sich, dass ihr das nicht früher aufgefallen war.

Auf dem Weg nach draußen fragte sie Kajsa danach. »Ja, richtig! Wir haben eine großzügige Spende bekommen von jemandem, der gerne anonym bleiben wollte. Selbstverständlich tun wir unser Möglichstes, um das Leben unserer Bewohner angenehm zu gestalten. Wir organisieren Pizza-, Bingo- und Strickabende, aber unsere Mittel sind begrenzt. Die Person, die uns die Spende zukommen ließ, schrieb zwar, dass wir uns besonders um Torsten kümmern sollten, aber wir können natürlich keinen Unterschied zwischen den Bewohnern machen. Glücklicherweise reichte der Betrag aus, um allen im Heim etwas mehr Komfort zu ermöglichen.«

Nora kratzte sich am Kopf. Wer außer ihr konnte sich für Torsten interessiert haben? Konnte es ihr Vater gewesen sein, nur um Torsten zu zeigen, dass sie sich wirklich versöhnt hatten? Aber woher sollte er das Geld haben? Oder war es vielleicht Rikard, ihr großzügiger Chef aus dem Lebensmittelgeschäft? Doch egal, um wen es sich handelte, derjenige hatte jedenfalls dafür gesorgt, dass ihr ganz warm ums Herz wurde.

»Ruhe in Frieden, mein lieber Opa«, flüsterte sie, als sich die Glastüren öffneten und sie hinaus in die Kälte trat.

Kapitel 45

Nora hatte sich eben erst zu Hause auf das Sofa gesetzt, als Viktor bei ihr anklopfte.

»Darf ich reinkommen?«, rief er vorsichtig durch die Tür.

Bevor sie ihm öffnete, warf Nora einen kurzen Blick in den Spiegel. Ihre Augen waren rot geweint und die Haare zu einem unordentlichen Zopf gebunden. Sie hatte ihre Jeans gegen eine Jogginghose eingetauscht und die Bluse gegen ein normales T-Shirt, aber in diesem Moment war es ihr egal, wie sie aussah. Sie wusste auch nicht, ob sie jetzt Besuch ertrug, noch dazu von Viktor. Hatte er sie nicht schon genug gequält? Trotzdem drückte sie die Klinke hinunter.

»Nur kurz, ja?«, bat sie ihn.

Viktor trat ein, schloss die Tür und sah sie ernst an.

»Es tut mir so leid, Nora! Ich habe von Torsten gehört.«

Nora konnte es kaum fassen.

»Woher kannst du das schon wissen? Ich bin doch gerade erst nach Hause gekommen.«

»Vega«, sagte Viktor und zuckte mit den Schultern. »Sie hat mich gebeten, nach dir zu sehen.«

Natürlich, dachte Nora verärgert. Nora hatte ihre Freundin schließlich auf dem Heimweg selbst angerufen, und

Vega, die gerade auf dem Weg zu ihrer Tante gewesen war, hatte angeboten umzudrehen und sofort zu kommen. »Du brauchst nur einmal mit dem Zauberstab zu wedeln, und ich bin da«, hatte sie gesagt. Aber Nora war tapfer geblieben und hatte versichert, sie würde allein zurechtkommen. Nun würde sie allerdings ein Wörtchen mit ihr reden müssen. Sie war nicht sonderlich begeistert darüber, dass Vega ständig irgendjemanden anrief und ihn in die intimsten Dinge über sie einweihte. Zugleich war ihr selbstverständlich klar, dass Vega es nur tat, weil sie um Nora besorgt war. Natürlich wollte ihre Freundin nicht, dass sie mit ihrer Trauer allein zu Hause saß.

»Wie geht es dir?«, wollte Viktor wissen.

Nora seufzte und schüttelte den Kopf. »Geht so.«

»Darf ich mich setzen?«

»Weiß nicht.«

Die Antwort klang schroffer, als Nora beabsichtigt hatte, aber sie war wegen des Abends gestern noch immer böse und wusste nicht, ob sie Viktor jetzt bei sich haben wollte. Viktor zögerte, setzte sich dann aber auf einen der Küchenstühle Nora gegenüber, die sich wieder auf das Sofa fallen ließ.

»Mein Beileid. Möchtest du gerne darüber reden?«

Nora schüttelte entschieden den Kopf. Sein Mitgefühl und die Sanftheit in seiner Stimme machten es nur schwerer, die Tränen zurückzuhalten.

»Nein, das schaffe ich nicht. Nicht jetzt«, entgegnete sie deshalb.

»Okay, du sagst einfach Bescheid, wenn du so weit bist.«

Es wäre sehr viel leichter, wenn Viktor einfach von hier

verschwinden würde. Am besten auf einen anderen Planeten. Er schien Noras Gedanken lesen zu können, denn im nächsten Moment stand er auf.

»Dann gehst du jetzt?«

Auch wenn Nora sich gerade gewünscht hatte, dass er verschwand, war sie dennoch enttäuscht.

»Um die Wahrheit zu sagen, bin ich auch noch aus einem anderen Grund hier«, sagte Viktor. »Aber wahrscheinlich ist es besser, wenn ich später wiederkomme. Mir ist klar, dass jetzt nicht der richtige Zeitpunkt ist.«

»Aber jetzt bist du schon hier.« Nora verschränkte die Arme.

»Okay«, sagte Viktor und setzte sich wieder.

Er schien nach den richtigen Worten zu suchen.

»Also, ich frage mich, was gestern Abend passiert ist? Ich habe mir Sorgen gemacht, als du einfach so von der Party abgehauen bist. Ich hoffe, niemand hat sich dir gegenüber schlecht benommen?«

Nora biss die Zähne aufeinander.

»Ich hatte eigentlich gestern schon vor, nach dir zu schauen, aber ich kam nicht dazu. So viele Leute wollten etwas von mir, und dann wurde es irgendwann zu spät«, fuhr er fort.

Alle wollten etwas von ihm! Wie diese wunderschöne Frau wahrscheinlich, dachte Nora, und im selben Moment fiel ihr wieder ein, wie sie Jonas damals auf frischer Tat ertappt hatte.

»Ich wollte einfach nur eine Weile allein sein, das ist alles«, entgegnete Nora.

Auf keinen Fall würde sie Viktor jetzt gestehen, was sie für ihn empfand. Auf keinen Fall würde sie ihm die Gelegenheit geben, sich über ihre unerwiderten Gefühle zu amüsieren.

»Du bist einfach so schnell verschwunden. Ich hätte dir gerne Josefine vorgestellt. Sie hat sich darauf gefreut, dich kennenzulernen.«

»Aha. So heißt also deine Freundin?«, stieß Nora hervor und machte die Strategie, für die sie sich eben noch entschieden hatte, damit auf einen Schlag zunichte.

»Meine Freundin?« Viktors ernstes Gesicht zeigte plötzlich ein belustigtes Lächeln.

»Was ist daran so komisch?«

Allein die Tatsache, dass er amüsiert wirkte, machte das Ganze tausendmal schlimmer, und Nora spürte, dass sie kurz davor war, auszuflippen.

»Nora, sie ist nicht meine Freundin. Josefine ist meine Schwester! Ihr gehört das Haus. Oder besser gesagt gehörte, bis gestern nämlich.«

Nora schluckte und starrte aus dem Fenster. Sie wollte Viktor nicht anschauen, sie musste erst einmal verarbeiten, was er da gerade gesagt hatte. Die schöne Frau war also keine heimliche Geliebte, sondern seine Schwester? Das war also die Verbindung, die sie zwischen den beiden gesehen hatte? Geschwister! Das sollte ihr eigentlich peinlich sein. In solchen Momenten wollte Nora normalerweise im Boden versinken, aber diesmal nicht.

»Dann hast du also im Haus deiner Schwester gewohnt? Warum hast du das denn nicht gleich gesagt? Warum diese Geheimniskrämerei?«

»Falls du es vergessen haben solltest: Du hast es mir am Anfang nicht gerade leicht gemacht«, verteidigte sich Viktor. »Ich habe dieses Haus im Prinzip allein gebaut. Das Haus, über das du dich lustig gemacht hast, als wir uns das erste Mal gesehen haben, und das du als Angeberhaus bezeichnet hast.«

Nora grinste schuldbewusst. »Ja, ich weiß. Tut mir leid.«

Meinte Viktor das ernst? Hatte er das Haus wirklich selbst gebaut?

»Ich habe Josefine das Haus geschenkt, aber es gefiel ihr nie, sie fand wie du, dass es zu protzig ist. Sie mag es gern einfacher und wohnt lieber abgelegen. Deshalb haben wir uns darauf geeinigt, dass ich es übernehme und ihr dafür ein anderes baue. Du weißt schon, dieses Projekt, bei dem du mir mit der Skizzierung der Inneneinrichtung geholfen hast.«

»Aber wie konntest du ihr so ein Haus schenken? Ich dachte, du bist Schreiner? Auch wenn du das Haus selbst gebaut hast, muss es doch ein Vermögen gekostet haben?«

Viktor massierte sich den Nacken, bevor er darauf antwortete: »Du erinnerst dich vielleicht, dass ich dir erzählt habe, dass ich professioneller Hockeyspieler war. Das war in der NHL in den USA.«

»Aha? Ich weiß noch, dass du meintest, du hättest auf professionellem Niveau gespielt, aber vor allem auch, dass es ein Reinfall war.«

»Alles, was ich gesagt habe, stimmt. Und ich musste meine Karriere tatsächlich viel zu früh beenden. Aber davor gehörte ich zu den bestbezahlten Spielern der Liga. In einer Saison habe ich von allen Abwehrspielern die meisten Punkte gemacht.«

Viktor seufzte, während Nora starr von sich hin schaute.

»Rein ökonomisch betrachtet, könnte man wohl sagen, dass ich nie wieder zu arbeiten brauche.«

»Aber du arbeitest schon als Schreiner? Oder stimmt das gar nicht?«

»Nur weil ich Geld habe, kann ich ja nicht den ganzen Tag zu Hause sitzen und Däumchen drehen und mir vorstellen, welches Leben ich hätte haben können. Daran denken, dass ich meinen Traum einmal verwirklichen konnte und dann alles verloren habe. Irgendetwas muss ich tun, sonst werde ich verrückt«, verteidigte sich Viktor.

Nora schüttelte den Kopf. »Aber warum hast du mir das nicht erzählt?«

»Wenn du das Leben geführt hättest, das ich geführt habe, wüsstest du, dass es Menschen gibt, die nur auf Geld aus sind. Die sich mit dir gut stellen, nur weil du reich bist, oder glauben, alles über dich und deine Wünsche zu wissen, nur weil sie irgendetwas über dich in der Zeitung gelesen haben.«

Nora runzelte die Stirn.

»Nach allem, was passiert ist, wollte ich einfach nur meine Ruhe haben«, fuhr Viktor fort. »Ich bin hierhergezogen, um noch mal ganz neu anzufangen, ich habe sogar meinen Nachnamen geändert. Ich will nicht, dass sich jemand des Geldes wegen für mich entscheidet, sondern wegen dem, der ich bin. Du ahnst nicht, wie frustrierend das sein kann. Sobald man herausgefunden hat, womit ich mal mein Geld verdient habe, erwarten alle, dass man sie einlädt. Jedes Mal. Manchmal weiß ich nicht mal mehr, wer meine richtigen Freunde sind.«

»Und du glaubst, dass ich so eine bin? Eine, die nur auf dein Geld aus ist?«, fragte Nora, die mit den Tränen kämpfte.

»Nein, das habe ich nicht gesagt.«

»Doch, im Prinzip schon. Aber wenn du es genau wissen willst, interessiert mich dein Geld überhaupt nicht. Ich suche einen Freund, auf den ich mich verlassen kann. Und weißt du was? Ich habe fast geglaubt, dass ich den in dir gefunden habe. Aber da habe ich mich offensichtlich getäuscht.«

»Ich sage dir doch jetzt die Wahrheit«, entgegnete Viktor. »Und wenn es die Wahrheit ist, die du hören willst, musst du auch wissen, dass ich Josefine mehr oder weniger mein Leben schulde.«

»Wie meinst du das?« Nora versuchte, sich zu beruhigen, indem sie tief durchatmete. Dann zog sie die Knie unter sich.

»Diese Verletzung hat mich komplett fertiggemacht. Eishockey war wie gesagt mein Leben, und in nur einer Nacht wurde mir alles genommen.« Viktor machte eine kurze Pause, als müsse er Kraft sammeln. »Ich wusste nicht mehr, was ich machen soll, also griff ich nach dem klassischen Mittel: nämlich zur Flasche. Eines Abends war ich mit Freunden aus und habe gefeiert. Wie viel ich getrunken habe, weiß ich nicht mehr, aber Zeugen zufolge konnte ich mich kaum auf den Beinen halten. Trotzdem bestand ich darauf, selbst nach Hause zu fahren.«

Nora hörte angespannt zu.

»In den USA gelten nicht ganz so strenge Regeln wie hier, aber selbst dort … Ich war schuld an einem Autounfall. Im anderen Fahrzeug saß eine Familie, und es hätte richtig böse ausgehen können.« Viktors Finger krümmten sich so hart um die Stuhllehne, dass seine Knöchel weiß wurden. »Ich erinnere mich nicht mehr an den Unfall, aber die anderen Fahrzeuginsassen hatten ziemliches Glück. Sie kamen mit einem Beinbruch und ein paar Schrammen davon. Ich war deswegen sogar kurz im Gefängnis, wurde aber gegen eine Kaution freigelassen. Nur meine Schwester weiß von dieser Sache, und jetzt du. Ich bin dann wie gesagt zurück nach Schweden gezogen, um neu anzufangen und das alles hinter mir zu lassen. Das war hart. Aber ich will es unbedingt schaffen und versuche, die Finger vom Alkohol zu lassen. Ich trinke gar nicht mehr.«

»Außer diesem Hulk-Saft auf deiner Party«, sagte Nora und erinnerte sich an den widerlich süßen Drink in den Kokosnüssen.

»Außer dem Hulk-Saft!« Viktor grinste schief.

Im selben Moment fiel Nora ein, dass Viktor einmal nach Alkohol gerochen hatte, als er zu ihr kam. Wie passte das zu dem, was er gerade erzählt hatte. Sollte sie ihn danach fragen?

»Es tut mir leid«, sagte sie stattdessen und spürte, wie ihre Welt ins Wanken geriet. Sie wollte Viktor eine tröstende Umarmung geben, aber etwas hielt sie zurück.

»Also, jetzt kennst du die Wahrheit«, sagte Viktor. »Und dazu gehört auch, dass ich etwas für dich empfinde.«

Nora schnappte nach Luft. Zwei rote Flecken leuchteten auf ihren Wangen auf, ohne dass sie es verhindern konnte. Sie wusste nicht, was sie von der Unterhaltung erwartet hatte, aber das nicht. In ihrem Inneren herrschte Chaos: wegen ihres Großvaters, der gerade gestorben war, Viktor, der sich ihr gegenüber endlich öffnete, und der vielen Fragen, auf die sie nun eine Antwort bekam. Außer vielleicht der Frage nach dem Alkoholgeruch neulich. War das nicht genau das, was sie hören wollte? Ein Teil von Nora wollte auf Viktor zugehen und sich ihm an den Hals werfen. Seine Wärme spüren, seine Stirn küssen, seine Nase, die Lachfältchen und die Lippen. Für immer bei ihm sein. Stattdessen hörte sie sich selbst sagen: »Aber wir gehören zwei unterschiedlichen Welt an, das hast du selbst gesagt.«

Viktor sah sie mit einer schwer zu deutenden Miene an, während sie weitersprach:

»Ich habe bei null angefangen und endlich das Gefühl, etwas selbst erreicht zu haben. Ich brauche nicht das Geld von jemand anderem.«

»Aber es geht doch wohl nicht um das Geld?«, entgegnete Viktor und schlug die Arme aus. »Ich weiß, dass du es auch nicht leicht gehabt hast, trotzdem hast du dich allein durchgekämpft, zum Beispiel als du dich ohne Führerschein hinters Steuer gesetzt hast, um deinen Großvater zu suchen.«

»Ja, das habe ich«, sagte Nora und lächelte traurig.

»Es gibt so viel, was ich an dir bewundere. Wenn du wüsstest, wie sehr ich mich zurückhalten musste, um mich nicht aufzudrängen. Ich habe versucht, Abstand zu halten, weil ich finde, dass du jemand Besseren verdienst hast als mich. Jemanden ohne dieses Gepäck. Aber ich glaube, jetzt schaffe ich das nicht mehr.«

Frustration, Glück, Anziehung und Trauer schwirrten in Noras Magen im Schleudergang durcheinander und vermengten sich zu einer unkenntlichen Masse. Sie schluckte.

»Es tut mir sehr leid. Aber ich kann nicht.«

Kapitel 46

Nora ließ das warme Wasser über ihre Hände fließen, während sie das Geschirr abspülte, das in den letzten Tagen zu einem stattlichen Berg auf der Arbeitsfläche angewachsen war. Als sie die Handflächen aneinanderpresste, flogen kleine Schaumwölkchen auf und schwebten durch den Raum.

Nachdem sich die heftigsten Gefühlswallungen nach Torstens Tod gelegt hatten und ihre Stockholmer Wohnung nun zum Verkauf stand, gelang es Nora nun, ihre Gedanken zu sortieren. Sie fragte sich, warum sie Viktors ausgestreckte Hand nicht ergriffen hatte. Wie hatte sie nur zögern können, als er ihr sein persönlichstes Geheimnis verraten und ihr außerdem noch gestanden hatte, dass er in sie verliebt war? Das waren doch Worte, die sie so lange hatte hören wollen. Wegen eines Missverständnisses und einiger Kleinigkeiten war sie wütend auf ihn gewesen, jetzt schämte sich Nora dafür.

Wenn sie ein Leben im Rampenlicht geführt hätte, hätte sie sicher ähnlich gehandelt und auch nicht jedem auf die Nase gebunden, wie reich sie war. Und selbst wenn er einmal nach Alkohol gerochen hatte, obwohl er behauptete, nicht mehr zu trinken, hatte Nora das Gefühl, ihm vertrauen zu können. Sie sehnte sich so sehr nach Viktor, dass es wehtat. Mitten in ihre Grübeleien hinein rief Vega an.

»Nora, Darling! Wie gut, dass du endlich ans Telefon gehst.«

»Ich hatte es die letzten Tage auf lautlos gestellt«, erklärte Nora und trocknete ihre Hände an einem Geschirrtuch ab. »Ich musste nachdenken und habe außerdem mindestens zwölf Stunden am Stück geschlafen.«

Vega, die für gewöhnlich immer wissen wollte, wie es Nora ging, und sie nach ihrem Liebesleben ausfragte, kam diesmal überraschenderweise direkt zur Sache.

»Wusstest du, dass das Ferienhaus, in dem du wohnst, zum Verkauf steht?«

»Was? Sag das noch mal!« In Noras Ohren begann es zu rauschen. Sie musste etwas falsch verstanden haben. Das konnte einfach nicht sein. Der Vermieter hätte ihr doch davon erzählt.

»DAS HAUS, IN DEM DU WOHNST, IST ZU VERKAUFEN!«

Nora musste sich mit der Hand an der Arbeitsplatte festhalten.

»Warum sagst du denn nichts? … Hallo? Bist du noch dran?«, wunderte sich Vega.

Die Freundin klang jetzt weniger verärgert als besorgt.

»Ich hoffe, das ist ein schlechter Witz«, entgegnete Nora, als sie endlich etwas hervorbrachte.

»Nein, ich würde nie Witze über so etwas machen. Ehrenwort!«, versicherte Vega ihr.

Noras Handflächen waren auf einmal so kalt, als hätte sie jemand in Eiswasser getaucht.

»O nein! Wusstest du das nicht? Ich habe es auch nur gerüchteweise gehört. Anscheinend ist es schon seit einer Weile zu verkaufen.« Vega klang bedauernd.

»Also deshalb bestand mein Vermieter darauf, das Haus nur monatsweise zu vermieten? Aber warum hat er denn nichts von seinen Plänen erzählt? Das ist doch verrückt!«, schimpfte Nora.

»Wahrscheinlich, weil er nur an sich selbst denkt. Er dachte wohl, dass das Haus dann schwerer zu vermieten sein würde. Ein Verkauf kann hier ganz schnell gehen, aber genauso gut ein Jahr dauern«, meinte Vega.

Die Nachricht stellte Noras Welt komplett auf den Kopf. Sie liebte das kleine Holzhaus mit der Glasveranda und dem Seeblick inzwischen und wollte nirgendwo anders wohnen.

»Aber je nachdem, wie man die Sache betrachtet, ist das vielleicht eine fantastische Neuigkeit?«, fuhr Vega fort. »Du kannst doch das Haus einfach selbst kaufen!«

»Und wie soll ich mir das leisten?«, wollte Nora wissen und schüttelte den Kopf.

Im selben Moment fiel ihr ein, dass ja ihre eigene Wohnung in Stockholm auch zu verkaufen war. Das kleine Holzhaus zu erwerben, hatte bisher überhaupt nicht zu ihren Plänen gehört, aber vielleicht konnte sie tatsächlich ein Gebot dafür abgeben. Vorausgesetzt, es ging alles schnell genug über die Bühne. Wohin Jonas gezogen war, wusste sie nicht, aber zumindest wohnte er nicht länger in dem Apartment. Ihr Vater hatte die Schlüssel im Briefkasten vorgefunden.

Mithilfe von Viktors Kontakten hatte sich ein Makler der Wohnung angenommen. Dem Gespräch zufolge, das Nora neulich mit ihm per Telefon geführt hatte, bestand die Hoffnung, dass die Wohnung bereits vor der ersten Besichtigung verkauft wurde. Und dann hätte sie aller Wahrscheinlichkeit nach genug Geld, um die Bank auszuzahlen und sich ein wenig Freiraum zu verschaffen. Im besten Fall würde es vielleicht sogar die Kosten für das Holzhäuschen decken.

Nora beendete das Gespräch mit Vega und beschloss, ihren Vermieter anzurufen. Vorher übte sie ein paarmal laut, um den richtigen Ton zu treffen. Sie durfte sich ihre Wut nicht anmerken lassen, dann könnte sie das Häuschen komplett vergessen. Aber zuerst musste sie sich bei der Bank melden.

Nora konnte nicht glauben, dass ihre Bank in Stockholm so verbohrt war. Die Bankangestellte, mit der sie sprach, erklärte bedauernd, dass sie wie alle anderen Banken kürzlich die verschärfte Direktive erhalten hatte, dass sie nur einen Kredit vergeben durften, wenn die Kunden selbst einen Großteil der Kosten aufbringen konnten oder zumindest eine feste Anstellung hatten. Es spielte offenbar keine Rolle, dass das Geld bald eingehen würde, da half kein Bitten und Betteln.

Niedergeschlagen sank sie auf das Sofa und versuchte, ihre verbleibenden Alternativen nüchtern zu betrachten, obwohl ihr Leben gerade auseinanderzufallen schien.

Nora konnte schlecht wieder ihren Vater um Hilfe bitten. Er hatte sie beim Kauf der ersten Wohnung mehr als genug unterstützt. Der Einzige, der ihr einfiel, der ihr zeitweilig Geld leihen konnte, war Viktor. Nora stöhnte. Musste sie wirklich ausgerechnet ihn um Geld bitten, wo sie doch gerade erst behauptet hatte, keines zu brauchen? Aber es wäre ja nur ein kurzfristiger Kredit, ansonsten würde sie mit Sicherheit ausziehen müssen. Keine der beiden Optionen war besonders verlockend.

Nora warf einen Blick aus dem Fenster, genoss die beruhigende Aussicht auf den See und die Berge dahinter und machte ein paar innere Momentaufnahmen des Panoramas. Jetzt, wo sie nicht länger völlig aufgelöst war, und die Synapsen im Hirn langsam wieder ihren Dienst taten, wurde ihr allmählich klar, dass es nur eine Sache gab, die schlimmer wäre, als das Haus zu verlieren. Und zwar wenn sie Viktor nie wiedersehen könnte. Es schien so, als ob ihr Hirn und ihr Herz erst in diesem Moment in Einklang gerieten.

Nora streckte sich. Es war Zeit, Viktor zu sagen, was sie für ihn empfand.

Entschlossenen Schrittes ging sie zur Tür und zog ihre Winterjacke an. Sie wollte eben die Klinke hinunterdrücken, als sie von draußen Hundegebell hörte. Sie wusste sofort, wer es war, und als sie die Tür ein Spalt öffnete, wurde sie fast von Tortuga umgeworfen, der mit hängender Zunge in rasendem Tempo angerannt kam. Sobald Tortuga sie sah, sprang er sie an, um ihr das Gesicht abzuschlecken.

»Tortuga! Platz!«, rief Viktor, der hinter dem Hund herjoggte und entschuldigend die Schultern hob. »Tut mir furchtbar leid, Nora. Wir hatten eigentlich etwas anderes vor, aber er hat sich losgerissen und wollte unbedingt hierher. Er mag dich wirklich sehr.«

»Und ich ihn«, sagte Nora, wobei ihr klar wurde, dass sie nicht in erster Linie den Hund meinte.

Nach kurzem Schweigen wollte Nora gerade etwas sagen, aber Viktor kam ihr zuvor.

»Ich habe gehört, dass das Haus, in dem du wohnst, verkauft wurde. Ich wusste nicht einmal, dass es zum Verkauf stand. Warum hast du nichts gesagt?«

Noras Schultern sackten zusammen. Dann war es also schon zu spät. Sie hatte ihre Chance verpasst und würde trotz allem ausziehen müssen.

»Ich wusste es auch nicht. Ich habe vorhin zum ersten Mal davon gehört«, erwiderte sie.

Wo sollte sie denn jetzt wohnen? Wieder in Vegas Wohnzimmer zu ziehen und auf ihrem Sofa zu schlafen, war kein besonders verlockender Gedanke. Aber wenn ihre Wohnung in Stockholm verkauft war, würde sie natürlich versuchen können, eine neue Bleibe zu finden. Darum würde sie sich später kümmern, jetzt gab es wichtigere Dinge zu klären.

Nora holte tief Luft.

»Du, alles, was neulich Abend passiert ist …«, begann sie, wurde aber sofort unterbrochen.

»Ich verstehe, dass das nicht in einem unpassenderen Moment hätte kommen können. Verzeih mir!«, entschuldigte sich Viktor. »Ich weiß nicht, was in mich gefahren ist.« Seine Stimme klang aufrichtig, aber kühl.

»Nein, nein, hör zu! Ich muss mich bei dir entschuldigen. Weil ich mich wie eine eifersüchtige dumme Gans benommen habe. Ich weiß, dass das eine schwache Entschuldigung ist, aber nach meiner Beziehung mit Jonas …«

»Du brauchst nichts zu erklären«, unterbrach Viktor sie wieder und hob die Hände hoch.

»Doch! Das muss ich! Du musst wissen, was ich für dich empfinde. Ich verstehe, wenn es zu spät ist, aber …«

Nora verstummte und ging einen Schritt auf Viktor zu. Sie stand jetzt so dicht vor ihm, dass ihre Haare sein unrasiertes Kinn berührten, und sah zu ihm auf. Sah ihm in die Augen. In ihr entzündete sich eine Flamme, die so stark war, dass ihr ein Seufzer entfuhr. Innerhalb eines Augenblickes hatte sich das Feuer in ihrem gesamten Körper ausgebreitet. Nora stellte sich auf die Zehenspitzen, und Viktor strich ihre Haare beiseite, legte behutsam die Hand an ihre Wange und drückte seine Lippen auf die ihren. Der Kuss war zuerst sanft, wurde dann aber intensiver und fordernder, sodass Nora innerlich zu beben begann. Gierig sog sie seinen Duft nach Wald und Nadelholz ein.

Was spielt es für eine Rolle, wo ich wohne, dachte sie. In einem Schloss, einem Angeberhaus oder einem Plumpsklo. Solange ich nur bei ihm bin.

Nach einer Minute, einer Viertelstunde oder einer Ewigkeit lockerte Nora vorsichtig den Griff um Viktors Haare, in die sie ihre Finger geflochten hatte.

»Was machst du da? Ich bin noch nicht fertig!«

»Du hast mich ganz schön lange auf diesen Kuss warten lassen«, sagte Nora. »Am Ende musste ich ihn mir selbst holen.«

Viktor nahm ihre Hände in seine. »Du hast keine Ahnung, wie oft ich dich schon küssen wollte …«, sagte er. »Ich hätte dir gerne gezeigt, was ich fühle, anstatt es dir sagen zu müssen, aber nach allem, was passiert ist, wollte ich deine Verletzlichkeit nicht ausnutzen.«

»Für einen Nachbarn bist du gar nicht so blöd«, gab Nora zurück und boxte ihm liebevoll gegen die Schulter, wurde aber schnell wieder ernst. »Weißt du, schon seit du plötzlich aufgetaucht bist und mir mit den Umzugskartons geholfen hast, warst du fast ein bisschen zu gut. Ich glaube, ein Teil von mir hat einfach darauf gewartet, dass du dich in ein Monster verwandeln würdest. Aber so langsam glaube ich tatsächlich, dass du einfach nur Viktor bist.«

Er lachte. »Ja, der, den du vor dir siehst, das bin ich. Außer wenn ich mich ab und zu in Jack Sparrow verwandle. Und die Leiche im Keller hast du ja schon gefunden. Ich hätte nicht gedacht, dass es so ein gutes Gefühl wäre, von meiner Vergangenheit zu erzählen. Meine Schritte fühlen sich seitdem irgendwie leichter an.«

Nora nickte verständnisvoll.

»Aber ich war ziemlich nah dran, wieder ins schwarze Loch zu fallen, als Jonas unsere Grillparty gesprengt hat und ich dachte, ich hätte meine Chance bei dir vertan. Ich bin danach losgezogen und habe mir eine Flasche Gin besorgt, obwohl ich mir gelobt hatte, nie wieder zu trinken, aber im letzten Moment bin ich doch noch zur Vernunft gekommen und habe den gesamten Inhalt in den Ausguss gekippt.«

Nora erinnerte sich an den Alkoholgeruch, der ihr damals entgegengeschlagen war. So war es also gewesen. Sie strich Viktor über die Wange.

»Aber du hast es geschafft! Und wo wir von Leichen im Keller sprechen … Du weißt nicht zufällig etwas von einer großzügigen Spende an ein gewisses Seniorenheim?«

Viktor lächelte und ließ einen Finger durch die Luft kreisen. »*Wenn* ich nun etwas darüber wüsste, was ich natürlich nie zugeben würde, wäre das doch vielleicht so, als hätte ich dir ein Weihnachtsgeschenk gemacht, oder? Du hattest schließlich keine Wünsche.«

Da legte Nora ihre Arme um Viktor und küsste ihn wieder.

Kapitel 47

Der Schnee hatte zu schmelzen begonnen und die Frühlingssonne die dunkle Nacht verjagt. Torstens Beerdigung lag bereits ein paar Wochen zurück. Es hatte einen weißen Sarg mit einem grünen Kranz darauf gegeben, und auch wenn der Anlass natürlich ein trauriger war, hatte Nora sich darüber gefreut, dass ihr Vater dabei gewesen war und sie einander hatten trösten können.

Seit einem Monat war auch die Wohnung in Stockholm verkauft, und mit dem Gewinn hatte Nora wie erhofft ihre Schulden decken können. Außerdem verfügte sie nun sogar über das Startkapital für ihr kleines Unternehmen. Sie hatte alles bis ins kleinste Detail hinein geplant und beschlossen, den Sprung in die Selbständigkeit zu wagen, obwohl innerhalb von zwei Wochen drei Stellenangebote hereingekommen waren.

Aber Nora war fest entschlossen und hatte sich darangemacht, über Auktionsseiten und den lokalen Secondhandladen alte Möbel einzukaufen. Anschließend wollte sie die Stücke renovieren, um sie dann weiterzuverkaufen. Außerdem wollte Viktor ihr helfen, sobald er seinen aktuellen Verpflichtungen als Schreiner nachgekommen war. Er würde die Möbel reparieren, die es nötig hatten, und ihr Job wäre es, die Stücke anzumalen und zu verschönern. Sie hatten im Laufe mehrerer Abende gemeinsam eine Idee entwickelt, für die sie jetzt beide brannten. Und Nora war bereit, hart zu arbeiten, um sie zu verwirklichen.

Nora hatte ihrem Vater alles über Viktor und ihre gemeinsamen Pläne erzählt. Sie hatte Peter versprochen, ihn so oft wie möglich in Stockholm zu besuchen, und er hatte seinerseits versprochen, dass er versuchen würde, sich über ihr neues Leben zu freuen, auch wenn er nach wie vor skeptisch war. Dann hatte er das Telefonat jedoch abbrechen müssen, da Gunilla ihn zum Mittagessen gerufen hatte.

»Kommst du? Alles ist eingepackt. Sogar Tortuga wartet schon auf dich, du bist die Einzige, die fehlt«, rief Viktor.

Seine Worte unterbrachen Nora in ihren Überlegungen. Sie hatte keine Ahnung, was sie heute erwartete, deshalb war sie ziemlich aufgeregt und nervös. Viktor hatte sich bedeckt gehalten, als sie wissen wollte, wohin sie heute fuhren, und obwohl Nora auf der zwanzigminütigen Autofahrt zwischen Smalltalk und verschiedenen Verhörtechniken hin und her wechselte, wand sich Viktor sehr geschickt aus allen Fangfragen heraus. Er sagte nur, dass sie sich keine Sorgen zu machen bräuchte, und zeigte sein charmantestes Lächeln.

Nora seufzte, lehnte sich an ihn und beschloss, es ihm bei der erstbesten Gelegenheit heimzuzahlen. Sie würde schon etwas finden, womit sie ihn überraschen könnte.

Kurze Zeit später parkte Viktor den Wagen am Rande einer schmalen asphaltierten Straße, nicht weit vom Siljan-See entfernt, mit einer atemberaubenden Aussicht auf das Wasser und die bläulichen Berge.

»Tällberg, also«, stellte Nora fest. »Hier ist es zweifellos sehr schön, aber jetzt erzähl schon, was wir hier machen. Ich sterbe vor Neugier!« Sie trommelte mit den Fingerspitzen auf ihren Oberschenkel, und Viktor lachte.

»Ich möchte nur, dass du zuerst ein bisschen die Aussicht genießt. Wir sind gleich da. Das letzte Stück gehen wir zu Fuß.«

Nora nahm seine Hand, und nach einem Spaziergang von wenigen Minuten zeigte Viktor mit der Hand auf ein rotes Holzhaus, das eine großzügige Glasfront zum See hin hatte. Das Haus war so gebaut, dass Teile davon an eine Orangerie erinnerten.

»Oh, wie schön! Was ist das für ein Gebäude? Es sieht noch ganz neu aus.«

Viktor lächelte. »Ich dachte, es wäre perfekt für unser zukünftiges Unternehmen. Vielleicht könnte es ein Ausstellungsort für die Sachen sein, die wir überarbeitet haben, oder auch für Bilder, falls du gerne wieder anfangen möchtest zu malen.«

Nora spürte, wie sie eine Gänsehaut bekam, und holte tief Luft.

»Ich habe ziemlich schnell gemerkt, dass dieses Bauprojekt nicht das Wohnhaus werden würde, an das ich zunächst gedacht hatte«, sprach Viktor weiter. »Also habe ich es mit der Zeit ein bisschen umgeplant. Aber wenn es dir nicht gefällt, können wir es stattdessen auch verkaufen …« Viktor sah Nora unsicher an.

»Machst du Witze?«, stieß Nora hervor. »Eine Galerie am Wasser! Wer könnte da wohl widerstehen? Du bist fantastisch!« Sie streckte sich zu ihm, umklammerte seine Schultern und küsste ihn.

»Ja, das bin ich«, erwiderte Viktor schelmisch und lachte, als sie ihn wieder losließ.

Dann sah er sie mit einem so intensiven Blick an, dass Nora ein Ziehen im Magen spürte. Vega würde das definitiv einen Schlafzimmerblick nennen, dachte sie noch belustigt, um im nächsten Moment erstaunt festzustellen, dass Viktor vor ihr auf die Knie gegangen war.

»Aber ich bin auch ziemlich altmodisch. Wenn du also Ja sagst, kann ich dich gern über die Schwelle tragen.«

»Heißt das …?«

Viktor nickte.

»Ja«, rief Nora lachend aus. »Ja, ja, ja. Aber das kostet dich noch einen Ring.«

Nora wollte ihm gerade in die Arme fallen, als sie von einem gellen Klingelton unterbrochen wurde. Sie reichte Viktor die Hundeleine, und Tortuga begann sofort heftig zu ziehen, weil er wahrscheinlich etwas zwischen den Bäumen gewittert hatte. Nora ging ans Telefon.

»Ja, hallo?«

Am anderen Ende meldete sich eine Anwältin, sie sich um das Nachlassverzeichnis von Torsten kümmerte und sich vielmals dafür entschuldigte, dass sie erst jetzt dazu kam, Nora anzurufen.

Nora zuckte mit den Schultern. Das war etwas, worüber sie nicht einmal nachgedacht hatte, und der Anwältin zufolge schien Torsten nichts von besonderem Wert hinterlassen zu haben. Nur Kleidung, einen Haufen Bücher und Fotos. Nora lächelte. Die Bücher und Fotos hatten vielleicht keinen Wert an sich, aber einen umso größeren für sie. Sie wollte sich gerade bedanken und auflegen, als sich die Anwältin räusperte.

»Es gibt da allerdings noch eine Sache. Im letzten Monat vor seinem Tod verwendete Torsten seine gesamten Ersparnisse dafür, ein kleines Haus in Heden zu kaufen. In seinem Testament legte er fest, dass seine Enkeltochter, also Sie, es erben sollen.«

Nora brachte keinen Ton heraus.

»Was ist denn passiert?«, fragte Viktor, als sie das Gespräch beendet hatte.

Nora stand reglos da, wie zu einer Statue erstarrt.

Als sie begann zu begreifen, stieß sie einen Freudenschrei aus und sprang auf der Stelle auf und ab. Dass ihr Handy dabei durch die Luft flog und der Bildschirm in dem Moment, in dem das Telefon auf dem Boden landete, einen tiefen Sprung bekam, interessierte sie überhaupt nicht. Denn was machte das schon? Das kleine Haus mit der Glasveranda gehörte ihr! Und dadurch, dass sie es von Torsten geschenkt bekommen hatte, wurde es noch bedeutungsvoller für sie. Natürlich würde sie es mit Viktor teilen. Wie sie letztendlich wohnen wollten – im gemütlichen Holzhäuschen oder in der protzigen Villa oder abwechselnd –, würden sie noch besprechen. Denn das war eine Entscheidung, die sie gemeinsam treffen sollten.

Epilog

Claes, der von sich selbst nicht fand, dass er übergewichtig war, sondern lediglich ein Mann mit gewissen Rundungen, saß zurückgelehnt auf seinem Stuhl und hatte die Hände über dem Bauch gefaltet, der möglicherweise in den letzten Wochen noch ein Stück gewachsen war. Das Schreiben verlangte einem eben einiges ab. Er hatte Wochen mit diesem Projekt in seiner Dachgeschosswohnung verbracht, und nun war das Manuskript fertig.

Die E-Mail an die Lektorin war bereits vorbereitet, die Datei angehängt. Wenn dieses Manuskript kein Bestseller wurde, wollte er seinen Hut fressen. Es war das Beste, was er je geschrieben hatte. Wer hätte das gedacht, als er den alten Mann damals in der Buchhandlung getroffen hatte?

Claes starrte auf den Monitor, der zurückzustarren schien. Der Cursor blinkte. Er brauchte nur noch auf *Senden* zu klicken. Aber aus irgendeinem Grund brachte er es nicht über sich. Irgendwie fühlte es sich nicht richtig an. Claes haute mit voller Wucht seine Faust auf den Tisch, während er sich mit der anderen Hand die Haare raufte. Nach der ganzen Plackerei und Mühe …

Aber Claes wusste, was zu tun war.

Einige Wochen später fragte er sich immer noch, ob er ganz bei Trost war. Er war den ganzen langen Weg von Stockholm nach Leksand gefahren und stand nun zögernd vor einem kleinen Holzhäuschen mit Glasveranda, bis er schließlich anklopfte.

»Hallo, Sie müssen Nora sein! Mein Name ist Claes …«

Noch bevor er seinen Nachnamen genannt hatte, kam er aus dem Konzept. Die Frau vor ihm mit den hellblauen Augen und dem roten Haar kam ihm irgendwie bekannt vor. Und je länger Claes darüber nachdachte, desto sicherer war er sich. Seine Augen wanderten durch den Wohnraum, und als sein Blick an dem grünen Mantel an dem Haken neben der Tür hängen blieb, fiel bei ihm der Groschen. Er schnappte nach Luft. Ein Schwindelgefühl ergriff ihn. Es war tatsächlich die Frau, die er am Stockholmer Hauptbahnhof vor ein paar Monaten fast überfahren hätte. Die Frau vom Zebrastreifen! Es grenzte an ein Wunder, dass damals nichts passiert war. Noch Wochen später hatte ihn das schlechte Gewissen geplagt, weil er sich zu sehr auf das Navigationsgerät statt auf die Straße konzentriert hatte. Er hatte nicht einmal angehalten, sondern sich nur durch einen Blick in den Rückspiegel versichert, dass ihr nichts Schlimmes passiert war. Zu seiner großen Erleichterung schien sie ihn nicht wiederzuerkennen. Und jetzt hatte er tatsächlich die Gelegenheit, es wiedergutzumachen.

»Ich habe etwas für Sie, das ich Ihnen geben möchte«, sprach Claes schließlich weiter. »Bitte nehmen Sie es, bevor ich es bereue. Es gibt nur dieses eine Exemplar, und ich habe es natürlich signiert.«

Nora starrte mit großen Augen auf den goldenen Titel, der auf dem Umschlag des Buches prangte, das der kräftige Mann ihr reichte.

Torstens Tagebuch

Nora nahm es entgegen, und die Erinnerung an Torsten wirbelte auf und drängte an die Oberfläche. Auch wenn sie traurig darüber war, dass sie und ihr Großvater so viele Jahre verloren hatten, gab es keinen Grund, dem ewig nachzutrauern. Die Zeit, die sie miteinander gehabt hatten, würde für immer einen Platz in ihrem Herzen haben, zudem hatte sie noch die Briefe, die ihr Vater ihr kürzlich geschickt hatte. Sie waren in feinstes Seidenpapier eingewickelt gewesen und hatten in einem handgeschriebenen Umschlag mit den Worten »Bitte verzeih mir« gesteckt.

Nora, die in ihrem ganzen Leben noch nie das Ende eines guten Buches gelesen hatte, fühlte sich zum ersten Mal dazu bereit. Vielleicht musste man doch erst ein Kapitel im Leben abschließen, um ein neues beginnen zu können.

Nora dankte Claes, der über sich selbst den Kopf schüttelte, als er die Tür hinter sich zuzog. Doch kaum saß er im Auto, spürte er eine unerwartete Freude in sich aufsteigen. Er hatte das einzig Richtige getan.

In gewisser Weise war es dennoch so, als hätte dieses Buch die Tür zu etwas Neuem aufgestoßen. Claes hatte vor nicht allzu langer Zeit eine neue Lektorin bekommen, die zwar andere Autoren aussortiert hatte, aber an ihm festhalten wollte. Gunilla, wie sie hieß, hatte etwas von dem gelesen, was er neu angefangen hatte, und es gefiel ihr. Diesmal wollte er nicht über irgendwelche Kunstfiguren im Weltraum schreiben. Claes wollte über das Leben schreiben, mit allem, was dazugehörte. Er würde eine neue Geschichte finden.

Danksagung

Ein großer Dank geht an meine Familie, die immer für mich da ist, als Diskussionspartner und als Stütze. Ich danke außerdem allen, die in irgendeiner Art und Weise in den Entstehungsprozess dieses Buches involviert waren. Freunden, Testlesern, Lektoren, Redakteuren und der Marketingabteilung von Historiska Media. Karolina, dafür, dass du mir erklärt hast, wie Pflege am Ende eines Lebens aussehen kann und wie es in einem Seniorenheim zugeht. Älteren Verwandten und Bekannten, die großzügig berichtet haben, wie es früher in Leksand war.

Lars, dafür, dass du meine Fragen zu Wölfen beantwortet hast. Dem Kino Visir mit dem hübschen Saal, aus dem meine ersten Kinoerfahrungen stammen. Dass die Sitze Getränkehalter haben, stimmt allerdings nicht, der Getränkezwischenfall ist an einem anderen Ort passiert. Vielleicht sollte ich die Gelegenheit beim Schopfe packen, mich bei dem Mann zu entschuldigen, dessen Limonade ich getrunken habe … Sie war sehr gut!

Pia, dafür, dass ich dich wegen der Arbeit in einer Arbeitsvermittlung interviewen durfte. Zum Zeitpunkt der Entstehung dieses Buches existiert die Arbeitsvermittlung in

Leksand nicht mehr, aber ich denke und hoffe, dass die dortigen Angestellten im Laufe der Jahre vielen Menschen geholfen haben. Natürlich auch Leuten aus Stockholm.

Der lokalen Buchhandlung, die in der ersten Szene vorkommt. Ich war mehrmals dort und durfte meine Bücher signieren, zum Glück habe ich dabei eine bessere Erfahrung gemacht als Claes. Buchhandlungen haben mich immer gereizt und sind einer der Gründe, warum ich angefangen habe, als Autorin zu arbeiten.

Sämtliche Orte im Buch gibt es übrigens in Wirklichkeit (außer dem Angeberhaus, das frei erfunden ist), und ich freue mich, von meiner Heimat erzählen zu können. Sämtliche Personen im Buch sind meiner Fantasie entsprungen, auch wenn ich mich manchmal von echten Menschen habe inspirieren lassen. In diesen Fällen durften sie vorab ihre Zustimmung geben. Falls sich jemand anderes wiedererkennen sollte, ist das reiner Zufall.

Ein großer Dank gebührt auch allen meinen Schriftstellerkolleginnen und -kollegen, Bloggerinnen, Bloggern und Buchinteressierten, die in den sozialen Medien so viel Zuspruch spenden. Das tut wirklich gut!

Ein letzter Dank geht auch an Sie, liebe Leser. Ohne Sie würde es dieses Buch nicht geben!

Wenn Sie mehr über mich als Autorin oder über meine anderen Romane erfahren wollen, finden Sie Informationen unter www.hannablixt.com oder www.historiskamedia.com.

Willkommen in der süßesten Keksbäckerei Englands!

Seit sie denken können, verbindet die besten Freundinnen Cat und Sadie ein gemeinsamer Traum – eine eigene Keksbäckerei. Als in ihrem Heimatstädtchen ein kleiner Laden frei wird, zögern sie nicht lange: Cat hat gerade ihren Job als Sterneköchin in Paris an den Nagel gehängt, und Single-Mama Sadie braucht Ablenkung von ihrem gebrochenen Herzen. Und schon bald holt Cat duftende Plätzchen aus dem Ofen, die Sadie mit buntem Zuckerguss verziert. Doch die Inhaberin der französischen Patisserie nebenan fürchtet Konkurrenz und legt den beiden allerhand Steine in den Weg. Zum Glück können die beiden immer auf Jaren zählen, den gut aussehenden Besitzer des Pfannkuchenrestaurants gegenüber. Und dann ist da noch der Bienenzüchter Adam, der die Keksbäckerei mit Honig versorgt …